透明變色龍

目次

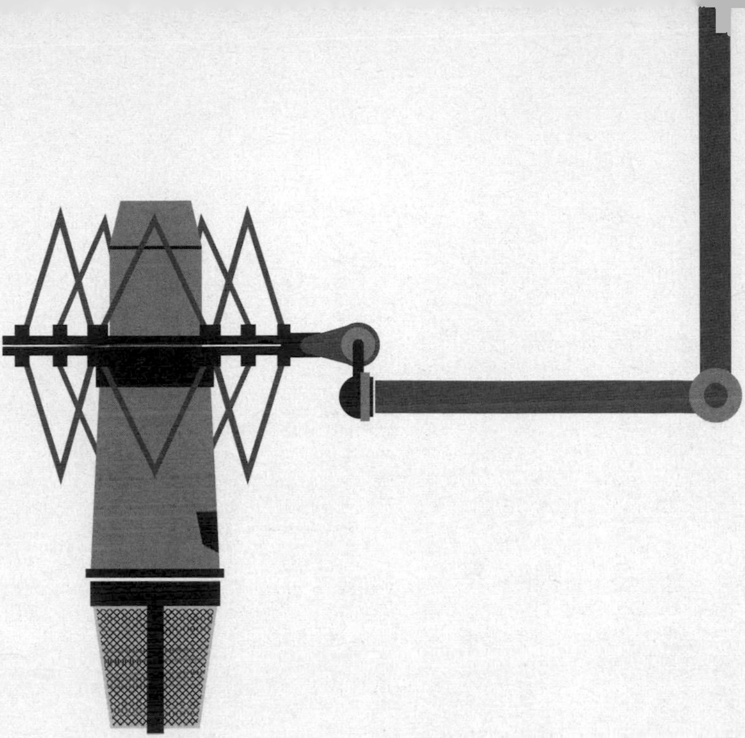

第一章

一

「請到淺草豪景酒店附近。」

我收起雨傘，在深夜時分坐進計程車。

「啊，豪景酒店是嗎？知道了。」

司機先頓一頓，才開口回答。

對方回答慢半拍的理由，我早已無比清楚，甚至可以準確預測他的下一步。他會重新坐好，假裝若無其事地看向後照鏡，試圖看清我的臉。而我也會假裝不經意地縮起脖子，轉開視線。他會繼續緊迫盯人，雙眼會像是看到某種神祕物體一般驟然停止，隨後下一秒鐘開始咳嗽，以免被發現他差點忍俊不住笑出來。看吧，果然咳嗽了。

「嗯哼，咳咳……」

其實不必掩飾也沒關係，因為大家都是這樣。

我沒有對他這麼說，而是目不轉睛地瞪著窗外的雨。要是雨沒下這麼大，就可以走路過去了。不對，若是平常，即使下雨我也會走路過去，可是今天晚上，從後背到後頸周圍老是有股莫名的惡寒，為了以防萬一我才會攔計程車。畢竟喉嚨要是出問題，就沒辦法工作了。

「七百三十圓。」

第一章

我把事先準備好的零錢交給司機。才剛踏出車外，雨滴就從正面打上我的臉。三月中旬有這麼冷嗎？我一邊撐開傘，一邊走在濕漉漉的人行道上。因為實在太冷，體內深處彷彿有種神經飄浮在空中的感覺。啊，這樣不行，是感冒時特有的寒氣。在喝酒之前，還是先喝點機能性飲料好了。

我把塑膠傘插進傘架，走進便利商店，在入口處旁的機能性飲料架上闊氣地選了看似最貴的商品。不過看了價格發現一瓶要價將近一千五百圓後，換成了旁邊那瓶。收銀枱裡不見店員的蹤影。

我悄悄挪步張望，看到商品架後方有個年輕女店員正在陳列三角飯糰。以前這種大夜班時段並不會出現女性店員，那些修改男女僱用機會均等法的政治家，肯定沒考慮過像我這種男人的心情，我們打從心底害怕在安靜場所和女性店員獨處。店員非常專注地排列飯糰，似乎連我走進店裡都沒發現。是不是應該保持沉默，等她自己回頭看向這邊呢？但我想盡快喝下這瓶機能性飲料，讓身體暖和起來，然後在那家店的吧枱旁坐下，痛快地喝乾番薯燒酒。這麼說來，上週在電台節目上朗誦的來信裡寫著，若在熱水稀釋的番薯燒酒裡加進橘子果醬，會非常好喝。今晚來試試看吧。不過當務之急還是先買下這瓶飲料。我走回收銀枱前方。

「不好意思。」

莫可奈何地喊了店員。

商品架後方傳來女生的聲音，她回了一聲「來了」後，腳步聲跟著逼近。

「讓您久等了。」

她邊說邊看著我。雖然下巴有點戽斗，不過是個非常適合微笑的可愛女生。然而那個微笑在她走到收銀枱後方時便消失殆盡。她嗶一聲掃過機能性飲料的條碼，詢問：「貼膠帶就可以了嗎？」

也不等我回應，自顧自地貼上橘色膠帶，隨後接過千圓鈔票並迅速找錢。她的態度像是我做了什麼十惡不赦的性騷擾般陰沉險惡。我有悅耳動聽的嗓音，卻有一副實在稱不上是美男子的長相，外加皮膚蒼白、體態偏胖、身高普通，戴著一副厚眼鏡，頭髮亂七八糟。就算身上穿的衣服有點土氣，但我到底是對她造成什麼困擾？我做了什麼嗎？不，我什麼也沒做。

「謝謝光臨。」

只有光臨這兩個字的聲音聽起來特別小，肯定是因為她在說完整句話之前，直接轉過頭去。經驗累積到我這種程度之後，就算背向對方也能猜到。她現在只想盡快回到商品架後方，排好飯糰，然後搶在下一位客人進來之前，發訊息給她從高中認識至今的女性朋友，報告一些「剛剛來的客人超好笑的」之類的。隨妳報告，反正我一點也不在意。

我在店外轉開機能性飲料的瓶蓋，邊大口喝著邊看向她。不，事實上根本看不到。我悄悄往旁邊移動，發現正在排列飯糰的她，兩眼高高地吊起，下巴也比剛剛更突出，整張臉看起來像是魔女一樣，邪惡之心在外表上展露無遺。要不要再次走進店裡，隨便說幾句話，讓她的臉變得更加難看呢？

算了，今晚放她一馬。

我離開便利商店，轉進小巷子，走入一棟叫做「豐島第二大樓」的狹長型商業大樓裡，搭上電梯。四周充滿濕氣，飄著酸臭的味道，感覺像我的房間一樣，讓人安心。雖然按下「4」的按鈕，但這聲音和震動格外嚇人的破爛電梯卻遲遲無法抵達樓層。我一邊抬頭看著緩慢跳動的樓層數字，一邊想著母親。日期已經在三個小時前改變了，今天是白色情人節。一個月前，母親給我一盒繫著緞帶的巧克力。不過妹妹沒有給，所以背包裡的餅乾盒只有一個。

電梯抵達四樓後開啟大門。眼前有個看似臨時公廁般狹窄的電梯等候處，正前方有扇寫著「if」的門。正當我拉開那扇門的瞬間——

「啊嗚！」

我的臉突然被一個堅硬的東西直接命中，當場痛得蹲下去。

「看吧，百花。果然很危險。只要一拉開門，那個東西就會正好跳起來打到臉。」

「剛剛試裝的時候明明沒問題呀。」

「妳剛剛不是為了不被打到，所以門開得很慢嗎？」

「那是因為臉被打到一定很痛嘛，媽媽桑。」

啊哈哈哈哈哈哈！兩人同時大笑出來。等到笑聲漸漸止歇，眼看兩人似乎打算直接談論起別的話題時，我立刻站了起來。

「這是在搞什麼啊！」

掛在大門上方的牛鈴，金屬製的鐘錘上綁著一條細棉繩，末端吊著一條硬邦邦的魚。不過不是真魚。

「這不是擬餌嗎？」

「哎呀，小恭你知道這個？」

蹺著一雙長腿坐在吧枱邊的百花小姐，用毫無生氣的眼睛轉頭看來。

「我至少還知道擬餌，就是用這個引誘魚上鉤的吧。」

雖然我不曾釣過魚，還是做出了用力拉動釣竿的動作。

「我是不知道，只是去紐西蘭旅遊時看到這個，想說這個魚型擺飾真可愛，所以買回來送給媽媽桑。結果她一看就說：『哎呀，百花真傻，這是釣魚的工具呀。』難怪會跟魚鉤、釣竿之類的東西擺在一起賣，真是太丟人了。」

「為什麼要綁在這種地方？」

「因為我覺得這樣很好看，所以跟媽媽桑要了燉豬肉用的棉繩，吊在那裡……哎呀，下雨了嗎？」

她的頭歪向一邊看著我的塑膠傘。不知道她是否喝多了，纖細的脖子扭成令人害怕的角度。

「下好久了。百花小姐，妳什麼時候開始待在這裡？」

「開店之後就一直待在這裡。」

開口回答的人是輝美媽媽桑。她平常總會在自己稍短的頭髮上玩出許多花樣，今晚卻讓瀏海毫不留情地向前突出，變得像飛機頭似的。

「所以我們也在這裡從頭到尾聽完了小恭的電台節目喔。對吧？百花。」

「對呀，媽媽桑。」

「那個故事很有趣呢。叫做什麼來著？動物殺蟲劑？」

是生物殺蟲劑（Biopesticide）。我如此糾正，不過我也是今天晚上才知道這個詞。

「為了驅趕溫室裡的蟎蟲，所以拋撒那種蟎蟲的天敵蟎蟲。」

「對對對，就是那個。那個在車子裡面丟蟎蟲的故事。還真的有人做得出這麼誇張的事呢。」

那是聽眾透過電子郵件寄來的經驗談。是位國籍不明，筆名叫做「流浪者（IMUGE・MIJAKIM）」的女性，父親似乎因為裁員而丟了工作。對社會懷恨在心的父親，每天都在絕望中計畫如何報復公司老闆，而她想盡辦法要阻止父親。但因為不管對父親說什麼他都聽不進去，最後只好在父親的車子裡丟進一整瓶的蟎蟲，讓他全身紅腫臥病在床。現實有時候真的比小說還離奇，世界上果然什麼樣的人都有。我的電台節目就是靠這些聽眾以電子郵件或明信片寄來類似的經驗談，才得以支撐下去。

「小恭也快點坐下。」

「嗯，不過在這之前，還是先把擬餌拆下來……那上面應該有鉤子吧？」

「有，我買的時候還覺得很奇怪。」

百花小姐彷彿打從心底感到不可思議。

「因為魚身上有鉤子很奇怪。雖然我知道魚是用鉤子釣起來的。」

看來應該是我運氣好才沒受傷。我把牛鈴上的細繩解開，連同擬餌一起放在吧枱上，然後坐在百花小姐旁邊。

「嗯，剛剛烤了沙丁魚嗎？」

「對，百花一看到擬餌，嚷嚷著想吃魚，所以就烤來吃了。討厭，有味道嗎？剛才明明有打開抽油煙機，也有打開廚房窗戶換氣。」

經一夜風乾的沙丁魚是「ｉｆ」的知名料理，魚是輝美媽媽桑一位在海邊捕魚為業的親戚送來的。我心想著會不會有沒吃完剩下的，於是看向百花小姐的桌子前方。不過吧枱上的白色盤子裡沒有沙丁魚，而是切成絲的萵苣。裡面只有萵苣。

百花小姐用筷子夾起一大把萵苣，塞進嘴裡。她含糊不清地說著「窩打算——」隨後吞下萵苣再說一次：

「我打算大量攝取維他命E。媽媽桑，再來一盤。」

「差不多該換個口味了吧？」

「沒關係。媽媽桑的沙拉醬吃再多也不膩。」

我試著問她維他命E到底有什麼效果，她馬上回答可以促進懷孕。

「維他命E啊，是在研究生殖機能時發現的。當初讓小白鼠大量攝取萵苣，結果出現懷孕機率上昇的情況，經過調查，才在萵苣裡發現了新型維他命，也就是維他命E。」

百花小姐在這方面擁有異常豐富的知識，所謂「這方面」指的是和性愛有關的事物。例如「kiss」這個單字源自於歐洲部分地區過去曾使用的哥德語，意思是「品嘗」；還有吻痕遲遲不消失的時候，將檸檬片敷在吻痕上就會消失；右撇子男性的左腦比較發達，所以右邊睪丸向上收縮的肌肉會比左邊更發達，囊袋也會比較偏右上；還有下垂的左側囊袋會把小兄弟向下拉，所以右撇子男性在撫慰自己的小兄弟時，大多都是面向左下等等。每次見面，她都會告訴我一堆奇奇怪怪的知識。我目前的生活和kiss或吻痕都沒有關聯，哪個東西被拉到哪個方向其實也沒什麼差，不過為了將來某一天必須在日常生活中用上性知識，我還是決定向百花小姐討教。只不過到目前為止，我的人生還沒有出現類似的需求，只是個年滿三十四歲的可悲處男。

「所以呢？」

「我想懷孕，所以才吃。」

「想懷誰的孩子？」

「客人的。有妻小的四十四歲男人。」

她一邊用指尖擦去嘴邊的沙拉醬，一邊回答。

「他說要跟老婆離婚，但我總覺得那不是真心話。所以我想，要是有了孩子，他說不定就會認真起來，也才會如此大量攝取維他命Ｅ。等到下次要做的時候再騙他，說我今天是安全日。」

百花小姐用非常挑逗的語氣說出「我今天是安全日」這幾個字之後，又開始吃起另一盤滿滿的萵苣。

「不過百花啊，要是懷孕，妳就必須辭掉工作了吧？」

媽媽桑把雙手手肘撐在吧枱上，看著百花小姐的臉。

「妳好不容易才成為那家店的第一把交椅。」

「沒關係。因為我會成為沖田先生的老婆。」

那個有妻小的四十四歲男人，似乎姓沖田。

「要是他對妳說沒辦法跟老婆分手，妳要怎麼辦？」

「到時候我就自己扶養孩子。反正我有錢，總會想出辦法。媽媽桑不也是一發現自己懷孕，對方就馬上逃跑了嗎？」

「呵呵，沒錯，不過那已經是二十多年前的事情了。」

媽媽桑含糊地點頭回應，同時低頭看向吧枱上的相框。相框裡放的是她女兒的照片。每當媽媽桑喝醉，或是雖然沒喝醉，卻懶得回應客人點單時，我們就會擅自走到吧枱後方自行添酒。那時，就會看到照片。那張露出可愛微笑的側臉，跟媽媽桑驚人地神似。

「不過這種菜葉真的能讓人懷孕嗎？小恭你怎麼看？」

「我怎麼知道。」

「你說說看嘛，說會有懷孕的效果。」

「為什麼？」

「反正你說就對了，要帶感情喔。」

百花小姐放下筷子，閉上眼睛轉頭面向我。以前遠遠地看，就覺得她的長相相當端正，而現在這樣近距離注視下，發現她似乎變得更標緻了。真不愧是知名酒店點枱率最高的酒店小姐。不論是眼睛、嘴巴或鼻子，看起來都不像是單純用來視物、進食或嗅聞的器官，簡直完美得無以復加。再加上那對無視於纖細體態的巨大胸部，與其說是兩個，看起來其實更像是一個橫長形的物體塞在衣服底下。

沒辦法，我只好湊在她的耳邊說：

「別擔心……妳一定會懷孕。」

百花小姐開心地扭動身體，然後就這樣避開了我的臉，直接轉回吧枱的方向，繼續大口大口吃著萵苣。

第一章

「聽到小恭的聲音這樣說，就覺得什麼事情都可以相信了。」

那真是太好了。

「媽媽桑，我想要熱水稀釋的番薯燒酒。有橘子果醬嗎？聽說加進去會很好喝。」

草莓果醬的話就有。媽媽桑這麼說完，打開吧枱下的冰箱時——

咚！發出了一聲悶響。

是從哪裡傳出來的？

我們停止聊天，開始張望四周。媽媽桑邊說「是電梯那邊嗎？」邊看向店門口，百花小姐則看著地板說「是樓下吧？」。但我覺得聲音應該是從大樓外面傳進來的。感覺是兩個體態十分沉重的人撞在一起，也像是某個巨大的東西倒下來——或是掉下來。

聲音僅此一聲，此後再沒有動靜。

真奇怪。媽媽桑微微歪頭，從冰箱拿出草莓果醬。她用力轉動蓋子，但是打不開。接著遞給我，所以我也試著轉，不過同樣打不開。一旁的百花小姐直接搶走瓶子，隨手一扭就開了。

「明明不是美男子，卻也是沒什麼力氣呢，小恭。」

「嗯。而且又沒錢。」

這個時候，我們已經全然忘了那個聲音。壓根兒沒想到，那個聲音其實正宣告了那一個完全脫離常軌的恐怖計畫正式開始。

「要是結婚諮詢處的申請表格上面有『聲音』這個欄位就好了。就寫在個人資料那邊。」

「結婚什麼的，我才沒興趣。再說，我光是跟女人說話就緊張得要死，交往或是其他事情更不必說了。」

「明明在這裡就能正常講話～」

百花小姐伸出左手，越過拿著筷子的右手，摸著我的下巴。

沒錯，我也覺得這一點非常不可思議。待在這家店裡時，自己就有辦法跟女性正常交談。輝美媽媽桑是個美人，百花小姐更是擁有一張媲美女明星的精緻臉蛋，我卻從來沒有想退縮或是害羞的感覺。

「而且，因為聲音是這個樣子，所以實際看到長相的時候會很失望吧？大家都這樣。」

我嘆一口氣。

「其實沒有那麼糟啊，小恭。」

百花小姐轉過頭來，無比認真地出言安慰。

「是你的聲音太好聽了。」

這正是從十五歲開始就一直困擾著我的事情。

我之所以成為電台節目主持人，是因為曾在美國鄉間，被一個不認識的白人搶走所有財物並遭毆打。當年為了尋找自己真正想做的工作而獨自旅遊世界各地，卻碰上強盜。等對方離開後，我好不容易靠著自己站起來，拚死走到城鎮所在地，但是就在這一刻精疲力盡，砰一聲倒在滾燙的地面上。撞擊力道正好打開了腰包裡的收音機開關。那是強盜認為毫無價值而留下的收音機。連串的英文，雖然不知道在說什麼，不過光憑它是人類的聲音，就讓我獲得了勇氣。現在這一刻，有個人在某個錄音室裡說話，這微不足道的事實帶給我力量。自己也想成為電台節目主持人，總有一天能擁有自己的節目，為認識或不認識的人帶來勇氣與力量。這是對外宣稱的說辭，但實際上完全不是這麼一回事。

我第一次注意到自己的聲音非比尋常，是在過了變聲期不久，國中二年級的那年春天，每個負責教課的新老師都會盯著我的臉看。一開始，我還以為自己的外表是不是突然不一樣了。那時候我正好鼻子下方開始長出寒毛，喉結開始明顯突出，兩道眉毛差點要連在一起，所以有點擔心老師們是否相當在意我的第二性徵。實際上並非如此，我發現大家只會在我發出聲音的那一瞬間轉過頭來。當課程開始之前，老師還在翻閱講義或是在黑板上固定紙卡時，教室裡多半是一片吵雜，我也總是和坐在附近的朋友聊著不痛不癢的話題。在我開口的那一刻，講臺上的老師總會突然轉過頭來。然後老師會露出詫異的表情一直盯著我看，直到發現我也呆愣地回望，才趕緊移開目光。類似狀況不只發生在教室裡，在漢堡店、公園，還有上下學途中都頻頻發生。突然看向我的人有店員、抱著嬰兒的母親，還有完全不認識的路人。

會是聲音的關係嗎？某一天我忽然發現這一點。

很快的，懷疑變成了確定。

之後我就變得無法開口說話了。該怎麼形容這個狀況？大概就像一個胸部尺寸非常驚人的女生，因為討厭這樣，所以總是穿著寬鬆的衣服。我漸漸無法在人前說話。即使開口，聲音也非常小，近似耳語。朋友變少了，幾乎沒有朋友。剛好同一時期，最敬愛的父親因為生病辭世。我變成了世人所說的繭居族，再也不願踏出房門一步。每天都在玩《超級瑪利歐》，吃香菇讓自己長大，踩扁撞飛許多敵人，拿到無敵星星掃光所有小怪，救出好幾十個碧姬公主。那一年生日，母親送給我一臺電晶體收音機。會單方面對我說話的收音機成為我的摯友，在它的支持下，我和超級瑪利歐笑著道別，再次回到學校，進了水準偏低的高中，考上普通等級的大學。後來多虧偶然出現的大型招考，我在四年後的春天成為夢想中的廣播電台員工，不過做的是行政工作。

進入公司第二年，一個叫做餅岡的怪姓氏導播丟了一份已經在節目裡用過的新聞原稿過來，對我說「你念念看這個」。那時正好是二十世紀終結之年，「Millennialism」這個字出現了四次之多。我一次也沒吃螺絲，順暢念完整份原稿。餅岡先生笑著對我說：「憑你這個聲音，就算當主持人也沒問題。」隨後又笑得更開心地補上一句：「如果你有說話才能的話。」

而我確實有才能。

我自己也很驚訝。俗話說耳濡目染，可能是因為長年和收音機密切往來的關係。不然也有可能和住在八王子郊區的外祖父母有關，因為他們曾經是巡迴藝人。在餅岡好意安排下，我在不知不覺當中進入錄音室內。先是擔任介紹獨立樂團的節目助手，朗讀小說的知名臺詞，說出感想，最後終於擁有了自己的節目。就像過去因為胸部感到自卑的女生，如今終於把胸部當成武器，開始以藝人身分活動一樣，我也開始以聲音工作維生。

♪答、答啦——答、答拉——答答啦答答啦答答啦、鏘、咚！

接下來是桐畑恭太郎的《1UP人生》。今天也從上野錄音室呈獻給各位。

節目時間是從週一至週六的晚上十點到凌晨一點，製作人是餅岡先生。開播至今已經有整整七年。剛開始還沒多少聽眾，但現在在卡車司機、深夜食堂的店員，以及學生族群之間，已經成為頗具知名度的人氣節目，獲得相當不錯的收聽率。人生在世真的不知道會出現什麼際遇。

第一章

「果醬大概要放多少才好？」

「啊，應該是多少呢？」

「再來一盤萵苣。」

說到充滿魅力的嗓音，一般人想像的多半是音域較低、富有男子氣概的聲音。不過真要分類的話，我的聲音其實比平均聲線稍高，有點嘶啞——用言語形容實在很困難。我自己試聽過節目當中的錄音，仍然不懂到底是哪個部分吸引人。百花小姐她們曾說大概是波長比較特殊，可是這種事情真的存在嗎？

「好冷好冷好冷好冷！」

入口處的牛鈴響起，石之崎先生走了進來。

「啊，是小石。歡迎光臨。」

「冷死人啦，媽媽桑。明明都已經三月了。不過俺要啤酒。喔，百花晚安。小恭，俺可以坐你旁邊嗎？」

「請坐。你渾身濕透了呢。」

「就是說嘛。得小心不要感冒了。」

可能是路上沒有撐傘的關係，石之崎先生一邊用手帕忙不迭地擦著浸透外套、甚至滲入工作服胸口的雨水，一邊把肥大的屁股挪到吧枱椅上。至於之後不斷左右搖擺、微調坐位的動作，則是為了尋找不會刺激痔瘡的最佳坐姿。我和他第一次見面時，石之崎先生就已經得了慢性痔瘡，經常露出肅穆的神情表示「因為俺帶著一顆定時炸彈」。痔瘡這種東西，要是長久不癒的話，好像真的會變得很糟糕，所以我總是建議石之崎先生盡可能地運動，攝取蔬菜，泡澡的時候要慢慢地坐進澡盆，以免發生不幸事件。

「小石哥，幸好你不是在我之前進門。」

我抱怨了剛剛的擬餌事件，結果石之崎先生笑得全身抖動，光這樣就出了滿身大汗。他用媽媽桑遞來的濕毛巾胡亂擦臉，拘謹地重新折好，放在自己面前。石之崎先生的手非常粗糙，每一根手指都幾乎有我的兩倍粗，關節之間長著鐵絲般的黑毛。只因為他臉上總是掛著微笑，說話口吻非常悠哉，眼睛總是會在喝飲料的時候變成鬥雞眼，所以不覺得有什麼問題，不然肯定壓迫感十足。

「哎，反正又沒有被釣到，沒啥關係的啦。別說這個了，小恭，俺會臭嗎？」

他開始交替聞著自己的兩隻袖子。

「我沒聞到什麼味道？」

「今天在工作地點灑了一大堆藥，因為突然蹦出一卡車的蟑螂。吶，真的不臭嗎？」

「一點也不臭。」

「你好好聞一下啦。」

石之崎先生經營一家驅逐害獸害蟲的小型公司，和東京都內的大廈管理公司簽約，負責在辦公室業務結束之後到深夜這段期間，走遍每棟大樓，驅趕內部的老鼠與蟑螂。據說老鼠是用黏鼠板和毒餌處理，蟑螂則是噴藥驅逐。他獨自一人完成社長、業務、行政人員和作業員的工作，平常總是在現場工作結束後繞過來這裡，等待第一班電車發車，然後回家睡到十點或十一點。也就是說，他的生活作息和我一樣。不過話說回來，會在同一個時段來到同一家店的客人，其實生活作息時間大多差不了多少。

「因為俺覺得太臭的話會過意不去，所以在這附近閒晃了好幾圈。」

「所以才會淋得這麼濕嗎？」

「啊，不是。俺在大樓附近走動的時候，被一個看起來像黑道的男人纏上了。」

哎呀，真讓人不舒服。媽媽桑邊說邊皺起兩道柳眉。

「不過看了小石的外貌竟然還敢過來糾纏，膽子還真不小呢。搞不好是真貨。」

「說是被纏上，其實就是一個超級高大的男人把傘扔掉，然後走過來瞪俺而已。大概這──麼近。」

石之崎先生忽然瞪大眼睛逼近我的額頭。

「結果俺嚇一跳，一不小心拿著雨傘高舉雙手，最後就被淋濕了。」

「欸，先別管黑道什麼的，小石剛剛有跌倒嗎？」

百花小姐把脖子扭成令人害怕的角度，看著石之崎先生的臉。

「咦？為什麼這麼問？」

「剛剛聽到很大的聲音啊。」

然而石之崎先生似乎沒有注意到聲響，只含糊地把頭歪向一邊。後來話題就此改變。明明好不容易才想起剛剛的聲音，我們又忘了一次。世界上真正重要的大事，絕大部分是事後才知道有多重要，在此之前幾乎都會像現在這樣，左耳進右耳出。

「不知道鈴香今天會不會來？」

石之崎先生用他厚實的手掌一把抓住媽媽桑端出來的啤酒，狠狠喝了一大口，隨後漫不經心地望著吧枱兩端。鈴香也是這間「ｉｆ」的常客，擁有一張不遜於百花小姐的漂亮臉蛋——身後的牛鈴響了，所有人不約而同地看了過去。

「喔，說人人到嗎？」

可是出現的不是鈴香，而是一個沒人見過的女孩。

第一眼見到她，我們都愣住了。

年紀大約十八、九歲——我看起來是如此。之後問了其他人，大家也同意差不多就是那個歲數。單薄、嬌小、黑髮，身穿米白色的針織毛衣，渾身濕透，雙唇半張。她濕漉漉的瀏海下，若隱若現的眼眸完全沒有聚焦，漆黑的瞳孔微微晃動。她的兩條手臂彷彿木棍般垂在身體左右，每跨出一步，迷你裙下方的膝蓋就會驚人地左搖右晃，右腳的長筒襪有線頭脫落——不對，那完全是破掉了。大概有勾到什麼東西？

她朝著這裡走來。一步，再一步，動作僵硬得宛如定格播放。

她停留在這家店裡的時間，大概只有短短一到兩分鐘。她離開後，我不經意地看了看手錶，時間剛好是二點二十二分。不過話說回來，我的手錶不是數位錶，所以當時腦中其實並沒有「剛好」這個念頭，而且時間要素也沒有在後來出現任何重大意義。

「歡迎光臨……嗯？」

媽媽桑把雙手舉到一個不上不下的高度，閉口不語；百花小姐用醉意全消的口吻表示「這不是都濕透了嗎」；而石之崎先生則是輕聲說出「是發生了什麼事嗎」。

「Coaster……」

她開了口。

虛弱，沙啞，幾乎和氣音沒兩樣。

面孔保持著少許向上的角度，她再次說出同樣的話。

「Coaster……」

媽媽桑仍然僵著一張臉，只動手從吧枱後方拿出一張coaster（杯墊），舉高到自己肩膀高度，像是在確認這個行不行似地晃了兩下。

對方空洞的眼睛，看見了杯墊。

纖細的手臂伸了過來，兩根潮濕的手指捏住杯墊。明明是她自己說出「coaster」這個詞，卻不斷眨著眼睛，彷彿十分訝異這玩意到底是什麼東西似的。她的右手無力地向下墜落，水珠從指尖滑下，染濕了杯墊。

她一個轉身。可以看見她的毛衣被割得慘不忍睹，後背滲出大片紅色的鮮血——我以為會出現這一幕，實際上並非如此，只是單純被雨淋濕而已。她緩緩邁步，像當初走進來的時候一樣，一步、兩步、三步……途中，杯墊從手中掉落，答一聲貼在地面上。她完全沒有回頭的跡象，伸手握住門把。因為開門速度極慢，牛鈴幾乎沒有發出聲響，關門的時候也同樣安靜無聲。

「那不太正常唄……」

石之崎先生的低語，讓徹底凍結的氣氛再次活動起來。

「俺去看一看。」

石之崎先生屁股滑下吧枱椅，重重踩著腳步，走出門外。不過馬上又回來了，只見他皺著眉頭說：「人不見了。」

「可能已經坐上電梯了吧。電梯在往下走。」

「真讓人覺得不舒服，那女孩是怎麼了？」

「大概是想要杯墊唄？」

「但東西不是被她掉在地上了嗎……嗯？百花妳想說什麼？」

百花小姐表情呆滯地舉起右手，所以所有人都朝她看去。

「我剛剛注意到了。」

她放下手，用粉嫩的唇瓣輕輕夾住精心打理過的拇指指甲，然後接著說。

「那個女孩……說的會不會是korosita（殺掉了）呢？」

＊＊＊

隔天的「1UP人生」內容。

昨天晚上的節目結束後，我去喝酒。去的是之前在節目上提過很多次的，那間位在淺草的酒吧。才剛走進店裡，突然有個東西朝著我的臉直飛過來，幸好我在千鈞一髮之際閃開。我一邊想著到底是什麼東西，一邊朝店裡看去。馬上看到一個高大得嚇人的男人站在吧枱前，惡狠狠地盯著我看。

雖然不知道那個朝臉飛過來的東西是什麼，總之可以確定東西是那個男人丟的。店裡除了媽媽桑之外還有幾位客人，怎麼說呢，總之氣氛非常緊張，完全沒有人開口說話。我偷偷往後瞄一眼，發現有隻沙丁魚掉在電梯等候處。

那個男人朝著剛走進店內的我扔了一條沙丁魚。而且是烤過的。

我不明所以地重新看向店內，男人立刻抓起吧枱盤子裡的另一條沙丁魚，再次朝我丟過來。這樣實在太糟蹋食物，所以我下意識地伸手接住魚。結果男人馬上臉色大變……到底是怎麼了呢……對方忽然變得很不安似的。這時，媽媽桑用嚴肅的聲音對男人開口了。

看，就跟我說的一樣吧。你還是快點在被人打扁之前回去吧。

媽媽桑說完後，男人相當不甘心似地點點頭，從錢包裡拿出萬圓鈔票放在吧枱上，說了句不用找錢之類的話，朝著我走來。最後他從我身邊擦身而過，走出店外。

下一秒鐘，媽媽桑和客人們同時開始鼓掌。為了我鼓掌。

後來聽了他們說明才知道，那個男人獨自跑來喝酒，喝醉之後就開始找媽媽桑和其他客人麻煩。例如故意把杯子摔到地上，還會和旁邊的男客人製造小碰撞。所以媽媽桑就對他這麼說了：等等會有個熟客上門，那個人有練過拳擊，非常厲害，勸你不要再這樣做了。還說：你會被他打扁的。只是這樣反而讓對方變得更惱怒，反駁說：那種人根本沒什麼好怕！我就在這裡等妳說的客人過來！我正好就是在這個時候進門，而且主因應該還是因為我有一副好體格吧，所以對方馬上認定就是這傢伙，才先下手為強地丟了沙丁魚過來。因為我先閃開又接住沙丁魚，所以男人就這麼信了，相信他的對手是個拳擊手。我之所以接得住沙丁魚，不是因為練過拳擊，而是因為學生時期打過棒球的關係。

哎，反正最後有派上用場就好。已經不知道有多少年沒有接受他人掌聲了呢。真讓人開心。不過，就是那麼一回事吧。即使已經好幾年沒有打棒球，但反射神經這種東西還是會留在身體裡呢。

來聽首有點年代的歌吧。GReeeeN的〈奇蹟〉。

二

小學二年級那年，父親確實買了棒球手套給我。但我試著戴上左手，開合幾次之後，大拇指根部開始痛起來，後來連一次也不曾用過。記得當初看到房間角落的手套蒙上灰塵，逐漸消失在漫畫和遊戲攻略本之下時，父親的眼神似乎非常哀傷。我一邊回想著這件往事，一邊和警衛先生打聲招呼，走出電台。

昨天一直擔心的感冒，似乎在正式發病前消失無蹤，生財工具（喉嚨）的狀況還不錯。可能是那個神祕女孩所帶來的巨大衝擊，將我體內的感冒病毒全部驅逐出去了。但還是不能大意。我從包包裡拿出口罩戴上，一如往常地朝著「ｉｆ」前進。

今天和昨天的天氣迥然不同，白天時相當晴朗，即使已屆深夜，氣溫仍然溫和。像這樣的日子，連走向「ｉｆ」的腳步都會輕快許多。

昨晚那件事之後，我們等到第一班車開始運行便各自離店。我在離家最近的車站旁邊買了牛肉蓋飯，回到公寓，鑽進從來沒有收起來的床鋪，像隻烏龜似地吃完牛肉蓋飯，心裡還想著必須刷牙的時候就睡著了。醒來一睜開眼睛，就發現保麗龍容器卡在自己的臉上。難怪會夢見自己變成牛肉蓋飯。

「殺掉了……是嗎？」

百花小姐是這麼說的，但真相到底是什麼呢？我在意得不得了。之後也沒有聽說「ｉｆ」那一帶發生殺人事件的新聞。

我立起短外套的領子，沿著冷清無人的國道，一路走到淺草。進入豐島第二大樓的電梯，搖搖晃晃地抵達四樓，才剛把「ｉｆ」的大門拉開一條縫，我便停下了手。搞不好又設了什麼機關。於是我把右眼湊在門縫上，試著緩緩開門。結果才開到一半，大門猛然打開……

「啊嗚！」

門板不偏不倚地擊中我的鼻子。

「什麼啊，這不是小恭嗎？」

百花小姐一副大失所望的神情，低頭望著倒在地上打滾的我。

「大門動得有點奇怪，還以為是昨天那個女生又來了呢。討厭，不要偷看人家的內褲啦。」

「我才沒看。」

眼鏡被撞飛了，所以看不清楚。

「咦，小恭來了嗎？」

裡面傳來鈴香嬌嫩的聲音。我撿起眼鏡，按住鼻子，走進店內。

「要是沒戴口罩，現在可能已經受傷了……」

「小恭昨天晚上有來吧？人家昨天工作時遇上討厭的事，哭得唏哩嘩啦的，眼睛都腫起來了。

因為不想讓小恭看到那張臉，所以才沒有過來。」

鈴香抑揚頓挫地說完這番話，伸出纖長的十根指頭包住我的臉頰。精緻的臉蛋貼到不能再近，彷彿對著我的口罩吹氣似地開口。

「好想見你喔。」

又來了。

「啊，對了，我有東西要交給鈴香。」

我摸索著背包，掏出一盒餅乾。

「上個月不是有給我巧克力嗎？這個給你。」

「哎呀，討厭，這是回禮嗎？啊，怎麼辦，人家超開心的！」

鈴香以全身顫抖來表現出喜悅之情，水潤的雙眼筆直地望了過來。他的嘴巴輕柔地湊到我的耳邊，用只有我聽得見的聲音呢喃著「最喜歡你了」。

「下次我什麼事都願意幫你做喔。」

「喔……如果有機會的話。」

鈴香的本名是智行，在附近一家同志酒吧擔任服務生。工作時總是帶著長假髮，店鋪打烊之後會摘下來，露出一頭比我還短的短髮。身高和鼻梁都非常挺拔，兩腿修長，一雙秀眼美得像是卡通裡出現的美男子。我總是妄想著將來投胎轉世，可以擁有這樣的長相。鈴香私底下不會打扮成女人，穿的是一般常見的時尚男裝，像寶塚男角一樣帥氣。順帶一提，剛剛送給他的餅乾原本是買給母親的，昨天忘記從背包裡拿出來，就這麼帶在身上走來走去。

「小恭，你在節目上把擬餌換成沙丁魚了對唄。而且俺說的那個像黑道的男人也出現了。俺今天一邊灑藥，一邊用耳機聽你的節目。」

石之崎先生作勢把兩根粗壯的手指插進耳裡。

「今天早上一邊沖洗下巴上的牛肉蓋飯醬汁一邊想出來的。感覺怎麼樣？」

「有趣極啦。都是因為那個故事，害俺忍不住想吃沙丁魚，所以剛剛拜託媽媽桑烤魚。小恭要不要也來一隻？」

偎著檸檬的一夜風乾沙丁魚，放在石之崎先生眼前的盤子裡。我分了一隻過來，從頭咬下去，同時向媽媽桑點了啤酒。今天晚上，媽媽桑把瀏海一絲不苟地分成了「人」字，額頭戴著一串公主似的飾品。

「所以那個女生怎麼了？」

鈴香翹起一雙長腿，轉頭看向媽媽桑。看來他們正在談論昨天晚上那件事，只見媽媽桑一邊搖晃著額頭上的玻璃墜飾一邊比手畫腳地對著鈴香描述後續。我、石之崎先生和百花小姐也不時插嘴補充。

「……korosita（殺掉了）？」

鈴香壓低了聲音。

「那是真的嗎？」

「百花是這麼認為的。不過被她這麼一說，我也覺得聽起來似乎就是那樣。coaster、coaster、coaster、korosita……聲音很沙啞，像是只用氣音說話的感覺。」

「這樣不是很糟糕嗎，媽媽桑！還是跟警察報備一下比較好？」

「嗯，真的要嗎——」

牛鈴響起，我們不約而同地回頭。

然後大吃一驚。

因為出現在門外的人，正好就是話題當中的女主角。

她的模樣和昨天完全不同，快步走進來之後立刻坐上最左邊的吧枱椅。手肘架在吧枱桌上，雙手互握，表現出一副「嗯哼，原來是這種店」的感覺，刷刷刷地轉頭眺望著店內，瀏海隨之飄動，接著再看向媽媽桑。

「Coaster。」

「咦？」

「請讓我看看coaster。」

「Coaster？」

「對，coaster（杯墊）。」

說話口吻平淡無奇，卻又隱含著某種挑釁意味。媽媽桑黏著濃密假睫毛的眼皮眨了好幾下，從吧枱後方拿出一張杯墊。和昨天一樣，那是一張黑色毛氈製的簡單杯墊。這家店裡就只有這個造型的杯墊。

「謝謝。」

接過杯墊後，她用雙手拿了起來，開始仔細觀察，正面、背面、側面、斜角。甚至還高舉過頭，彷彿透著光觀看似的。我們也忍不住拿起自己面前的杯墊，模仿她的動作加以觀察。但杯墊就是杯墊，不會因此變成其他東西。

她像是說著原來如此一般微微頷首，然後在無人詢問的情況下自顧自地說了起來。

「我很喜歡杯墊。平常總是會走進沒去過的酒吧，四處欣賞各式各樣的杯墊。這是我的興趣。昨天是因為忘了帶傘才會淋得全身濕答答，真是不好意思。我覺得要是弄濕椅子實在太過意不去，所以只看了杯墊就回家了。」

一口氣說完後，她轉頭看向我們這裡。

眼神透露出「你們有什麼意見嗎！」的訊息。

昨天看起來只有十八、九歲，不過年紀似乎更大一點。二十歲前半——大概比百花小姐和鈴香稍微小一點。至於今天為什麼會這麼覺得，是因為她今天化了完整的妝，只是這一刻還無法得知她真正的年齡。話說回來，仔細看過之後發現她和我的初戀情人有點像，不論是沉穩的長相，或者是和長相不合、渾身帶刺的氣質。連那一頭有點像日本人偶，也有點像安全帽的齊瀏海橢圓型髮型，全都十分神似。我的初戀降臨得很晚，是在高二的時候。對象是同班同學，外號叫做美加可。因為名字是美加，所以叫做美加可。不知道為什麼要加個可字。我一直都躲在遠處凝視著美加可，從來不曾和她說過話。雖然如此，她仍然在背地裡說我「好噁心」還做出嘔吐的動作。這是好心的男性朋友告訴我的。當時我謊稱感冒騙了母親，向好不容易才復學的學校請了三天假，一直躲在房間裡聽廣播。

「嗯……您要喝什麼呢？」

因為她坐在吧枱椅上，基於店長立場，媽媽桑只能這樣問。她對手裡的杯墊瞥下最後一眼，露出「真是沒辦法」的表情，然後把東西啪地一聲拍在吧枱上，抬起頭來。

「給我琴蕾。」

「啊，抱歉，我們這裡沒辦法做雞尾酒。因為我不知道做法。而且大家都只喝威士忌、燒酒和日本酒——」

「那就算了。」

因為她似乎準備離席——

「琴蕾我會做喔。」

我猛然開口說道。

要是就這麼讓她離開，感覺會有很多事情讓人在意得不得了。

「剛好前陣子的節目有提過這個。關於琴蕾的話題。」

那大概是兩個月之前的事了。因為女性聽眾提出的問題郵件當中，出現了「桐畑先生平常都喝什麼樣的酒」這樣的問題，我回答自己喜歡琴蕾。其實我根本沒喝過這種飲料，只是配合聽眾對我的印象才這樣回答。為了帶出真實感，我還提起了事先在網路上調查好的酒譜，隨口補充「比起萊姆果汁，我更喜歡加進萊姆原汁和糖漿」之類的內容。

她轉頭看了過來。眼睛、嘴唇、臉頰，全都像尊純白的雕像一般完美凝固。即使實際上並沒有親眼目睹，我腦中還是倏地閃過美加可邊說「好噁心」邊作勢嘔吐的模樣。

「……節目？」

她的表情絲毫未變，說話時只有移動嘴唇。

「那個，你該不會……」

該不會？

「該不會是桐畑恭太郎先生吧？」

糟了──我全身僵硬起來。想不到她竟然知道我。會是節目聽眾嗎？怎麼想都只有這個理由。既然有在聽廣播節目，那麼她一定和其他聽眾一樣，非常具體地想像過我的長相。而且那副長相肯定也和其他聽眾想的一樣，是我重新投胎五次也不可能得到的完美面孔。

「我一直都有聽你的節目。」

果然。

「我是你的忠實粉絲！」

我的身體還是一樣僵硬，但腦海當中冒出了一個問號。因為這樣不對勁。不不，和她說她是桐畑恭太郎的粉絲無關，而是她已經看到我的臉，卻仍然有辦法說出「忠實粉絲」這一點相當不對勁。這種人根本不存在。見過我的模樣後，卻不會因為失望透頂而脫離粉絲的女性，根本不可能存在。

「該怎麼說呢……真的和我想得一模一樣。」

她只說到這裡。然後令人驚訝的是，她的雙眼充滿熱情地緊盯著這裡看。雖然很想立刻逃離她的視線，但我馬上意會到沒有這個必要。

「我一直都覺得，你一定是這樣的人。」

因為仔細觀察之後發現，她那熱情的視線並不是對著我的臉。那麼到底是對著誰的臉呢？其實是對著坐在我旁邊坐位上的鈴香。

原來如此、原來如此——我在心中用力一拍大腿。她把我的聲音誤以為是鈴香的聲音了。因為鈴香面向著她，而我則是戴著口罩的關係。也難怪她不覺得失望。

這時，鈴香微微張開了口，似乎打算說些什麼。我立刻抓住他的袖子，在口罩之下輕聲說了句：「快點頭。」

（咦？）

（回答「沒錯」。）

細長的睫毛如昆蟲翅膀般輕拍幾下，鈴香目不轉睛地看著我。

之後數秒，我們之間進行了一場無聲的交易。鈴香，請把你的臉借給我吧。為什麼？因為很帥。才不要呢，麻煩死了。我知道，但還是要拜託你。就說不要了。我剛剛給你餅乾了吧？那不是巧克力的回禮嗎？我還記得你剛剛說過什麼事都願意幫我吧？小恭。拜託，吶，求求你了……

鈴香滿臉笑容地重新看向她，點了點頭。

另一方面，我立刻從背包裡拿出一個新的口罩。是立體型的，可以把鼻子以下完全包覆起來的口罩。我在吧枱底下偷偷把東西交給鈴香。

「我剛剛會說想喝琴蕾，也是因為桐畑先生在節目上說你常喝這種飲料的關係。自己也想喝一次看看。」

鈴香一邊恍然大悟似地點著頭，一邊戴上了我給他的口罩。我躲在他的身後，恍然大悟似地

「喔喔」了一聲。

「真是榮幸，謝謝妳。感冒讓喉嚨的狀況怪怪的，所以不好意思，請讓我戴著口罩。」

「你願意做嗎？」

「咦？」

「桐畑先生願意做琴蕾給我嗎？」

鈴香左右揮著手掌，表示拒絕。但由於我同時回答了「可以啊」的關係，那個動作正好變成了「這種事情根本不需要問」的感覺。鈴香訝異地回頭看我，在口罩底下悄聲說著「人家不會做」，但我的回應是「不要緊」。我不能讓聽眾的美夢幻滅。特別是美女聽眾的美夢。另外，要是現在能稍微充當一下她的說話對象，說不定能解開昨天晚上的謎題。

鈴香動作生硬地站起來。看得出來他想盡量表現得像個男人，讓人覺得很過意不去，可是真的無計可施了。我配合著鈴香轉過頭來的時機，開口說道：

「過來幫忙吧。」

一個點頭之後跟著站起來。

鈴香眼中浮現出少許鬆了一口氣的神情。媽媽桑一副欲言又止的模樣，看著我們繞過吧枱，走進內側。石之崎先生和百花小姐似乎也相當興致勃勃，瞪大了眼睛觀望。

「他是我的經紀人。」

我在鈴香身後站定，這麼說道。因為空間相當小，即使兩人靠在一起也沒什麼不自然的地方。

「你身邊果然有這樣的人呢。」

「嗯。」

說完，我從鈴香身旁探頭，向她點頭示意。表情始終沒有任何變化的她，卻在這個時候瞇起眼睛微笑，讓我忍不住難為情起來，立刻縮回去。

「接下來——」

我這麼一說，鈴香立刻轉身面對背後的酒架，啪一聲拍了一下手，摩拳擦掌起來。琴蕾的做法很簡單，只要把琴酒和萊姆果汁倒進搖酒杯搖晃即可。可是現在應該採用桐畑恭太郎的風格，使用萊姆原汁和糖漿。首先要找出琴酒在哪裡。啊，找到了。

「可以幫我拿那邊的琴酒嗎？」

我自己說完之後點點頭，拿起琴酒。這時剛好也看到糖漿，於是又接著說「還有糖漿」，同時拿起小玻璃瓶。把東西遞過去的同時，口中順便叨念著「最後剩下萊姆了」，鈴香馬上打開身旁的冰箱尋找萊姆。馬上就找到了。

「接下來就是把這個榨成汁加進去。」

鈴香把萊姆放在砧板上，對切成兩半。他的動作非常生硬笨拙，不過多虧有吧枱桌面擋住，對方應該看不見。話說回來，她到底叫什麼名字？

「妳叫什麼名字？」

我站在低頭看向砧板的鈴香身後，試著開口詢問。

「我叫MIKAJI。」

真可惜。

「MIKAJI KEI。漢字寫成三和木字旁加個尾巴的梶，最後是恩惠的惠。」

原來如此，MIKAJI是姓氏嗎？三梶惠。感覺挺適合她的。比我的名字好太多了。從很早以前開始，只要一看到名字和形貌相當吻合的人，我就會覺得無比羨慕。

「請問你在找什麼呢？」

咦？我連忙順著三梶惠的視線看過去，發現鈴香正左顧右盼地看著杯架四周。我轉頭面向媽媽桑，雙手舉到腹部位置，做出上下摩擦粗壯圓柱體的動作。一時之間還以為到底是在做什麼，不過我其實是在找搖酒杯。媽媽桑啊了一聲，按住了口。

「我們這裡沒有耶。」

糟了。網路上有寫，不能只是把琴酒跟果醬混在一起。必須經過搖晃，混入空氣之後，才能真正帶出琴蕾的味道。我急著四下張望，立刻找到一個寫著「salt」的密封罐。只要把裡面的鹽巴倒出來，說不定可以取代搖酒杯。而且上面也有蓋子，就算倒入液體搖晃，也應該不會漏出來才對。

「沒關係，可以用這個代替。」

雖然我這麼回答，但鈴香並不知道所謂的這個到底是哪個。然而他順著我的視線看去，馬上意會過來。他轉開密封罐的蓋子。把所有鹽巴都倒在砧板上，再把琴酒和糖漿的瓶子拿過來，放在空盪盪的密封罐前。

「琴酒四分之三，然後再把萊姆原汁、糖漿和冰塊加進去。」

表面上是說給三梶惠聽，實際上我是在指導鈴香。我所說的「四分之三」其實是相對於一杯雞尾酒的分量，但鈴香卻一股腦地猛倒琴酒，裝滿了鹽巴密封罐的四分之三。他一邊詫異地眨著眼睛，一邊擠入萊姆原汁，倒進糖漿，丟下冰塊，密封罐裡的液體一直滿到杯緣，水面因為表面張力而微微隆起。鈴香硬是蓋上蓋子，舉到胸前不斷搖晃。因為罐子完全裝滿的關係，搖晃時一點聲音也沒有。搖到最後，兩手痠軟的鈴香把密封罐咚一聲放在吧枱上，找出最大的玻璃杯，倒出裡面的液體。因為沒辦法全部裝完，所以又倒進另一個小杯子。

沉吟了一會，最後決定把大的杯子放在三梶惠面前。

「看起來真好喝……」

因為三梶惠的雙手在嘴唇之前合十，打從心底感動似地這麼說，讓我相當驚訝。這玩意到底哪裡看起來好喝？她用雙手捧起玻璃杯，讓杯中液體流入自己的雙唇縫隙後，雙眼立刻睜大，眉毛也豎了起來。喝下第二口，又露出了同樣的表情。等到喝完第三口，她立刻凝視著鈴香。

「沒想到琴蕾竟然這麼好喝。」

我嚇一跳，伸手拿比較小的那一杯試喝一口，發現琴酒的味道，還有可能還留在密封罐裡的鹽巴鹹味，以及糖漿的甜味全部混在一起，當中又包含著令人不快的萊姆酸味。怎麼說呢……喝起來有點像嘔吐物。媽媽桑接過杯子喝一口，之後閉口不語。隨後接過杯子的百花小姐也陷入沉默，皺起了臉。最後試喝的石之崎先生，稍微有些嗆到。

三梶惠緩緩地喝著杯中飲料。先不論味道好壞，能夠若無其事地喝著這麼烈的酒，表示她的酒量應該相當不錯。我、鈴香、媽媽桑，還有石之崎先生和百花小姐全都這麼認為——

大約三小時後。

我躺在房間裡的吊椅上，一邊晃動一邊凝視著手機。

這張吊椅，是將一根弓狀長棍向上安置在金屬製底座上，頂端垂吊著如同蜘蛛網一般的吊椅本體。只要有半坪大小的空間就能擺放。這是百花小姐店裡的客人送她的禮物，而她邊抱怨著礙手礙腳也該有個限度，把東西帶來了「ｉｆ」。當媽媽桑也在傷腦筋的時候，我開開心心地出面接收吊椅。因為底座尺寸剛好可以放進房間僅存的空間，而且正適合想事情的時候使用。但尺寸大小其實是我的目測錯誤，真要放的話，我鋪著不收的被褥末端勢必需要稍微折起來一點。不過適合想事情這一點則是完全符合預期。彷彿被某種東西緊緊擁抱，也像是被溫柔包覆起來的感覺令人非常安心，我總是坐在這裡，像隻水母似地晃來晃去，如胎兒般全身蜷縮，進行思考。

我現在正想著三梶惠的事。

在那之後，她持續喝著巨大玻璃杯裡的嘔吐物口味飲料，隨後漸漸開始口齒不清，儘管看不下去的石之崎先生試圖阻止，但她仍然堅持「倫家才沒醉」，喝光最後一口，趴在吧枱上睡著了。距離她喝下第一口，才不過短短十五分鐘。不管媽媽桑輕柔地搖動她，或百花小姐湊到她耳邊說著淫聲浪語，三梶惠都沒有任何反應，動也不動地趴了三十分鐘。後來她猛然站起來，像是想起某件要緊事一般面對著鈴香。她伸出雙手用力抓緊，開始說著「請把你的信箱告訴倫家啦」。鈴香緩緩搖頭，但她仍然不斷哀求著「告訴倫家啦」。因為她沒完沒了地說著「告訴倫家」，煩躁起來的鈴香終究還是點頭了。接著，鈴香從外套內袋裡拿出錢包，從裡面掏出一張長方型紙片交給她。那是什麼？我一邊心想一邊看過去，發現是我的名片。雖然上面的住址和電話都是電台的，但這名片只會交給值得信賴的人，所以也印上了我個人的電腦和手機電子信箱。

——因為我把很久以前拿到的名片一直收在錢包裡。

把醉得東倒西歪的三梶惠送上計程車後，鈴香這麼解釋。

——因為，要是告訴她假的信箱，發現收不到郵件，她說不定又會跑來店裡。人家才不要呢，已經不想再假裝是小恭了啦。

原來如此，確實是這樣沒錯。而且也不能把鈴香的電子信箱說出去。因為這麼一來，會害得鈴香不得不和她進行郵件往來，再說鈴香的電子信箱帳號是love-love-loverything，極有可能對三梶惠心中的桐畑恭太郎形象造成巨大傷害。

因為這樣，我估計可能會有郵件進來，所以一邊坐在吊椅上搖晃，一邊凝視手機，心裡思索著三梶惠的事。

首先，關於「coaster（杯墊）」。

她說她的興趣是四處走訪酒吧，欣賞杯墊，不過那應該是騙人的。除了這個說詞怎麼聽都像謊話之外，還有其他根據可以推測她說謊。我大概是在兩個月之前的節目上提到琴蕾的話題，如果她真的是因為聽了節目才想試喝琴蕾，那麼早就該在其他酒吧裡喝過了才對。然而她卻不知道琴蕾是什麼味道。

既然如此，那天晚上全身濕透地出現的她，口中所說的話到底是什麼？會不會真的和百花小姐推測的一樣，是「korosita（殺掉了）」呢？可是那附近並沒有傳出任何殺人事件的新聞，再說殺人犯也不可能在作案隔天大搖大擺地出現在現場附近。而且她看起來並不像是會做出那種恐怖行為的人。

就在這個時候。

用雙手包夾住的手機，突然響起了節目的間奏曲。我「噫！」地一聲倒抽一口氣，嗆得咳起來，吊椅跟著搖來晃去。♪答、答啦——答、答拉——答答啦答答啦答答啦、鏘、咚——是郵件提示音。我看了看手機螢幕確認，上面出現的是沒見過的信箱帳號。不過，帳號裡有mi_ka_ji_da_yoyoyo_0403這排文字。

「……來了。」

這肯定是三梶惠。0403八成是生日。春季出生，果然很符合她的氣質。我輕輕操作著按鍵，打開郵件。

「偶從沒想過自己口以親眼見到最喜翻的桐畑先生。將來也會繼續吱持你。」

看來她還沒酒醒。

「……那麼——」

該怎麼做好呢？

我該回信嗎？可是這麼一來，她可能又會回信。不對，她一定會回信。我也必須再次回信。換句話說，我與她之間會開始郵件往來。

「哎，其實也沒什麼。」

如果只是郵件往來，可以不必碰面，不會洩漏我的真面目其實是這麼地矮肥短。

老實說，我心裡有點想和她再見一面。不對，應該是非常想。有一部分是為了「coaster」之謎，不過最主要的原因，還是因為某個流入我心中的、類似萊姆果汁的東西一直很想要她。然而一旦發展成見面，就不得不拜託鈴香扮演同樣的角色。那樣實在太過意不去了。要他配合這種麻煩狀況兩次、甚至三次，真的很讓人難過。

我在心裡對著鈴香低頭道歉，然後送出回信。

「不介意的話，就再來這家店吧。我不見得每天都在，所以要來的時候請寫信告訴我喔。今天真的很開心！晚安。桐畑恭太郎」

＊＊＊

某個週一深夜的《1UP人生》內容。

我的一個酒友，年紀大概是二十五、六歲。哎，總之就是差不多這個歲數的女孩。臉蛋長得很可愛。就叫她M小姐吧。M小姐現在是在酒店工作，不過她在國二那一年——嗯，接下來的故事會有點恐怖，應該沒問題吧。呃，總而言之，她的老家開了一間小小的餐廳，由母親一個人經營。父親在M小姐還小的時候去世，母親獨撐著店鋪，扶養她長大。為了孝順父母，她在國二那年主動提出想在店裡幫忙。不過主要工作不是面對醉漢，而是準備料理或打掃店面之類的雜事。母親很高興，把開店前的廚房準備工作全部傳授給她。等到M小姐學會工作要領之後，母親把廚房工作交給女兒，而自己可以趁這段空檔處理其他瑣事，省去了許多麻煩。

有一天。

母親把花枝去皮的工作交給M小姐，自己前往附近商店採買食材。

M小姐還在廚房裡幫花枝去皮的時候，聽見了入口拉門打開的聲音。她一邊想著，媽媽怎麼這麼快就回來了？一邊默默地繼續在花枝上下刀，剝掉黏答答的皮。這時，一個素昧平生的男人突然掀開櫃枱末端的活動門走了進來，打開收銀機抽屜。

這到底是怎麼一回事呢？其實那個男人是個小偷，但他沒想到廚房裡竟然有人。只因為他看到母親沒有上鎖就出門，心生歹念，才闖進來打算偷錢。因為廚房門口掛著門簾，刻意不讓其他人看見內部，而且M小姐是在廚房的最裡面做事，所以男人完全沒注意到屋子裡有人，就這麼打開了收銀機。事情來得太過突然，M小姐一時發不出聲音。男人把鈔票全部塞進短外套口袋後，可能還想繼續搜刮其他東西，接著掀開門簾，走進廚房。

然後和M小姐撞個正著。

她反射性地準備尖叫出聲，男人也反射性地做出動作。為了不讓對方叫出聲音，男人準備摀住她的嘴。而她也因為男人朝著自己直衝過來，反射性地抓起砧板上的菜刀，毫不猶豫地往前送去。

男人臉上立刻黏上一隻生花枝。

簡單來說，M小姐抓錯了東西。因為她當時非常驚慌失措嘛。她手上抓的東西不是菜刀，而是花枝。

結果男人發出淒厲的慘叫，拚命退後。

根據警方事後的說明，據說那個小偷從小就非常討厭生花枝。據說已經超越厭惡，逼近害怕的程度。例如那個滑不溜丟的感覺，眼神，還有吸盤的排列方式，總之全部都討厭，小時候也做過好幾次惡夢，夢到自己被花枝吃掉，或是有東西滑溜溜地鑽進自己的喉嚨、眼睛被吸盤吸個不停之類的。

所以才會發出那麼淒厲的慘叫，整個人癱倒在廚房入口。之後更是用短外套的袖子死命擦著被花枝黏液弄得黏答答的臉，接著又聽到他突然發出一聲怪叫，兩腳開始抽動，勉強自己起身逃跑，然後頭頂直接撞上了櫃枱桌角，就這麼失去意識。

對M小姐來說，這一切都發生得莫名其妙，她呆立在原地，右手抓著垂落的花枝，看著地板上不斷抽搐的男人。正在發愣時，一個偶然經過店門口的熟客說他聽見奇怪的聲音，所以走進店裡查看，最後抓住了小偷。

從此之後，M小姐的人生開始轉變。原本十分內向，交不到朋友的她，膽子忽然大了不少，變得非常具有行動力。不對，應該是變得想做什麼就做什麼。現在她也真的非常開心地過著每一天。有錢進帳的時候，就到各個國家旅行。一旦不再害怕失敗，人類就能做到巨大的改變呢。所以「童貞萬歲」先生，您似乎很擔心自己和女朋友的初體驗會出現某些失誤，不過失誤這種東西根本不需要擔心。因為失誤不一定等同於失敗啊。

來聽首歌吧。木匠兄妹的〈I Need to Be in Love〉。

三

三梶惠始終沒有回覆，就這樣過了數日。

某日下午，我來到住家附近的兒童公園，懶洋洋地坐在長椅上。和煦的春陽雖然溫暖，但空氣裡似乎飄盪著不少花粉。進入電台前，必須確實服藥才行。

明明有花粉症，為什麼還要跑來這種地方呢？其實是健康因素。平常通勤路上和工作途中都沒有機會曬到太陽，所以天氣好的時候，我都會盡可能地走出家門。

將口罩下方掀開，咬了一口起司漢堡，一邊咀嚼一邊讓口罩恢復原狀。吞下肚之後，又從口罩下方繼續吃著。孩子們嬉鬧的聲音響徹藍天。從剛剛開始一直啾咕啾咕地叫到現在的鳥，到底叫什麼名字呢？這麼說來，記得很久很久以前，我也想過同樣的事情並且詢問了母親。雖說是很久以前，但其實也是進入電台後不久的事情，母親的鬢角已經出現斑駁白髮。印象中母親確實回答了一個具體的鳥類名稱，可是現在完全想不起來。

吃完起司漢堡，我把包裝紙揉成一團，裝進塑膠袋。從外套內口袋掏出手機看了看，果然還是沒有回信。語音留言顯示為「4則」，不過全部都和三梶惠無關，是母親和妹妹打來的。仔細想想，三梶惠並不知道我的電話號碼。鈴香交給她的名片上只寫了電子郵件信箱。當初把電話號碼告訴她說不定比較好。電話這種東西只能聽到彼此的聲音，就無須露臉這層意義來說，其實和郵件往來沒什麼不同。

我一邊思索乾脆用郵件告訴她自己的電話號碼算了，一邊開啟語音留言。

「是媽媽。其實沒什麼事，只是小直的母奶一直擠出不來，正在煩惱的時候，你外婆開玩笑地露出胸部，然後對著朋生說來吸來吸，那看起來都有點像是豆腐皮了，可是朋生竟然真的認真吸起來，感覺實在很有趣，所以打電話告訴你一聲。以上。啊，原本以為停掉打工工作之後，身體會漸漸怠惰，但還是因為朋生的關係累得慘兮兮。以上。啊，如果冰箱裡的食物沒了，要記得馬上打電話回來。」

其實直到前陣子為止，我一直和母親與妹妹三人一起住在這間公寓裡，不過因為妹妹生產的關係，她們兩人一起回到母親的娘家，所以現在是我人生第一次獨自生活。

身在遠方的家人們——我一邊想著母親、妹妹和外甥，一邊把左手插進外套口袋。抓出耳機，電線一起被拉出來，接在末端的二極體也從口袋裡出現，之後就什麼都沒有了。只需要把二極體的電極和耳機的電極接在一起即可。

一看就知道這是收音機的人，相信應該不多。

這個外觀老舊的耳機叫做晶體耳機，不管是多麼微弱的訊號，它都可以將之轉換成聲音，現在幾乎已經沒有在市面上流通。《1UP人生》的首次現場直播結束時，餅岡先生送我一副當成賀禮。我詢問這個東西到底可以用在哪裡，只見對方露出無奈的表情，告訴我這是鍺礦收音機的必備用品。我戰戰兢兢地接著問鍺礦收音機是什麼，餅岡先生露出更加無奈的表情，當場為我進行一場手工製收音機的相關解說。語調和內容都非常流暢，我猜他一定教過許多人。

收音機其實是把電波轉換成聲音的裝置，不過為了讓電流朝著特定方向流動，必須進行一個叫做「整流」的動作。負責發揮整流作用的東西就是鍺二極體，只要有它，就能收到聲音。在鍺二極體發明之前，都是利用擁有同樣效能的方鉛礦或黃鐵礦等天然礦石結晶來製造收音機——以上，全是餅岡先生告訴我的。

鍺二極體是一個長度約五公分的圓柱型玻璃筒，圓筒兩端各有正負電極。現在我手上的二極體，其中一極已經接在耳機上，只需要讓另一極接觸金屬物體，就能收到附近的電波。

我把耳機塞進右耳，讓二極體前端接觸長椅上的金屬螺絲。接著，我把所有注意力都集中在世界上最單純的收音機所捕捉到的聲音之上。夾帶著各種沙沙的雜音，人的聲音和音樂傳入耳中。

……那個……就這樣進行……干邑……♪明明應該——天然……並非……♪就是啊——螳螂……

第一次依照餅岡先生傳授的方法製造這個收音機時，老實說我非常失望。因為聲音非常小，而且沒有選臺功能，所以各大電台放送的電波全部混在一起，根本不知道在說什麼。可是久而久之，我開始覺得這樣相當有趣。在互相交雜的聲音與音樂當中，我模仿聖德太子，選擇傾聽自己想聽的東西，集中所有注意力。如此一來，其他聲音就會逐漸消失。像是將地圖上某一點拉近放大一般，自己想聽的聲音與音樂開始清晰起來。

「……處理場不夠……是最基本的……施政檢討太鬆散，所以非法丟棄才……廢棄……垃圾的……」

「你好。」

耳邊忽然傳來真正的人聲，讓我差點失聲驚叫。

「！」

我在千鈞一髮之際硬把驚叫聲吞回去，抬頭看向對方的臉。

「我碰巧看到你。害你嚇到真是對不起。」

三、三、三梶惠在我旁邊坐下來了。

「還有，上次也很抱歉，都怪我喝醉了。」

我搖搖頭。由於一直不開口實在不太自然，所以我指指自己的喉嚨，在口罩底下咳了幾聲之後，一隻手掌出現在我的面前。她邊說「啊，你感冒了嗎」，邊在手提包內翻找著。還在想她到底要做什麼的時候，她拿出一顆喉糖遞給了我。

「裡面也有添加維他命C。」

雖然滿心疑惑，我還是點頭表示謝意，把糖果從口罩下方放入口中。怎麼辦？我完全沒想到會突然見面。就算拿感冒當理由，一直不開口也還是太不自然了。我正在努力研擬對策的時候，她轉過頭來，說了聲「嗯」。

「其實我還有一件事情需要道歉。我撒謊了。」

什麼謊？難道是指那個「coaster」嗎？

「在這邊遇見你，其實並不是碰巧。」

咦？我疑惑地向前探出頭去，就這麼一語不發地回望著她。而她毫不遲疑地開口說道。

「我跟蹤了經紀人先生。」

一時之間還反應不過來她說的是誰，不過我馬上想到所謂「經紀人」指的就是我，然後大吃了一驚。到底是從什麼時候開始跟蹤的？

「若是依照事發順序說明，其實我昨天晚上去了那間店。打算向媽媽桑和其他客人，當然還有桐畑先生和經紀人先生好好道歉。可是實在沒有勇氣開門。因為那個，實在太丟臉了。不只是遇見我最喜歡的桐畑先生，甚至讓他做了雞尾酒給我，我開心到喝得爛醉，還寄了錯字連篇的郵件過去……事後真的非常沮喪。我喜歡的公眾人物，大概就只有桐畑先生了。其他歌手或演員，就算看了，我也沒有任何感覺，可是只要一聽到桐畑先生的廣播節目，胸口就會怦怦跳個不停。我真的很喜歡他。不管是聲音也好，說話方式也好，內容，還有人品。」

某種類似萊姆果汁的東西，如噴泉一般在我心中不斷噴發，其中還摻雜著汽水似的跳動刺激感。可是她的下一句話，馬上讓這些液體消失無蹤。

「前陣子見到面之後……還要再加上外表。」

她用力抿了抿粉嫩的嘴唇，難為情地垂下視線。但馬上又抬了起來，驚慌失措地開口。

「啊，不過這並不表示我想變成他的女朋友之類的！反正我這種人肯定得不到他的注意，而且原本就高不可攀，可能早已有漂亮女友了。」

我是沒有什麼漂亮女友。順帶一提鈴香也沒有。

「只是在桐畑先生前變成那副模樣，我真的覺得非常丟臉，非常難過……至少希望可以向他道個歉。就算只是一句話也好。」

她的雙唇之間洩出一聲輕嘆，包裹在運動服外套之下的背虛弱地拱起來。看到她這個樣子，我感受到一股筆墨難以形容的哀傷。明明沒有談戀愛，心情卻像是自己的戀人被人搶走了似的。不過我這輩子從來沒有交過女朋友，這個比喻只是想像而已。

「啊，回歸跟蹤的話題。因為昨晚怎麼樣也走不進店裡，我本來已經準備回去，但最後還是無法死心，所以一直站在大樓陰影處。」

到底站了多久——

「大概站了三小時。」

竟然這麼久。

「後來我看見桐畑先生走出來。可是兩隻腳動不了，聲音也發不出來。我還在動彈不得的時候，桐畑先生就坐上計程車了。」

我不記得自己有坐過——事到如今已經不會為了這點小事感到困惑了。她口中的「桐畑先生」指的當然是鈴香。

「當我決定放棄回家的時候，換成經紀人先生走出大樓。於是我打算找你搭話。想接近經紀人先生，拜託你幫忙找機會讓我向桐畑先生道歉。但我還是連開口叫住經紀人先生都沒辦法。就這樣一邊猶豫一邊跟在後面，走到車站，一起坐上首班車，一起下車，就連你途中繞去便利商店，在那裡買了咖啡和便當，再拿著塑膠袋走進公寓，我也全都在一旁默默觀望。只是最後實在不好跟到房間門口就是了。」

真是太驚險了。畢竟公寓門牌上可是用油性筆寫了「桐畑」兩個大字啊。

「然後到今天，我終於下定決心正式向你打招呼，可是我不知道經紀人先生的房間號碼——所以就在公寓樓下等你走出來。」

先是躲在大樓陰影處等了三小時，接著又不分白天黑夜地跟在我後面，這執著實在驚人。不過，原來是這樣啊。原來她這麼想道歉嗎？想向桐畑恭太郎道歉。

「所、所以！」

三梶惠把上半身轉了過來，看似接下來就要進入正題。

「經紀人先生，你覺得怎麼樣？果然還是道個歉比較好吧？雖然我唯一一次寄出的郵件，確實收到了像是相當開心的回信，不過那肯定只是單純的客套話吧……要是沒有好好道歉，一定不太好吧？要是繼續這樣下去，他對我的印象會不會差到極點呢？」

因為沒這回事，所以我舉起一隻手揮了幾下，但她依然表現出完全無法安心的模樣。楚楚可憐的雙眼之中充滿不安。我好想對她說聲「別擔心」，只是現在絕對不可以發出聲音。不對，等等。只要改變聲音應該就沒問題吧？肯定沒問題的。我下定決心壓低了嗓音，盡可能地悄聲說道。

「我覺得妳不必擔心。」

這是我第一次正面對著她開口說話。

「是這樣嗎？道歉之後，印象會不會變得比較好呢？還是說桐畑先生會不會覺得，我這樣堅持找他道歉很煩人？因為我知道電子信箱，可能會覺得直接寫信道歉就好也說不定，但我實在不喜歡用電子郵件道歉……」

看著她畏畏縮縮地凝視自己裙襬之下的膝蓋，我沉吟一會，提出建議。

「要不要，咳咳，試著打電話呢？」

「可是我不知道電話號碼。之前拿到的名片上面，寫的是廣播電台的號碼。」

可以告訴妳喔。我用手勢對她這麼說。因為我是經紀人，知道電話號碼可說是天經地義的事。

「咦？還是先取得當事人同意會比較好吧？」

是嗎？

「那個啊，嗯哼，那當然。」

她垂下視線，看似專注思考著某件事情。才看到她突然伸手摀住了臉，隨後馬上便「啊啊啊！」地發出充滿憤怒的怒吼。我以為她最後還是看穿了所有謊話，於是微微站起身，以便隨時都能迅速逃走。

「討厭，真是夠了！我真的好討厭自己這一點啊。拖拖拉拉下不了決心，依賴他人，帶給別人一堆困擾……真是非常抱歉，經紀人先生。已經夠了。沒關係。我自己來問電話號碼。」

說完，她從手提包裡取出智慧型手機，開始迅速操作起來。彷彿多出好幾根大拇指似的超高速，讓我不小心看呆了。但隨即想起她現在是在發郵件給桐畑恭太郎，臉上頓時沒了血色。必須在鈴聲響起之前關掉手機電源才行！我立刻把手插進外套內口袋，可是裡面卻沒有應該存在的手機。到底在哪裡？我驚慌地確認四周，才發現東西就在自己的左手裡。對了，我剛剛在聽母親的語音留言嘛。我假裝雙手抱胸，長按電源鍵，心裡祈禱著快點關機快點關機。

「我剛剛發信給桐畑先生了。告訴他我想要道歉，請告訴我電話號碼。」

「啊，是嗎？唔嗯。」

我偷瞄了一眼，手機確實已經關機。

「經紀人先生，非常謝謝你。」

三梶惠彈跳似地站起來，單腳轉了一圈，面對著我。

在耀眼的陽光下，她的臉上掛著一個彷彿春季就在此處的笑容。

「我把這個拿去丟掉喔。」

直到這個時候我才後知後覺地發現，她手裡拿著我的漢堡店塑膠袋。接著又是一個轉身，讓看似毫無重量的裙襬輕盈飄動起來，三梶惠就這麼喜孜孜地離開了。我凝視著這一幕，雙眼圓睜，嘴巴半開，愣了好一段時間，直到眼球和口腔都開始乾澀起來。

她的溫柔。

她的笑容。

那終究只是面對「桐畑恭太郎的經紀人」才做出的反應。她完全不打算詢問我的名字，就是最好的證明。但我現在仍然沉浸在溫暖的感動當中。舌頭上，她給我的喉糖就像新鮮水果一樣水潤多汁，如蜂蜜一般甘甜濃膩地擴散開來。我全心全意地品嘗著已然縮小的喉糖，同時拿出手機，打開電源。三梶惠的郵件立刻送達。

♪答、答啦——答、答拉——答答啦答答啦答答啦、鏘、咚！

信件標題是「對不起」。收到女性所寫的這種標題的郵件，不論是在好的意義或壞的意義上，都是生平第一次。

我看了看內文。

『之前有幸和你見面，實在開心過了頭，結果不小心喝得爛醉，真的非常對不起。可以的話，很希望能說聲抱歉。如果桐畑先生不介意的話，可不可以把電話號碼告訴我呢？啊，不行也沒關係，就請無視這封信吧。』

我偷偷四下張望了一下，開始打字回覆。

「沒事沒事，我那時候也很開心啊。電話號碼？是××××××××喔。」

稍微思索一下，又補上一句。

「節目結束之後有點太晚了，要打電話過來的話，希望是在節目開始之前。多多指教囉——」

按下傳送鍵。

我的郵件乘著春風，前去三梶惠身邊。

由於平常總是在節目開始前兩小時先進電台，和餅岡先生稍作討論，所以那段時間沒有辦法接電話。不過她應該不至於在開始的前一刻打來。所以一定會在白天，或是剛入夜不久的時候來電。

我還在想東想西的時候，手機又響了起來。

♪答、答啦——答、答拉——答答啦答答啦答答啦、鏘、咚！♪答、答啦——答、答拉——答答啦答答啦答答啦、鏘、咚！——是電話。來電鈴聲不斷反覆——♪答、答啦——答、答拉——答答啦答答啦答答啦、鏘、咚！♪答、答啦——答、答拉——答答啦答答啦答答啦、鏘、咚！

「……喂？」

我小心翼翼地回應。

不出所料，三梶惠的聲音就在耳邊，喊著我的名字。

『是我，我是三梶惠。』

「啊，原來是妳。」

我的聲音聽起來非常輕鬆自在，讓我覺得彷彿看到自己狡詐至極的一面。但胸中十分高昂激動，眼前的兒童公園景致也漸漸灑滿明媚的春光，耀眼動人。

『現在方便講話嗎？』

「可以啊。我剛剛在想節目架構。不過稍微有點窒礙不前，所以出門改變一下心情。」

『啊，真是不好意思，還在這個時候打來。不過……原來桐畑先生也會思考節目架構之類的東西啊。』

不，全部都是餅岡先生想的。

「因為交給別人還是會覺得不安。」

『那個，我在郵件裡也有寫了，上次真的非常抱歉。我覺得自己必須和媽媽桑，還有其他在場的客人道歉才行。』

啊哈哈哈哈！我朝著藍天仰頭大笑。讓小孩在附近沙坑裡玩沙的年輕母親朝我這裡瞥了一眼，然後立刻移開視線。

「就說沒關係了，真的。而且大家都說很開心啊。」

『可是……』

說到這裡，三梶惠短暫沉默了一下。我把電話緊緊壓在耳朵上，聽著她的呼吸。彷彿正在迷惘、猶豫的呼吸。怎麼會有這麼魅力十足的呼吸方式呢？

『啊，那個……對不起，我有點緊張過頭。都老大不小了，竟然還會在電話裡悶不吭聲。』

「哈哈哈，我不介意。話說回來，妳今年幾歲了？」

如今對話的主導權已經完全掌握在我的手中。

『二十四。不過馬上就要──』

等一下。我如此打斷她的話。

「我來猜猜看妳的生日吧？」

『咦？』

我先賣了個很長的關子，才開口。

「是明天吧？四月三號。」

耳邊清楚傳來倒吸一口氣的聲音。

『我有說過嗎？』

是帳號啦。我揭開謎底。

「就是妳的信箱帳號啊。不是有寫0403嗎？」

『啊！』

這段時光宛如夢境一般美好。不對，這肯定是作夢。和她說話的人雖然是我，卻又不是我。絕不可以過度深陷夢境。差不多該回歸現實了。可是她在這個時候開口問道。

「要是去了上次那間店……還能遇見你嗎？」

『那當然。要來的時候記得告訴我喔。』

我大概是個笨蛋吧。

『謝謝你。到時候我會傳郵件——』

「打電話就行了。因為妳的聲音很可愛啊。」

肯定是個笨蛋沒錯。

三梶惠用沙啞的氣音，飛快到幾乎聽不清楚地說出「非常謝謝你」，隨後掛斷電話。我走出了比剛剛更加明亮數倍的公園，來到車站前的伊藤洋華堂，毫不猶豫地前往文具區，買下生日賀卡和色彩鮮豔的簽字筆。

「不行——」

「求求你通融一下……」

「因為明天一大早就會有人來修理我的公寓浴室。今天工作結束後，我得要馬上回家睡覺才行。」

鈴香實在太冷淡了。

「只要三十分鐘，不，十……二十分鐘就好了。」

「如果是其他事情，人家說不定會幫忙。至於這個，有趣是有趣，但還是很累人啊。而且我總覺得那個女孩不太值得信賴。」

「才沒這回事呢。」

「可是你想想，不是還有『殺掉了』那件事嗎？」

「那也有可能是某種誤會。」

說完之後，我自己也嚇了一跳。我是什麼時候開始出現這種想法的？

「感覺小恭好像喜歡上那個女孩啊……」

「咦？不不不，才不喜歡才不喜歡。」

其實我很喜歡。

如今我可以肯定這就是戀愛。

三梶惠在我離開伊藤洋華堂，走在回家路上的時候打電話過來。因為「想要早點再見一面」所以前往「ｉｆ」的時間變成了「今天晚上可以嗎」。我當下立刻回答「沒問題」，再補上「節目結束之後馬上會過去，妳可以在店裡等我嗎」這句話。我想祝福三梶惠「生日快樂」。相信她也很想聽見桐畑恭太郎對自己說「生日快樂」，所以才安排今天晚上見面吧。我不能辜負她的期待。

「拜託你啦，鈴香。只要在大樓外面跟我會合，戴上口罩之後一起走進店裡，然後像上次一樣稍微講幾句話就行了。我剛剛在百貨公司裡買好了搖酒杯，就用這個再做一次琴蕾給她吧。真的只要這樣就好了。」

「這明明是重度勞動吧。」

的確。我一邊默默點頭，一邊從背包裡抽出一個白色信封。打開裡面的生日賀卡，立刻傳出「Happy birthday to you」的歌聲，還有用群青色簽字筆寫的「生日快樂！謝謝妳長年收聽我的節目，將來也請多多指教！桐畑恭太郎」一連串文字。

「那是什麼聲音？」

我連忙折好卡片。

「是導播在確認間奏曲。間奏曲就是那個啊，每次都會在節目裡播放的一小段音樂。例如節目一開始，或是切換單元的時候。」

「那種東西我當然知道。可是你們沒有生日企畫單元吧？」

「哎，會不會是其他節目的呢？我也不是很清楚。」

儘管對方根本看不見，我還是訝異地歪頭，無意義地看向四周，正好和待在討論區裡重新檢視腳本內容，一手夾著香菸的餅岡先生四目相交。我們各自打手勢表示該過去了、我馬上過去之後，我再一次壓低聲音哀求鈴香。

「拜託了，鈴香，就當成是救人一命吧。」

＊＊＊

當天晚上的《1UP人生》內容。

今天來到這裡的路上，我看到一個非常感人的東西。

在我一邊想著夜晚變得越來越溫暖，一邊走進電台大樓的時候，在跨入玄關玻璃門的那一刻，我往旁邊的樹叢看了一眼。總覺得那邊好像有東西吸引我的注意力，那到底是什麼呢？雖然不是很清楚，不過自己彷彿聽見有人正在呼喚我。所以我走進樹叢，不經意地往樹下一看，發現地面上有個小小的土堆滾動著。剛開始，我還以為是蟲子從土裡鑽出來。仔細一看才發現，那裡有個很小很小的，帶著淡淡綠色的芽。不是牙齒喔，是嫩芽，有草字頭的。

哎呀，真是讓人感動啊。

這是一株小草第一次探頭迎向這個世界的瞬間。是它在地面之下一點一滴地伸展，使出所有力氣，用兩片葉子撐起最後的泥土，最終讓泥土滾落在地的瞬間。

如果那個時候，我只顧著快步走進大樓，或是沒有注意到那個呼喚自己的感覺，我就沒辦法看到這一幕了呢。

哎，就算說我裝模作樣還是怎麼樣都沒關係，我想要衷心祝福那株小草。直接稱呼小草有點奇怪，就取第一個羅馬拼音字母，用小K來稱呼吧。小K，祝妳生日快樂。謝謝妳叫住了我。我很期待今天節目結束後，可以再次與妳相會。

好，那麼就來聽首歌吧。史蒂夫汪達的〈Happy Birthday〉。

四

……果然還是選〈I Just Called to Say I Love You〉比較好吧。只是想說我愛妳，所以才打電話的……只不過今天打電話的人並不是我，而是三梶惠。如果放了這首歌，她可能會在收音機前陷入混亂。沒錯，「Happy Birthday」才是正確答案。我一邊想著這些事，一邊向保全人員打招呼，踏出電台玄關。

我忽然轉了個方向，認真觀察樹叢。自由生長的萬年青枝葉，已經徹底掩蓋過路面，雜草什麼的根本就──

「沒有喔。不管怎麼找都沒有。」

我嚇得跳了起來，朝著聲音方向看去，只見三梶惠就在身旁一起凝視著樹叢。為、為、為什……我好不容易才忍住差點發出來的原本聲音，啞著嗓子詢問。

「為什麼妳會在這裡……」

「因為你給我的名片上有地址。啊，不對，你問的是我過來的理由對吧？」

三梶惠呵呵一笑，縮起脖子，宛如第一天上學的一年級學生開口報告當天發生的所有事情一樣，一邊微笑一邊說著。

「可能經紀人先生還沒從桐畑先生那裡聽說吧？其實今天晚上我們約好在那間店見面。上次見面後，我最後還是取得了電話號碼，試著邀請之後得到了ＯＫ的答覆。」

我疑惑了一秒鐘，然後才做出「喔喔——」的表情。

「我今天也在房間裡收聽節目，心裡一邊想著自己馬上就可以跟這個人見面了。結、果、呢。」

她又呵呵地笑了笑，接著說道。

「你有發現嗎？經紀人先生。桐畑先生今天晚上說謊了。啊，這種事情可能不該和經紀人先生說吧？總而言之呢，桐畑先生今天不是在節目裡提到雜草的話題了嗎？所以接著說了生日快樂，很期待節目結束之後可以再見面之類的嗎？」

呵呵呵。

「那其實是騙人的。為了以防萬一，我從剛剛開始就一直確認樹叢。最後果然沒發現什麼嫩芽啊。」

呵呵呵。

「還說什麼因為是小草，所以叫小Ｋ。」

「為了親眼確認這些樹叢，所以我才來這裡的。不過真是太幸運了，你正好要離開對吧？經紀人先生和——」

她把兩手放在身後交疊，探出身子，像是在尋找桐畑恭太郎一樣張望著大樓出入口。白天穿的還是運動服外套和短裙，但現在的穿著，應該說是變得更加高雅了嗎？看起來應該可以直接參加結婚典禮後的婚宴。紫色高跟鞋，搭配淺黃色的喇叭裙，外觀蓬鬆的單薄小外套，恰到好處地展露著胸，雪白的肌膚在夜色之中清晰顯現。化妝方式也不同於白天，整體散發著更為成熟的氣息。

「其實桐畑剛剛先離開了。已經去了那間店。」

我迴避著她的目光，如此回答。因為我沒有準確記住自己白天時發出的聲音，所以不是很確定沙啞的程度到底正不正確，不過她似乎一點也沒有放在心上，邊說「啊，是這樣嗎」，邊轉頭看著我。

「那我們就一起走吧。經紀人先生也會過去對吧？」

三梶惠一個輕巧轉身，高跟鞋跟重重踏在柏油路上，喀喀喀地朝著人行道走去。她應該很想盡快見到桐畑恭太郎吧。她所經之處，飄盪著一股柑橘類香水的優雅芬芳。

「上次的客人們應該也會在場？如果在，我必須道歉才行。那個很漂亮的人，是叫做百花小姐嗎？還有一個穿著工作服，身材很高大的關西腔大叔，是石──石──」

「石之崎先生。」

我追上了始終面向前方說話的她。

「對對，石之崎先生。要是有來就好了。」

我也這麼認為。周圍多少熱鬧一點，可以讓我們的雙口相聲計畫更不容易露出破綻。可是不管怎麼做，時間拉太長仍然非常危險。還是稍微寒暄幾句，用背包裡的搖酒杯調一杯琴蕾，再把生日賀卡交給她，然後盡快和鈴香一起離開比較好。

如果抵達「ｉｆ」才戴上口罩的話，有點不太自然，所以我現在就從背包裡拿出口罩戴上。

不知道她是否顧慮到我正在感冒，或者是腦中只剩下關於桐畑恭太郎的事，總之她後來幾乎沒有開口說話。

離開國際通，走向淺草附近。相對於淺草寺和雷門一帶的「表淺草」，「ｉｆ」的所在地區被稱為「裏淺草」。文化性觀光景點不多，和表淺草相比，觀光客雖然少了許多，但這裡林立著各式飲食餐廳，仍然是個充滿魅力的地方。只不過現在這個時段，店面燈光幾乎全數消失，路上行人也很少，可能只有國際通的街燈和交通號誌，還有便利商店的落地窗燈光稍微顯眼一點。再加上「ｉｆ」落腳的大樓，位在這條馬路的一條小巷子裡，附近可說是一片漆黑。

我們一起搭上狹窄的電梯。

「這個電梯，聲音很大呢。」

在三梶惠抬頭望著樓層顯示燈緩緩閃動，口中念念有詞的時候……

「啊啊啊啊啊啊啊啊啊啊啊啊！」

周圍忽然爆出淒厲的吼叫。三梶惠縮起身子回頭看向我，我也同樣縮著身子回望著她。電梯抵達四樓，電梯門緩慢開啟。

「嗚啊啊啊啊啊啊啊啊啊啊啊！」

又聽見了！是從「ｉｆ」裡傳出來的。男人的聲音——聽起來就像是被逼入絕境的動物對著敵人嘶吼。

我們兩人愣在原地，已經敞開的電梯門就在我們眼前緩緩關閉。我迅雷不及掩耳地按下「開」鍵，回頭看著三梶惠。先用手勢告訴她待在這裡別動，我才戰戰兢兢地靠近「ｉｆ」的店門。神祕的聲音已經消失，周遭又恢復成一片死寂。我一邊聽著這片寂靜和自己的心跳，一邊彎著身體緩步前進。試著把耳朵貼在門上偷聽，可是一點聲音也沒有。接著我把手放在L型門把上，宛如闖入金庫一般慎重轉動，再把一隻眼睛湊到大門細縫上的時候──

「哈啊啊啊啊啊啊啊啊啊啊啊啊啊啊啊啊！」

截至目前為止最巨大的吼叫聲，狂風似地朝著我的臉直撲而來。我喉嚨裡發出一聲短促的慘叫，猛然向後一跳，但是一開始的彎腰動作讓我沒能順利著地，一屁股坐了下去。店裡傳出交談的聲音，某個人的腳步聲開始慢慢逼近。

「……什麼啊，這不是恭太郎嗎？」

開門俯視著我的人，是重松先生。重松是他的姓氏，名字叫做重德寺。不只姓名裡用了兩個之多的「重」字，本人的行事作風也非常之穩重。他也是「ｉｆ」的常客之一。現在是一間佛壇店「佛壇之重」的第七代店長，地點位在上野與淺草之間的淺草通，今年正好七十歲。

「……為什麼不講話？」

因為一發出聲音，就會被身後的她發現啊──我在心裡默默回答之後，忽然注意到一件天大的大事。

剛剛重松先生叫我「恭太郎」。

「嘴唇幹嘛發抖啊，恭太郎？」

又來了！

「啊……？」

斑白的眉頭皺了起來，重松先生套著作務衣的上半身彎了下來。

「因為店裡突然傳來……嗯哼，好大的聲音。」

雖然知道可能已經太遲了，但我還是嘶啞著嗓子回答。身後的三梶惠臉上，到底會是什麼表情呢？我沒有勇氣回頭。

「你感冒了嗎？」

我點了點頭，只見重松先生的視線朝著電梯方向一掃而過。

「女人呢？」

咦？

「鈴香那傢伙說你會帶女人過來。」

我連忙回頭，發現電梯門是關著的。我一個彈跳起身，轉過身體，抬頭看向樓層顯示燈。上面的數字紋風不動地停在「4」。

「不，那個，她是跟我來了沒錯……咦？」

我走近電梯，試著按下▽鍵。電梯門開啟。只見三梶惠緊貼在電梯最裡面，瞪大眼睛，一動也不動。

「剛剛的聲音……」

她左右望著我和重松先生，然後詢問。

「到底是什麼？」

原來如此。當我試圖打開「ｉｆ」的店門時，她被莫名其妙的吼叫聲嚇到，所以關上了電梯門。太好了。她似乎沒有聽見重松先生用「恭太郎」這個名字叫我。

稍微等一下。我用手勢如此要求她，隨即拉著重松先生進入「ｉｆ」店內。鈴香和百花小姐已經坐在吧枱旁。石之崎先生則是背對門口站在一旁，兩腳穩穩踏在地上，正面對準了吧枱桌上的葡萄酒杯。正當石之崎先生深吸一口氣，迅速把臉湊到酒杯旁邊的時候，

「小恭來了喔。」

百花小姐用夾著香菸的手指朝我比劃了一下，石之崎先生回過頭來，驚呼了一聲「哎呀呀」露出遺憾的表情。

「這麼一來就只能結束啦。畢竟當初約好的時間是到小恭抵達為止哪。」

「交出來吧，一千圓。」

「真沒辦法哪。」

「小石和百花打了一個賭。」

吧枱後方的輝美媽媽桑進行了說明。媽媽桑今晚的髮型有點類似金平糖，用髮蠟固定的髮束朝著四面八方刺出去。

「小石說他可以用聲音震破玻璃杯，百花不相信，所以打了個賭。」

「因為那個啦，越高級的杯子就越難震碎。這種杯子的玻璃太厚了。」

「快點，一千圓。」

「俺知道啦。」

因為現在不是悠哉聽他們進行類似對話的時候，所以我直接詢問鈴香準備得如何。雖然一臉嫌棄，但鈴香還是點了點頭，從外套口袋裡拿出口罩戴上。

「我也跟大家稍微囑咐過了。因為要是看著小恭的方向叫出『小恭』的話，就會被發現啊。」

「要是也跟重松先生講一聲就好了。」

「咦？人家說過了呀？」

「但是剛剛他就直接叫我『恭太郎』了啊。」

「我有嗎？」

「有啊，而且還兩次。哎，不過對方好像沒聽見，還好。」

真的有嗎？重松先生歪著頭不斷撫摸下巴。我用眼角餘光瞄了他一眼，回到電梯口，帶著三梶惠進入店內。

「聽說他們剛剛想用聲音震碎玻璃杯。」

「喔，用聲音……」

「哎呀，晚安。」

媽媽桑以意外熟練的演技迎向三梶惠，石之崎先生和百花小姐也跟著回頭，露出「啊，是上次那個小姐」的表情。最後則是鈴香，他保持著翹腳的姿勢，讓吧枱椅轉了半圈，瞇起眼睛對著三梶惠微笑。

三梶惠行禮回應，表現出不知道該坐哪裡的神態。不過鈴香比了比身旁的吧枱椅，她便在該處坐了下來。鈴香幾乎在同一時間起身，輕觸她纖瘦的肩膀，隨後從容不迫地繞進了吧枱後方。態度之大方，完全無法和剛才心不甘情不願的模樣聯想在一起。他用食指勾了兩下，叫我過去。所以我立刻移動到鈴香身後，讓兩人的身體緊貼在一起。

「既然她來了，我必須擔任酒保才行。話說回來，你有買好搖酒杯了吧？」

我自己邊說邊點頭，翻找背包，拿出裝著搖酒杯的紙盒。這時生日賀卡正好一併映入眼簾，我心想等會必須交給鈴香才行，於是悄悄拿出來，放進外套內口袋。打開搖酒杯紙盒，撕開外層塑膠袋，清洗之後再仔細擦乾。這段期間，三梶惠連一句話也沒有說。我把她的沉默解讀成緊張過度。

我把搖酒杯遞出去，鈴香像是在確認物品狀況一般，將杯體部位轉開再轉緊。最後他終於轉頭看向我，由我開口說「給我琴酒和糖漿」。我從架上拿了兩個瓶子遞過去，然後像個背後靈似地站在鈴香身後，準備進行腹語術表演。

即使到了這個時候，三梶惠還是沒有開口。

「呃……妳是小惠吧？肚子還好嗎？」

可能相當在意這份詭異的沉默，媽媽桑如此問道。

「啊，可以給我烤過的沙丁魚嗎？」

三梶惠的語氣聽起來不太緊張，非常平淡。

「可以呀，沙丁魚對吧。因為是一夜風乾的，稍微烤過就能馬上端上桌。啊，對了，小恭有在節目上說過嘛。」

「嗯嗯。」

「那天晚上的小恭真的很帥氣喔。黑道丟過去的沙丁魚，他不是俐落躲開，就是伸手接住呢。」

我偷偷望了三梶惠一眼，她的雙手在胸前交叉，像是用兩根食指指著天花板一般兩手抱胸。目光不是看著我們，而是集中在吧枱桌上，相信一定是因為不好意思和桐畑恭太郎四目相交吧。

這時，她身邊的石之崎先生唔地一聲嚥下一口氣。還以為他是怎麼了，旋即發現他在憋笑。我們雖然很認真，但是從旁人的角度來看，的確沒有比這更好笑的狀況。在我默默祈禱千萬不要笑出來的時候——

「你流好多汗。」

三梶惠轉頭面向石之崎先生。

「咦？啊，嗯，妳看俺這麼胖，所以很怕熱。噗呼呼。真是不好意思，讓妳看到這副模樣。」

「真的堆了很多脂肪呢。」

「嘎哈哈，就是啊。」

「要不要試著全身淋上檸檬汁？豬肉之類的東西不是都會這麼做嗎？」

店內瞬間安靜下來。

石之崎先生呆愣地看著三梶惠，不過馬上換上「什麼啊，原來是在開玩笑」的表情，哈哈哈地笑了起來。

「妳真是說了很有趣的話咧。」

「我可是很認真的。」

三梶惠的聲音裡沒有半點抑揚頓挫。

如今回想起來，這個時候我們就應該要注意到才對。

我在鈴香身後偷偷觀察著三梶惠。最後鈴香終於調好飲料，把成品倒進威士忌酒杯。這是因為「ｉｆ」沒有雞尾酒杯。我開始認真考慮下次為了三梶惠買雞尾酒杯過來，不過隨即了解到沒有這個必要。

裝了琴蕾的威士忌酒杯，放在三梶惠前方。鈴香舉起一隻手，做出「完成了喔」的動作，我也在身後說出「完成了喔」這句話。她沒有回答，直接把酒杯拉到眼前，行雲流水地舉到嘴邊，咕嘟咕嘟吞下去，聲音大到連我們都聽得見，而且還是一口氣喝光。我和鈴香宛如雙人舞者一般同時探出身子，直到她咚一聲，把杯子重重摔在吧枱桌上的時候，才又同時縮回去。

「挺不錯的嘛……喝得這麼豪邁。」

百花小姐輕聲說著。對此，三梶惠的回應是充滿攻擊性地啐了一口。

店內再次靜了下來。

這次的沉默時間相當長。

「沙丁魚烤好了。」

在廚房裡烤魚的媽媽桑走了出來，在三梶惠面前放下一個盤子。結果她用手直接抓起一隻魚，拿到眼前仔細觀察。當我們全身僵硬地看著她的一舉一動時，她的目光忽然離開沙丁魚，移到鈴香身上。鈴香向後退了幾步，後背撞上我的胸口。

「桐畑先生。」

三梶惠喊了名字。

她忽然揮動著右手，像是忍者擲出手裡劍一般，對著鈴香猛然丟出沙丁魚。

「呀啊！」

鈴香驚叫一聲，摀住了臉，沙丁魚擦過他的手，擊中身後的酒瓶。三梶惠一語不發地抓起另一隻沙丁魚，這次朝著我丟了過來。

「喔嗚！」

這一尾魚不偏不倚地正中臉部。我和鈴香就像兩隻螯蝦一樣縮起身體，兩人都是屁股靠在酒架上，全身僵硬。

「……這種鬼話啊。」

三梶惠用非常細小的聲音說話了。因為聽不清楚，我們全部戰戰兢兢地探頭過去，而她下一秒立刻大吼出聲，又讓所有人同時退避三舍。

「誰會相信這種鬼話啊！」

右手拳頭重重捶在吧枱桌上，威士忌酒杯瞬間彈了起來。她維持著同樣的動作，看似正在忍耐沸騰到極點的情感，全身不斷出力。但她最後終於嘶地一聲深吸一口氣，以低沉的聲音喊出「桐畑先生」。

一雙眼睛準確瞄準著我。

我覺得自己變成一隻被捕捉的昆蟲，只能束手無策地等待最後一刻降臨。

「一開始我就覺得奇怪了。只是因為沒有證據，所以才沒有追究。因為那真的是我的夢想，我也真的是桐畑恭太郎的粉絲。可是昨天晚上，我從這棟大樓樓下一直跟蹤到你家的時候，所有事情都明朗化了。因為我看到你走進去的公寓房間，門牌上寫著『桐畑』兩個字。」

所以她說她沒有跟到房間門口，是騙人的嗎？

「我實在是太不甘心了，所以決定繼續假裝被騙。故意讓你得意忘形。我想讓你得意忘形，讓你樂得飄飄然，再從樓梯的最上面把你推下去。」

她的嘴角揚了起來。

「欸——告訴你一件好事吧？」

就連我也猜想得到，那絕對不是什麼好事。

「昨天在公園見面之後，我不是有打電話給你嗎？你若無其事地接了電話，然後我們聊了好一陣子對吧？」

難道？我屏住了呼吸。

「那個時候，我一直躲在附近看著你喔。就在公園外面的自動販賣機後面。」

不好的預感成真了。

「還記得嗎？我說話說到一半，不是突然不說話了嗎？」

我還記得。因為我當時讓手機緊貼在耳朵上，陶醉地聽著她的呼吸聲。

「你覺得那是為什麼呢？」

她當時的說詞是因為自己太緊張了——

「憋笑實在有夠難過的。你說話的態度那麼自信滿滿。」

真想就此消失。

「不過你仍然繼續維持你那爛透的演技，剛剛也是，說什麼『桐、桐、桐畑剛剛先離開了』，真的快要笑破我的肚皮。連剛剛那邊那個老頭叫你『恭太郎』，我也聽得清清楚楚。只是在店外揭穿你實在不好玩，才故意關上電梯門等你的。」

那邊那個老頭發出低沉的呻吟，低下頭去。

「還有店裡的老闆娘。」

輝美媽媽桑直立不動地縮起身子。

「還有酒店的大姐。」

百花小姐咬住嘴唇，迴避視線。

「還有不知道叫做石什麼東西的人。」

石之崎先生在吧枱椅上坐成了內八字，拱起了背。

「你們真是幹得好啊，把人當成笨蛋耍。」

她又是一個大動作抓起盤子裡的沙丁魚。我以為她又要丟過來了，連忙伸出雙手摀住臉，但三梶惠直接張口咬斷了魚，一邊在口中咀嚼，一邊瞪著我看。

「給我過來。」

「那個……」

「過來！」

在店裡所有人的注視之下，我緩緩走到她的前方。隔著吧枱，她的臉忽然逼近過來，距離近到只差一點點就會撞到對方的鼻子。

「你會負起責任吧？」

責任——

三梶惠刷地一聲轉頭緊盯著鈴香。

「還有你。」

＊＊＊

某個周二深夜的《1UP人生》內容。

啊，對了，這是我朋友的故事。說是朋友，不過年紀大我十歲之多，大概四十好幾。這位I先生啊，在廣島出生，在大阪長大。工作是驅逐害蟲，每次工作結束後都已經是三更半夜，所以我們總是在店裡碰面。

I先生在我這個年紀的時候，有一次趁著中元節連假，準備帶著東京土產回老家。不過出門時間稍微有些延誤，在老家的車站下車時，時間已經很晚，大概是九點或十點左右。所以I先生呢，就這麼提著裝滿土產的巨大波士頓包，走在鄉下地方黑～漆漆的路上。走到一半，正準備穿越十字路口的斑馬線的時候，右後方忽然有輛車直衝過來，準備高速左轉。感覺完全沒注意行人，迅速逼近。車子看起來像是小混混會開的小房車，瞬間映入眼中的駕駛座上，據說果然坐著一個看似小混混的人。

咚！就這麼被車子撞飛了。

哎呀，I先生在千鈞一髮的時候閃開，是他手裡的波士頓包被撞飛。裡面裝了一大堆土產，例如東京芭奈奈和小雞甜點，還有準備送給老爸的高價白蘭地。說是高價，其實大概就是幾千元左右。總之袋子裡所有東西都摔得粉碎，I先生也因為撞擊力道轉了半圈，坐倒在地。汽車則是發出嘰嘰嘰——的尖銳煞車聲，停了下來。

I先生這個人啊，怎麼說，是個充滿正義感的人。所以他心想：『這個混帳，我一定要讓他後悔！』可是話說回來，他不打算破口大罵或是大吵大鬧。即使真的和年輕人起衝突，那個體型也不可能贏的。啊，他的身材其實非常胖。

至於最後到底怎麼做呢？他決定裝死。I先生立刻躺在馬路上，兩眼大開，停止呼吸。根據他的說法，是因為他無論如何都想讓對方徹底反省。隨後立刻傳來車門開啟的聲音，小混混一邊念著真的假的、完了死定了之類的話，一邊朝著他跑來。這時，I先生已經一動也不動地躺在地上。喂，這位大哥！小混混邊喊邊戰戰兢兢地抓住肩膀，輕輕搖晃。於是I先生的身體順勢轉了過來，一雙死不瞑目的大眼瞪著對方。這時，袋子裡破掉的白蘭地流滿地，剛好在I先生的腦袋附近，看起來像血一樣黏糊糊地閃閃發亮。小混混完全以為對方已經死了，是自己殺了他。

哎呀，據說那個時候啊，他逃跑的速度真的快得驚人。

才剛聽到腳步聲飛也似地遠去，接著是砰地一聲關門的聲音，然後轟隆隆的引擎聲迅速消失在道路另一頭。I先生也沒想到事情竟然會進行得這麼順利，心裡有點過意不去，但最後還是開心地想著哈哈、活該，就這樣沾了滿頭的白蘭地，坐在地上笑個不停。當然，只要到了隔天，小混混也一定會發現自己被騙了。因為沒有任何死亡車禍的新聞，也沒有任何人知道這起事故。但是從今以後，對方一定會非常小心駕駛吧。他肯定一輩子都不會忘記倒地不起的I先生，兩隻眼睛緊盯著自己看的恐怖畫面。

I先生是個非常不正經，熱愛開玩笑的人，不過他似乎是在這件事情發生之後，才變成這個樣子的。俗話說對方會改變，自己也會改變。人類就是不斷改變的生物啊。

所以，來信的「傷心基層職員」先生。如果那位上司又對著你破口大罵，不妨試著裝死看看。這麼一來，將來他就不會再對著你大罵了。絕對不會有錯。另外，也別忘記人類隨時都會改變。不管什麼地方都會變。絕不會有錯。

來聽首歌吧。跟平常一樣，是首有點年代的歌。Mr. Children的〈Tomorrow Never Knows〉。

第二章

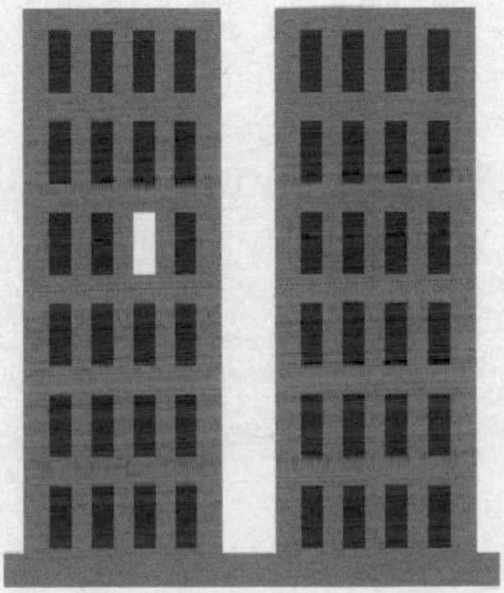

一

「所以……你就這麼答應了嗎？」

「才沒有答應呢。因為根本不知道她具體想要做什麼。」

「那你拒絕了吧？」

我一時啞口無言，重松先生立刻停下雕刻刀，凝視著我。鋪在膝蓋上的包袱巾上方，放著一個木芥子人偶造型的佛像，整體大致完成。

「你沒拒絕？」

「不，那個，因為我們理虧在先啊。」

我轉開視線，低下頭去，一邊嘆氣一邊搓著鼻子。距離鼻子遭受沙丁魚攻擊，時間正好經過了二十四小時。

「哎，的確是拒絕不了……沒那麼簡單。」

吧枱另一側，輝美媽媽桑一手撐著臉頰，陷入沉思。今晚的髮型不知該說是學生頭還是鮑伯頭，簡單來說就是沒有特別做造型。根據她本人的說法，這是對於自己欺騙了客人這件事所表現出來的反省之意。

「會生氣也是理所當然。因為幾乎跟詐欺差不多。該怎麼稱呼呢？戀愛詐欺？」

百花小姐當時明明也非常樂在其中，現在卻自顧自地批評。然而從她剛剛一直屏氣凝神地聽著自己說話這一點來看，可知只是為了逃避責任而裝出來的虛張聲勢。石之崎先生的兩道粗眉毛垂成了八字眉，垂頭喪氣。鈴香也在場，但他來到「ｉｆ」之後始終沒有坐下，一直在狹窄的店內無意義地來回踱步。他不時走近吧枱，哀聲嘆氣地拿起啤酒杯，喝口啤酒。

「所以那傢伙要你做什麼？」

問話的同時，重松先生把大腿上的佛像重新轉向。

「所以說，我就是不知道啊。」

大概在二十四小時之前，三梶惠又是亂扔沙丁魚，又是大聲咆哮威脅，之後還不滿足似地伸出拳頭使勁捶打吧枱。就在我以為接下來就要動手揍我而做好準備時，她卻毫無預警地轉身離開。然後就沒回來了。

不只突然消失無蹤，而且最後留下的話是「你會負起責任吧」。所以我們一起討論了到底該如何處理這個狀況，可是所有人慌了手腳，討論不出結論。石之崎先生認為若是誠心誠意地道歉，對方說不定會原諒我們，但我覺得應該不會這麼簡單，鼓不起勇氣撥打電話。百花小姐建議傳郵件給她，所以我把自己想得到的所有謝罪用語全部打出來，讓大家修改刪減之後送出信件。對方沒有回信。等到第一班電車的發車時間來臨，我們各自踏上歸途，但我完全睡不著。

到了下午，我坐在房間吊椅上一邊搖晃，一邊恍恍惚惚地發呆時，玄關門鈴忽然響起。

——哪位？

我用客廳的對講機對答。

——是我。

是三梶惠的聲音。

這件事正好發生在半天前。

——你家現在有誰在？

我一時之間做不出任何反應。趕緊一邊顫抖地深呼吸，下定決心開口回答，不過因為緊張過度的關係，聲音變得非常嘶啞。

——沒有人。

——家人呢？

——現在只有我一個。

——等一下會回來嗎？

——我想不會。

——開門。

身體動不了。就在我站在原地不動時，大門忽然發出咚地一聲巨響。音量之大，明顯可以聽出不是用手，而是用腳踹。我連忙衝到玄關，抱著打開猛獸牢籠的心情轉開門鎖。大門立刻被拉開，三梶惠彷彿施展了瞬間移動，等我回過神來，她已經在近到不能再近的地方狠狠瞪著我。

——我要進去了。

也不等我回應，她便自顧自地脫了鞋子，像是把我推開似地走進來。她朝著我位在大門附近的房間看去，發現鋪在地上沒收的被褥和隨手亂丟的衣服，轉過頭來，露出「這是你房間？」的表情，所以我點了點頭。她在我面前不屑至極似地呼出一口氣，走進房間。踢開棉被，騰出空間後，坐了下來。我不敢和她進入同一個房間，只在門框上方端正跪坐。

——你會依照我的吩咐去做吧？

「所以就變成這樣了嗎？收到她指定的地點和時間？」

重松先生用一定的節奏持續操作雕刻刀。雕刻佛像是重松先生的興趣，據說已經持續了五十年以上。每件作品都精緻無比，就算納入佛寺供奉也不奇怪。重松先生把自己雕刻的佛像全部捐贈給全國各地的兒童養護設施，據說所有設施都很高興能收到這些慈眉善目的佛像。

「是的……中午十二點，在谷中靈園的橫山大觀墓前面。」

「在墓園裡做什麼？」

「我不知道。」

「那個橫山某某是誰啊？」

百花小姐煩躁地喊了起來，重松先生回答「是個畫家」。

「從明治時代活動到昭和年間的知名畫家。作品有〈夜櫻〉、〈紅葉〉，還有富士山畫……妳沒聽過嗎？他曾經環遊世界到處作畫喔。甚至還畫了一幅畫給希特勒。」

「我怎麼可能知道。」

「所以，小恭你要去嗎？」

媽媽桑插嘴問道。

「我打算去。」

回答完畢後，我深吸了一口氣。

「那個，老實說，有件事情我還沒有告訴大家。」

所有人的視線瞬間集中而來。

「必須聽她吩咐的人……其實不只我一個。」

「果然鈴香也得聽嗎？」

媽媽桑幾乎是百分之百篤定地看向鈴香，鈴香自己也露出絕望的神情。但我搖搖頭，說不出話，也沒辦法抬頭看向任何一個人。這是因為我下不了決心用語言回答，至於用視線示意，又需要同時看向所有人的關係。

二

「吶，小恭。為什麼第一個人是俺咧？」

隔天中午，我和石之崎先生一同走在通往谷中靈園的坡道上。這條坡道有個名字叫做紅葉坂，但現在這個季節，靈園中所到之處盡是光禿禿的樹木。

「我不知道。」

「真的很快就能結束唄？俺之後還得去跑業務才行啊。」

谷中靈園就在日暮里站旁邊，但十二點的集合時間若是稍有延誤，說不定會被三梶惠責罵，所以我們十一點半就在車站集合。由於步行時盡可能地加快腳步，身材肥胖的石之崎先生很快就氣喘如牛。附近幾乎沒有人煙，只有偶爾擦身而過的老先生和老奶奶。

「吶……吶，小恭，暫停一下。」

再也支撐不住的石之崎先生，按著石材行的圍牆稍作休息。我看了看手錶，跟著停下腳步。

嘰——嘰——店內的工作區方向傳來宛如牙醫製造出來的聲音，大概是在切割墓碑。

「叫俺過去，到底是想讓俺做什麼啊？總不可能是驅除墳墓裡的害蟲。」

「嗯，很難說。」

「難不成真的要俺做這個？」

「不是，她完全不願意告訴我細節，真的。」

我從背包拿出《東京漫遊！——上野篇——》。因為裡面印著谷中靈園的地圖，所以我在路上經過的書店裡順便買了。

「橫山大觀的墳墓，要先繞到靈園北邊，再從中途進入墓區內，這樣似乎比較好找。」

「然後咧？總不會突然要俺開始挖墳墓？先講好，俺完全沒辦法做任何需要出力的工作。看俺這麼肥，而且又抱著炸彈。」

「就算長了痔瘡，還是可以挖洞。」

「咦，真的要挖嗎？」

「就說我什麼細節都不知道啊。」

「哎，反正不管她提出什麼要求……俺都沒辦法拒絕就是了。」

「因為你也看得津津有味嘛……看我跟鈴香的演技。」

如果他走到一半臨時變卦，決定回頭的話，那就糟糕了。為了讓石之崎先生能盡可能地意識到自己的責任，我的言詞和行動都經過再三選擇。做法很狡猾沒錯，但我已經下定決心，對其他人也會採取同樣的態度。一想到三梶惠現在的爆發點之低，我完全不敢獨自一人面對。

「因為實在很有趣嘛。看到那種場面，怎麼可能說得出阻止的話？」

「要是遲到就不好了，走吧。」

我們踩著比剛剛稍慢的步伐，走在靈園北側的小路上。石之崎先生將工作服的領口拉得啪啪作響，試圖讓風灌進去，但衣服早就被身體撐得死緊，幾乎沒有任何作用。林木的另一頭，矗立著大大小小的墓碑，不見蹤影的烏鴉不時發出混濁的鳴叫聲。

「從這個地方轉進去……」

我看著地圖走進靈園，周圍忽然被一股濃密的泥土氣息包圍，空氣溫度也明顯降低。青草的綠色，泥土的茶色，墓碑的灰色。處處可見的供花，增添了各種小而明亮的色調。

「說真的，到底為什麼指定俺啊？那孩子到底是怎麼看待俺的？」

「昨天她跑來我的公寓時，說她想要稍微掌握一下大家的背景，所以我回答她，聽聽廣播內容說不定就可以知道了。」

「啊，就是小恭在節目上提到我們的時候嗎？」

「嗯。聽說她好像把目前為止的所有廣播內容都錄音保存，所以我把播放日期告訴她。畢竟她似乎不想在我房間裡進行非必要的對話。之後她就回去了，我猜應該已經聽過那些錄音了吧。」

「是嘛……」

石之崎先生愣愣地張大了口，下巴歪向一邊。

「櫻花是不是還沒開？」

「今年很冷，好像開得比較晚。」

「要是開了，人也會一窩蜂地跑來，但現在真的很安靜。全是烏鴉。」

「有人在。」

「在哪？」

「那邊。」

一座和周圍相比明顯大上許多的墳墓，端坐在我們的去路之前。外型相當簡樸，儼然矗立，一看就知道沉眠著過去的偉人。有個男孩站在那裡，後背靠著墓碑。迷彩花樣的棒球帽壓得極低，穿著軍裝外套的雙手交叉，神經兮兮地用灰色運動鞋的鞋跟踢著墓碑。這個動作可能已經做了好一陣子，只見墓碑被腳跟撞擊的地方沾滿了泥土。

「喂喂喂，不可以對墓碑做那種事情！」

石之崎先生喊出聲音的那一瞬間，男孩立刻刷地一聲，把棒球帽帽緣轉向我們的方向。隨後像個競走選手般迅速逼近，毫無前兆地抓住我的領口，用力把我拉到剛剛他所在的巨大墓碑前方，在我開口說話之前，耳邊先傳來了一陣尖銳的耳語。

「幹嘛突然發出那麼大的聲音啊！」

是三梶惠。

「剛剛那個不是我，是石之——」

「是誰都一樣。這樣一來，特地約在沒有人煙的安靜場所集合不就沒意義了嗎？笨蛋。」

「什麼笨蛋……喔嗚！」

像是被某種東西擊中似的，三梶惠讓我的後背重重撞上墓碑側面。她做出噤聲的動作，回頭看向石之崎先生。石之崎先生似乎也好不容易想到對方的真實身分，連忙小跑步接近。

明明是小跑步，腳步聲卻異常地大。三梶惠終於鬆手放開我的領口，所以我呼出一口氣，起身歪頭看著墓碑的正面。上面鑿著「橫山大觀」幾個大字。

「還有，你們來得太早了。下次記得在約定時間分秒不差地過來。我這邊也是有很多狀況。」

三梶惠一邊嘆氣一邊向後退，用外套的袖口擦掉額頭上的汗珠。拿下帽子，用橡皮筋綁好塞在帽子裡的頭髮輕柔地隨風散開，然後再次深深地戴上帽子。一股淡淡的髮香飄至鼻前——

「不要聞啊。」

「我才沒聞。」

鼻子因為花粉症嚴重鼻塞，所以沒辦法聞。

她輕輕啐了一口，轉過身去，單手做出「跟上來」的手勢，隨即繞至旁邊一棵大樹的後方。這棵樹是不是榆樹呢？

「呃，那個……為什麼要在這種地方會合？」

「其實只要是在靈園裡，哪裡都無所謂。只是越靠近中央人越少，做起事來更方便。」

這裡的確沒有人，但為什麼會便於做事呢？再說，為什麼要把我們叫到谷中靈園來？在我接連追問之前，三梶惠停下腳步，下巴朝著扔在樹根附近的波士頓包一比。

「打開那個，換上裡面的衣服——不對，不是你，是石之崎先生。」

「咦？俺？」

「少廢話，快點換。」

她邊說邊繞到樹幹的另一側，背對我們站定不動。我只能在樹幹旁邊看見她的右邊肩膀。

「也別忘了戴上太陽眼鏡。」

「太陽眼鏡……啊，是這個。」

「麻煩你盡快。」

石之崎先生沒回答，取而代之的是將肩膀縮起來，開始慢吞吞地脫去工作服。我呆立在一旁看著這一幕。石之崎先生一邊四下張望，一邊脫下T恤、長褲，身上只剩一條內褲。他伸手在肚子上一拍，穿上包包裡的胭脂色襯衫和黑色西裝，繫上純黑色的領帶，換上黑色漆皮鞋。

「接下來就是太陽眼鏡……好咧。」

歪著頭的石之崎先生戴上了太陽眼鏡。那一瞬間，我打了個冷顫。

眼前出現一個凶神惡煞般的人物。儘管我知道這個人是石之崎先生，但還是被驚人的魄力嚇得後退一步。石之崎先生相當訝異我的反應，朝我探頭，結果變得更加恐怖，忍不住再退一步。

樹幹另一側的三梶惠露出臉來，將石之崎先生從上往下打量了一遍，接著又從下往上再看一遍，露出難以言喻的滿意表情。

「還不錯嘛。」

石之崎先生的身體非常有分量，手臂和大腿都像圓木一般壯碩，但眼神和說話口吻都非常溫和。所以一旦戴上太陽眼鏡，遮住眼睛，一語不發地站著不動的話，看起來就像另一個人。

「若是用這個模樣裝死，肯定會被人認為是幫派火拼的犧牲者。」

「啊哈哈，妳聽過廣播了吧。」

「時間還有點早，你們在這裡等著。」

三梶惠朝著軍隊風格的手錶看了一眼，迅速離去。

才以為她走遠了，不過隨即轉頭過來，低聲說道。

「記住別講話。連一個字都別說。手機電源也要關掉。」

我們依著她的吩咐照做。

我們兩人站在榆樹後方，一句話也沒說，只偶爾互看對方一眼，等待她回來。要是被人看到這一幕，肯定會覺得我如果不是被壞人恐嚇，就是快要被殺了吧。黑道和普通市民。黑道大概已經殺過許多人，而普通市民別說是殺蟲，連接觸都不敢。黑道採用的殺人手法相當多樣，有時是槍，有時是鐵管，不過最常用來讓對方停止呼吸的物品，是拳頭。另一方面，我從小就非常不擅長運動，即使躲避球的球迎面飛來，我也非得等到眼鏡被砸飛之後，才會用雙手擋臉。我的反射神經就是如此遲鈍，根本不可能躲開凶惡拳頭所發動的攻擊。即使能夠避開第一拳，第二拳肯定很快就會跟著過來。

「吶。」

「噫！」

石之崎先生低聲呼喚我的那一瞬間，我忍不住摀住了臉。

「不是叫你們不要講話嗎？」

三梶惠很不湊巧地回來了，只見她相當煩躁地啐了一口。

「拜託你們好好遵守我說的話。要開始了，先看這個。」

她從工作褲口袋裡拿出一張折起來的紙。展開一看，發現是谷中靈園的地圖，看起來像是從我手上這本《東京漫遊！──上野篇──》之類的城市導覽書上印下來的，不過裡面有用鉛筆標註了好幾個記號和文字。

「現在在這裡。」

纖細指尖的前方，畫著一棵花椰菜似的樹木，兩個人分站左右兩側。其中一人，外表就像古早電玩遊戲的敵方角色，是個戴著太陽眼鏡的黑手黨。至於另一個人，乍看之下就像隻轉動著眼睛的蚊子，有著粗略的手腳和一副漩渦似的眼鏡。大概是石之崎先生和我吧。

「石之崎先生移動到這裡。你可以把這份地圖拿去沒關係。」

三梶惠邊說邊指向另一個地方。標註著ＷＣ的四方型方框裡，剛剛的那個黑手黨正彎著腰站在那裡。

「請你站在廁所門口往外看。不久之後會有一個身穿西裝的男人從廁所前經過，你要跟在他的後面。記住一定要讓對方發現。」

「一定要……讓對方發現？」

石之崎先生皺起眉頭。那原本應該是疑惑的表情，但是太陽眼鏡擋住了他的眼睛，怎麼看都像是在進行威脅。

「如果對方沒發現，你就試著咳嗽幾聲。哎，反正石之崎先生的腳步聲那麼大聲，肯定會被發現。而且對方應該也繃緊了神經才對。」

她看了手錶一眼，繼續說下去。

「為了擺脫石之崎先生，對方可能會加快腳步。搞不好會直接跑走也說不定。到時候請一定要追上去。不可以出聲，只要追上去就好。」

石之崎先生吞了一口口水。

「然後——」

「這樣就好。」

她又看了手錶一眼，折好地圖，塞進石之崎先生手裡。

「那麼開始吧。」

「那我呢？」

「你跟我來。石之崎先生，快點出發。」

等石之崎先生一邊搔頭一邊緩慢地離開後，三梶惠把放在地上的波士頓包背上肩膀，拉著我走進另一條小路。隨後直接鑽進墓碑群之中，不斷地左彎右拐，走了好一段距離之後忽然扯著我的手臂，一起蹲在比她稍矮的一塊墓碑後方。

「我們在這裡等人。」

「等誰？」

「等那個男人。」

指的應該就是石之崎先生必須刻意洩漏行動的那個跟蹤對象吧。

「對了，這個拿去。」

三梶惠在波士頓包裡摸索。石之崎先生換下的衣服和襪子，全塞進一個小袋子裡面。她從包包裡拿出一件灰色外套。看起來像是工作服的上半身，背後似乎印著公司名稱的花紋，當我想仔細看時，她迅雷不及掩耳地繞到我的背後，逼我穿了起來。

「這個是——」

「我不是有說不接受任何問題嗎？」

我不記得她有說過這句話，不過即使我反駁，結局都一樣，所以我果斷放棄。

「男人一出現，你就從這裡悠悠哉哉地走出去。對方只要看到你，一定會追上來，請你努力逃跑，千萬別被追到。懂了嗎？一開始真的只要慢慢走出去就好。直到對方追來為止，都只需要慢慢行動。」

我完全不懂這有什麼意義。讓石之崎先生跟蹤男人，男人準備逃走，而我要從那個男人的手中逃開。在這段期間，三梶惠到底——

「要做什麼？」

「你在說誰？」

「不……那個……」

我不知道該怎麼稱呼三梶惠。正當我曖昧地指著對方胸口，欲言又止的時候。

「你不知道要怎麼叫我，對吧？」

聲音當中混合著嘲弄與焦躁，彷彿看著一隻被卡在窗戶與紗窗之間的蒼蠅般的眼神，朝我投射而來。

「叫名字就可以了。」

「咦？」

「我不喜歡自己的姓氏。所以叫名字就行。」

叫名字——

這種事情怎麼可能辦得到。竟然要我直呼女性的名字——心裡雖然這麼想，但我對百花小姐和鈴香其實都直接叫名字。只是一旦扯上三梶惠，我就覺得根本不可能辦到。不對，這只是因為我覺得不可能，所以才辦不到，只要試著實踐，搞不好會意外地容易做到也說不定。我先在口中反覆練習嘗試開口，然後實際發出聲音。

「小……」

「先說好，別加什麼小字。那讓人覺得噁心。」

她伸手拂了拂肩膀，彷彿真的有物理性的噁心物體附著在身上。

「……惠小姐。」

我很擔心她會再次做出同樣的動作，閉上了眼睛，然而並沒有聽見任何動靜。悄悄抬起眼皮一看，發現她專注凝視著墳墓另一側的通路。烏鴉在身後嘎嘎嘎地鳴叫，她耳鬢的髮絲在春風中輕柔擺動。

「我在這裡待機，你自己一個人出去，讓那個男人追殺你。」

「可是，如果被抓到的話——」

「請務必盡全力逃跑，以免被抓到。中途躲起來也行，總之只要不被抓到就好。」

「可是我對自己的腳程沒自信——」

「桐畑先生。」

她邊喊我的名字邊轉過頭來，棒球帽陰影下的雙眼倏地瞇成一線。

「你以前打過好幾年的棒球吧？很早以前，你不是在節目上說你是守內野的嗎？」

「不，那個——」

「『內野這個位置，就是需要不斷地移動對吧？往左或往右。所以那個時候，我曾經認真鍛鍊過腳程。後來被田徑隊的顧問盯上，經常請我吃晚餐之類的，如今回想起來，那完全是賄賂——』」

「別再說了。」

我忍不住摀住耳朵。隔著雙手，我聽見她忿忿地低聲說著：「我反覆聽著以前留下的錄音，結果就記住了。」她是桐畑恭太郎的超級粉絲。直到前幾天為止，這個事實還讓我的胸口充滿著萊姆果汁狀的物體，如今卻變成一根尖銳的刺，一而再、再而三地扎在胸口上。

「你會依照我的吩咐做吧？」

嘴角微微向上牽動，三梶惠再次沉默下來，看向前方。見到這一幕，我總算領悟到現在只能服從她的命令。原本以為自己早就已經放棄掙扎，但是仔細一想，這個時候才是我真正認命的時候。

三梶惠不時看向手錶，雙眼持續凝視著前方。我緊張地想著那個男人到底何時才會現身，感覺心臟似乎被人緊緊捏在手中。

「欸，那個機器到底是什麼？」

突然被她這麼一問，我開始四下張望，尋找看似機器的東西。

「不是，我昨天過去的時候，桐畑先生的房間書架上不是排了一整排的古怪機器嗎？筆記型電腦旁邊那個書架。有這個大小的，也有這麼大的。」

三梶惠用雙手比劃著香菸盒大小的尺寸，以及面紙盒大小的尺寸。

「啊，那全部都是收音機。」

「別瞎扯，那怎麼可能會是收音機。」

「是真的。我自己做的，出自興趣。」

我非常簡單地說明了鍺礦收音機的原理。三梶惠視線依舊望著前方，興味索然似地「喔——」了一聲。

「記得還有一個像是摩天輪模型的東西吧。」

「摩天輪——啊，是那個吧。」

收音機的接收天線，只要把漆包線捲在一個圓形物體上做成線圈，就能完成。鉛筆或是捲筒式衛生紙的筒芯都可以。我第一次製作收音機的時候，用了養樂多的罐子。有時候不會選用這種細長的物體，而是以同心圓方式，將漆包線固定在厚紙板等物品製作的圓盤上。她所說的「摩天輪」就屬於這一類。原來如此，用免洗筷做成支架撐起來固定的圓盤，看起來的確有點像。

「收音機這種東西，電器行裡不是要多少有多少嗎？」

「嗯，可是，我想要的不是那種……」

我還苦於不知如何說明的時候，她又問了另一個問題。

「你有ＦＡＭＩ癖嗎？」

我不懂這是什麼意思。

「戀母癖，戀父癖，戀姐癖。」

「ＦＡＭＩ——啊，家人嗎？」

「竟然在房間裡放照片。其中那張男人的獨照，應該是你爸爸吧？五官長得很像。另一張應該是你媽媽，還有旁邊那個年輕女人，是你妹妹？」

「對。妹妹手裡抱著的，是我外甥朋生。今年二月出生。」

髮絲像高級毛毯一般柔細，悄悄直立在頭頂上，渾身上下散發著奶香味，惹人憐愛的朋生。

「真好，家人都在身邊。」

「惠小姐的家人呢？」

她往我瞄了過來，嘴唇作勢張開。但是靜止了兩秒鐘之後，她把嘴唇閉得比張開之前更緊，別過頭去。

「家人果然是好東西嗎？」

口吻聽起來不像是在追尋答案，只是單純把疑問化為聲音。

「嗯，那是當然的吧，畢竟獨自一人很寂寞。不過，父親在我念國中的時候死了，所以那棟公寓只剩下我、妹妹，還有母親三個人而已。」

「有三個人就已經很好了呀。加上外甥就有四個人了。」

雖然還是一樣話中帶刺，但是知道我的父親已經不在人世之後，她似乎稍微有所顧慮，尖刺變得沒有那麼銳利。我莫名猶豫到底該不該詳細詢問她的家庭狀況，於是繼續說著自己的事。

「我們從來不曾四個人一起生活過。上上個月朋生出生的時候，母親帶著妹妹一起回娘家，之後再也沒回來了。」

現在，她們三人都在八王子區外，高尾山山腳下的小城鎮，一間小巧的木造房子裡，和只要一笑、臉上就會堆滿皺紋的外祖父母在一起。

「在媽媽的娘家生產，感覺很稀奇。」

在我準備開口回應的那一瞬間，三梶惠以驚人之勢，把臉貼過來。

「咦？你現在一個人住嗎？住在那間公寓裡？」

她的眼睛被帽緣遮住，看不清楚，不過在驚訝背後，她似乎也隱約露出觀察對方反應的表情。

「為什麼明明只有你住，卻要待在那麼狹窄的房間裡？」

「不，其實沒什麼特別理由……因為是我一直用到現在的房間，果然還是最讓人感到安心。而且幾乎只是用來睡覺而已。」

「到什麼時候？」

「咦？」

「你媽、你妹和逢生小弟弟，會在娘家待到什麼時候？」

「是朋生。呃，到什麼時候……大概再過一個月左右。」

三梶惠的視線依然對準我的臉，緊閉口唇，沉默了好一陣子。這段期間，除了唯一一次眨眼之外，臉部肌肉完全沒有任何動作。隨後又忽然撇過頭去，將視線重新移回墓碑另一側。但我覺得現在跟剛才不同，她只是把視線轉移過去，實際上並不是在看。

「我說啊。」

她說完這句話之後就沒了下文，我只好「嗯？」了一聲反問回去。

「只是做個參考，你家現在應該有空房間對吧。那個，就是你媽和你妹使用的房間。」

「是空的沒錯？」

「有了。」

語聲剛落，她再次迅速朝我撞過來。我被這股氣勢壓過，忍不住讓上半身向後退開，失去平衡，坐倒在地。

有腳步聲傳來。

我們同時朝著聲音方向看去。

一個穿著西裝的男人，正走在墓碑另一側的通道上。右側身體對著我們這裡，踩著彷彿被人追趕似的紛亂腳步。不對，是真的被人追趕。至少他本人如此認為。距離男人約十公尺左右的遠方，可以看見一身黑道扮相的石之崎先生。

來了！我在自己忍不住說出這兩個字之前，硬把聲音吞回去。不過三梶惠仍然像是聽見聲音似地回過頭來，用下巴尖銳地朝著我比劃了一下。雙腳被緊張與不安影響，我當場全身僵硬，動彈不得。她的嘴唇已經做出「快點」的嘴型，但我始終還是站不起來。這時候，領口被她猛然抓住，整個人往上拉。我就這樣半蹲著回頭，看向那個男人。這段期間，耳邊一直環繞著全身血液不斷刷刷刷地消退的聲音。

不管怎麼看——那都不是正經人士。

年紀大概超過五十，身高體重似乎都和石之崎先生差不多。身上一襲淺紫色西裝，沒有繫領帶。渾身都是結實的肌肉，若是用關鍵字「小平頭」進行圖片搜尋，他的髮型應該會第一個出現，還有看似用利刃劃破皮膚般銳利無比的雙眼——整體外貌就像是最典型的暴力型黑道分子。而且他的階級，雖然不知道黑道分子實際上到底有哪些階級，但我敢肯定他一定非常高階。他似乎相當在意領口附近的汗水，不時朝著脖子伸手，但是每伸一次手，他的臉就會揪成一團，臉上因此斷斷續續地出現著惡鬼般的表情。

「唔！」

三梶惠忽然用拳頭捶了我的肩膀，我忍不住驚呼出聲。她露出和那個逐漸逼近的男人一模一樣的凶惡眼神，緊盯著我，下巴連續比了三次。我抱著衝破不安圍籬的必死決心，直立起身，再依照事前指示，直接朝著通道方向「悠悠哉哉地」走了起來，但全身上下早已大汗淋漓，腋下濕得像是有法式清湯流過似的。我覺得自己的身體似乎突然縮小。隨後又不經意地想起國中二年級時，在自己開始拒絕上學之前，曾有個博學多聞的同學對我說「你很像爵比爾」。我當時為了尋找這個名字而翻遍世界史教科書，但是一直找不到。直到後來，才知道那是棲息在蒙古地區的小型老鼠「沙鼠」。

我走到男人前方約三十公尺處，沒有看對方，直接轉進左邊通道，繼續前進。儘管心裡哀求著好想快點盡全力撒腿狂奔，但還是忠實遵守指示，保持「悠悠哉哉」。耳後傳來男人腳下的皮鞋腳步聲。我真心認為要是自己的雙眼不是長在臉上，而是長在耳朵後面就好了。腳步聲漸漸逼近。可是對方沒有照三梶惠所說的行動，他並未一看到我就追過來，步調就和之前一樣，毫無變化——不對。

男人忽然加快腳步。聽著腳步聲躂、躂、躂地接近，我下意識回頭，正好看見對方的雙眼。我從他臉上的表情得知，他現在加快腳步的目的很明顯是衝著我來。我的身體比大腦更快採取行動，立刻朝著左右兩側矗立著無數墓碑、雜草叢生的小路直線前進。

「喂，給我等一下！」

忽然爆發出來的怒吼，像鞭炮爆炸一般在耳中迴盪，我全身一顫，當場跳起來飛奔出去。我連自己被捲入什麼事端都不知道，在靈園裡橫衝直撞，拚命移動雙腳。空氣在耳中嘶吼，導致我無法判斷男人到底逼近到什麼地方。眼前出現一條Y字形岔路——該走哪邊好？雖然沒有記住谷中靈園的整體地圖，但是往左前進會比較靠近靈園的邊緣。如此一來，可以從外面的小路上看得一清二楚。我無法判斷這到底是不是一件麻煩事。畢竟我完全不知道任何細節，無法判斷也是理所當然。然而為了以防萬一，我選了比較不起眼的路線，一頭衝進Y字形岔路的右邊。前方出現一大片和剛才一模一樣的景象。到了這個時候，我已經因為呼吸困難而張大嘴巴，嗯啊、嗯啊、嗯啊，一邊發出聲音，一邊拚命呼吸。花粉症讓鼻子徹底鼻塞，痛苦程度增加了兩倍。不管吸入多少空氣，吸了又吸，吸了又吸，都還是不夠。但肺臟卻異常冰冷，脹到不能再大。身上的肌肉已經呈現缺氧狀態，逐漸失去力氣。腦袋內側發燙，高溫不斷膨脹，感覺眼珠都快被推出眼窩。我趕緊用力繃緊，不讓這件事發生。眼前又出現一條岔路，這次換成T字。我立刻向右轉，發現前方是一條往左的彎道。我沿著道路轉向，心裡懷著一絲期待，瞬間回頭望了一眼。

「噫噫噫！」

這是我有生以來第一次大口吸氣又大聲慘叫。男人的身影就在身後不遠處。會被殺——我如此確信的那一刻，雙腿立刻沒了知覺。可是那個時候，我卻用了更快的速度衝過通道。所謂狗急跳牆，相信就是這麼一回事吧。我像隻背後被人潑油點火的老鼠一樣，在狹窄的通道上高速衝撞。往右彎，往左彎，遇上岔路就依照自己的直覺選擇前進方向。然而我的直覺有誤，轉過最後一個轉角的瞬間，靈園的出口直逼眼前。要是走出小路，會遇上其他行人。一個不小心，說不定還會遇上警察。雖然不知道對自己來說，被人看見或是被警察叫住到底代表什麼意義，不過那極有可能造成我無法繼續執行「從男人眼前逃離」這項任務。舉例來說，要是男人隨口喊出「抓住那個人」，說不定就會有人反射性地照做。而警察看到現在這狀況，百分之百會上前盤查。如果無視警察繼續奔跑，對方甚至可能呼叫支援。然而這一切推論都太遲了。我當然沒辦法在這條通往小路的單行道上回頭，也沒辦法立刻轉彎、在墓碑與墓碑之中穿梭。如果我真的衝進墓碑之間，情況絕對對追人的一方比較有利。如果我往右轉，男人只要在那一瞬間朝著斜角前進，行進距離就會比我短上許多。哇唔、哇唔、哇唔。我一邊發出謎樣的喊聲，一邊拚死拚活地衝出靈園。速度雖然不怎麼樣，但我個人認為就像狂風橫掃。左眼的餘光看見了行人的身影，雖然服裝、年齡、性別，全都無法辨識，但我仍然立刻轉向右邊小路。這是失敗的決定。因為這裡出現了六人之多。老夫婦、老太太、老爺，和老夫婦。所有人都是背朝著我。在我準備從他們旁邊超越的時候——

「危險！」

不知何人發出一聲大喊。我反射性地回頭，一個四方型的卡車車頭，以及朝著路邊橫向飛出去的男人身影，出現在我的視野當中。

那個人被車撞了——因為他為了追我而衝出馬路。

不過我沒聽見任何類似撞擊聲的聲音。至於朝著路邊飛出去的男人，與其說是被車撞飛，其實更像是自己跳過去的。等到我終於理解過來，卡車開始減速，但馬上又踩下油門加速，從我身旁呼嘯而去。擋風玻璃反射陽光，讓我看不清駕駛的臉。只看到車體兩旁貼著某種紅色的，看起來相當花俏的圖案。

男人往前倒下。他的雙膝跪在柏油路上，單手撐住地面，臉朝著我看來。我的兩條腿彷彿凍結一般，僵在原地無法動彈。我們在彼此都動不了的情況下，互望著對方的眼睛。怎麼辦？該怎麼做才好？男人身後，有個年紀看起來跟他差不多的男人，小跑步地跑過來。聽到他開口詢問「沒事吧」，我馬上知道他是剛剛大喊「危險！」的那個人。如同黑道典範的那男人轉向對方，答了幾句話，我在這一瞬間脫離了他的視線範圍。這時候，左邊袖子忽然被一股驚人的力道抓住，我還來不及出聲，整個人就被橫著拉往靈園方向。我的膝蓋已經徹底痠軟，腳步踉踉蹌蹌，差點跌倒，但還是努力轉動身體，保持平衡。抬頭一看，拉著我走的人正是三梶惠。她看似想踩爛所有灌木叢一般地踏進靈園，低聲說了句「自己走」。當我好不容易實踐了她的命令，只聽到她咄咄逼人地說：「走快一點！」她的側臉蒼白得像張白紙，兩隻眼睛睜得斗大，雙唇之間開了一道隙縫。那道隙縫不斷地反覆變窄、放寬。因為她的下顎正在劇烈顫抖。

＊＊＊

某個週三深夜的《1UP人生》內容。

對，說到行動力，讓我想起一件事。這是經常在酒吧裡一起喝酒的酒友的故事。那個人的工作是販賣棺柩或佛壇之類的東西，總之他開一家佛具店。現在大概是六十歲後半，名字是S先生，整體看起來就像是《魯邦三世》中的次元大介變矮又變老的感覺。故事發生在他念小學的時候。

那個S先生啊，他和同學打了一架，使得朋友的右腳扭傷。由於打架原因都是一些小事，例如S先生企圖用木炭塗抹朋友頭頂上的圓形禿等。所以S先生回家後，一邊和家人吃著晚餐，一邊後悔自己對朋友做了不好的事。隔天早上，在學校見到朋友時，心裡立刻想著，好，我要道歉，卻一直拉不下臉來。朋友腳上包著繃帶，拄著拐杖，看起來真的非常淒慘，讓他越來越開不了口。最後到了放學時間。

S先生他們平常總是趁著放學後，跑到學校後門玩耍。那天也和幾個朋友一起玩著英雄遊戲，扭傷右腳的朋友也在，只是沒辦法四處跑跳，只能一個人坐在角落。不久之後，這個朋友忽然站起來，抓起地上的石頭往外扔。不只是瞄準了S先生，而是瞄準所有人。哎，像現在這樣依序說下來，我感覺自己不是不能了解那個孩子的心情。不過，當時所有人都嚇了一跳，覺得莫名其妙。而且他又丟得相當用力，所以一群孩子就這麼哇哇大叫地四下逃竄。而其中一顆石頭湊巧砸破了學校的玻璃。

所有人都被帶進老師辦公室，要求他們解釋狀況，只有丟石頭的朋友和S先生什麼都沒說，堅守沉默，其他孩子則七嘴八舌地開始描述起來。如此一來，所有的錯當然都會落在那個毫無來由地亂丟石頭的孩子身上。

因此老師只處罰了那個孩子，罰他一個人打掃整間教室。雖然知道他的右腳不方便行動，做起來會很辛苦，但老師大概認為這樣才算是處罰。老師把那個孩子和打掃工具一起留在教室裡，鎖住出入口，告訴他打掃結束之前都不准出來，隨後讓其他人回家，自己則回到辦公室。

S先生真的難過到極點。眼看著朋友因為沒辦法一起玩，只能獨自坐在旁邊，自己為什麼沒能找他說話呢？為什麼不能老老實實地向他道歉呢？他一邊後悔，一邊回家，躲在自己的房間角落，抱著膝蓋沉思。然後S先生下定決心，明天一定要道歉。

可是呢。

到了傍晚，屋外似乎莫名吵鬧，一問之下才知道附近發生了火災。S先生跟著鎮上的人一起跑去圍觀，赫然發現火災地點竟然就是那個被迫留校打掃的朋友的家。那孩子還有一對弟妹，不過兩人都在外面玩耍，父親外出工作，母親則是在鄰居家裡喝茶聊天，總之一家人都平安無事。

S先生一邊看著起火燃燒的房子，一邊渾身無力地坐倒在地，等到回神之後，才發現自己口中不斷念念有詞地說著太好了、太好了。因為，如果朋友現在在家，他的腳不方便走動，搞不好會因為來不及逃生而死掉啊。

沒人知道什麼才是正確的。S先生總是這麼說。

如果S先生老實地向朋友道歉，那個孩子多半不會亂丟石頭，這麼一來他就會和平常一樣乖乖回家，最後被捲入火災也說不定。雖然大家都說行動力非常重要，但有些時候，徬徨猶豫也是很重要的。

所以「三遊亭歐巴馬」先生。關於你打算埋伏丹尼某某餐廳的店員的計畫，我真的覺得沒有立刻進行的必要。因為你覺得對方也喜歡你這件事，非常可能只是你誤會了。不對，也有可能不是誤會。眼睛什麼的，只要持續注視同一個人十秒鐘，都會因此交會個一次左右。所以希望你能多考慮一下，等到真的確定不會有錯的時候，再去埋伏人家吧。如果這樣還是失敗，可以歸罪在我身上沒關係。我也會陪你一起傷心的。

呃，來聽聽一青窈的〈陪哭〉。

三

冷靜下來，冷靜下來——對，就這樣轉動右手，讓左手保持靜止不動——再等一下——大概再十次就好。

「大概就這樣吧。」

我一個人坐在房間裡，把漆包線捲在紅色鉛筆上，捲了大概三百圈。用來校正節目腳本的紅色鉛筆變短之後，剛好可以當成鍺礦收音機的天線軸心，所以我總是會像這樣捲上漆包線，大量儲備起來。至於什麼時候會進行這項作業，通常是我想讓內心冷靜下來的時候。我自己有紅色鉛筆，餅岡先生和其他工作人員也會把用不上的鉛筆給我，所以充當軸心的紅色鉛筆庫存非常豐富。平常捲好一根天線時，內心的動搖多半就會平復下來。如果不行，那再捲一根。再不行，會伸手抓起第三根。

鋪著不收的床鋪上，已經放了六根紅鉛筆天線。我在旁邊放下剛捲好的第七根。先仔細凝視它們，兩手稍微暫停了一下。等我回神，才發現自己的左手已經伸出去，拿起下一支紅色鉛筆。右手摸索著漆包線，開始綑起來。冷靜下來，冷靜下來——對，就這樣轉動右手——

在那之後，三梶惠把上氣不接下氣的我帶到靈園裡的公共廁所，拖我進女生廁所間之後，逼我脫掉上衣。就是她帶過來的，那件看似工作服的上衣。我想她應該是刻意為之吧，只見她把我脫下的上衣迅速捲起來，所以我依然沒看見印在背後的圖案。

——待在這裡。

她抱著上衣，走出女廁，隨後把石之崎先生也帶回來。然後她和我們兩人一起走到那棵榆樹下，讓石之崎先生換回原本的服裝。可能是為了監視我們，這次換衣服的時候，她就站在旁邊，叉著雙手緊盯著地面。迷彩花樣的棒球帽下，她的眼睛明顯流露出動搖之色，抓住自己手臂的手指，也因為用力過度而變得一片慘白。雖然不知道是怎麼一回事，總之周圍充斥著緊張感，讓人猶豫到底該不該出聲說話。

——那個。

我狠下心開口發問。

——現在沒辦法說明。

她幾乎同一時間出聲回應。

——不過，近期內一定會說明。

換好衣服後，已經到了石之崎先生不得不前往處理業務的時間，所以我們三人一起朝著車站前進。沿路上，三梶惠一直注意著四周，命令我們盡可能地低頭前進，不准說話。抵達日暮里車站時，石之崎先生回頭面向三梶惠，嘴裡念念有詞，似乎想問些什麼，但最後還是放棄了。他只對我說了聲「俺先走了」，便轉身走進剪票口。

——那個。

——我不是說現在沒辦法說明嗎？

三梶惠惡狠狠地轉頭回答，不過我這時想問的事情其實是關於石之崎先生。我猜想，石之崎先生應該不知道自己跟蹤的男人差點被卡車輾過。這樣說雖然失禮，不過他體型大概沒有辦法追上全力狂奔的我們，所以肯定沒有目睹靈園外的狀況。會合之後，儘管他確實露出懷疑的神情，但沒有表現出不安。

——要是石之崎先生問起後來發生什麼事，我該怎麼回答他比較好……

——就說對方追到一半放棄，不知道去了什麼地方。剛剛去找石之崎先生的時候，我也是這樣跟他說的。

越來越無法理解了。我盯著她的側臉猛瞧。她似乎覺得我的視線相當惱人，單手不斷揮舞。動作像是在趕跑蚊蟲。

——夠了，你回去吧。

沒有人這樣做事的吧？我心想。當然，我沒有忘記自己對她做了什麼，但她真的知道我的心臟到底跳得有多快，到底經歷了多麼驚悚的體驗？不，她不可能知道。即使和善如我，也打算對她說句狠話，高高揚起了下巴。然而此時，三梶惠的眼睛忽然朝我看過來。

——今天謝謝你了。

我就像《根性青蛙》動畫裡的「阿梅先生」一樣高舉著下巴，身體再也動不了。

因為她的眼神，看起來非常軟弱。我當然不知道她為什麼會露出這樣的眼神，但我不由自主地開口回答：

——沒什麼啦，小事。

然後再一次脫口說出：

——之後隨時都可以幫忙喔。

隨著一聲嘆息，我把第八根紅鉛筆天線放在床上。

從客觀角度來看，我對她的虧欠應該已經還清了才對。在日暮里車站分開的時候，還有現在這個時候，我都是如此認為。然而嘴巴就是不受控制。

——之後隨時都可以幫忙喔。

——隨時都可以幫忙喔。

——都可以幫忙喔。

——幫忙喔。

——喔。

我一直以為自己很清楚自己是個不擅言詞，不對，是個相當嚴重的笨蛋，但沒想到竟然笨到這種程度。在完全不了解任何事情的狀況下，被看似黑道的人追趕，只能一個勁逃命，最後差點殺死對方。不對，不是這樣。我說不定是出面協助她完成殺死對方這個目的。

沒錯，最讓我動搖的原因就是這一點。

那輛卡車忽然疾駛而來，搞不好也不是出自偶然。三梶惠逼我和石之崎先生做出那些事情，目的會不會是殺害那個男人呢？

在車站前和三梶惠分開，坐上電車之後，我才注意到這件事。如果那不是偶然——如果那輛卡車是收到三梶惠的指示，特地守候在那裡？如果對她來說，男人在千鈞一髮之際得救其實代表行動失敗？我再也無法冷靜，立刻在電車裡傳送郵件給三梶惠。若是問得太過直接，她肯定會回答一句「現在無法說明」便結束話題。我的掌心不斷冒汗，咬牙寫下這封郵件——『那個，難不成是某種計畫嗎？呃，就是剛剛那個啦。啊哈哈，我只是亂猜。因為有點擔心嘛。那個時候突然衝過來的卡車，我不知道那是什麼卡車，不過惠小姐認識那輛卡車嗎？呀哈哈，好像一直在講卡車卡車的，真是奇怪呢。』

我重重嘆出一口氣。與其說是為了自己的膽子之小，其實更是為了自己身為人類之卑微。不過這樣還是比什麼都不問要來得強。相信三梶惠也一定會回覆某些可以當成提示的東西。

可是我都已經捲好了八根紅鉛筆天線，仍然沒有回信。事到如今，我發現不管再怎麼纏繞電線，都不可能讓我的內心冷靜下來。在她還沒回信之前，都會是如此。

這時，腦中忽然響起了三梶惠的聲音。

——coaster……

我覺得自己終於了解那句話的真正意義。

她在「if」出現的時候，會不會正好是她單獨進行殺人計畫之後呢？會不會是親自實行了那個黑道分子的殺害計畫，然後打開店內大門呢？之所以會喃喃說著「殺掉了」，則是因為她那個時候以為殺害計畫成功了，所以才會陷入如此恍惚的狀態。然而計畫以失敗作結，等到發現對方沒死的時候，她開始認為獨自一人無法執行計畫。於是決定讓我們出面幫忙。

「那個聲音……」

對了，我都忘了。在她搖搖晃晃地走進「if」之前，我們都聽見一個奇妙的聲響。就像是某種沉重的物體用力撞擊地面。

那該不會是她把男人推下來的聲音吧？例如從屋頂上往下推。

不對，那棟大樓的屋頂應該沒有辦法上去才對。很早以前，喝得爛醉的鈴香曾經邊說「小恭跟我來一下」，邊把我帶出店外，爬上樓梯，抵達通往屋頂的門前，然後我差點在這個人跡罕至的地方被他剝光衣服。那時候，我曾試著逃往屋頂，不過那扇門是鎖著的。所以我只好從張開雙手雙腳不斷逼近的鈴香胯下鑽過去，迅速逃跑。

也就是說，她把男人推下大樓的地點應該是外圍逃生梯。如果真的想把某人推下去，在那棟大樓的外圍逃生梯不是不可能辦到。三梶惠是不是把對方誘騙到樓梯上，然後推下去？對方雖然墜樓，但沒有死，同時迅速逃離現場。知道這件事之後，三梶惠決定下次一定要確實殺死對方，開始尋找可以協助殺人計畫的人。而她盯上的目標就是我們。當她發現我們利用類似雙口相聲的行為欺騙她時，便決定反過來利用我們。所以她假裝自己上當受騙，讓我們有愧於她。

——誰會相信這種鬼話啊！

在「ｉｆ」爆發的時候，三梶惠是這麼說的。

——我實在是太不甘心了，所以決定繼續假裝被騙。故意讓你得意忘形。

那肯定是撒謊。三梶惠真正的目的並不是讓我們得意忘形，而是為了製造出無法拒絕她的要求的狀況。為此，假裝被騙的時間當然越久越好。

——我想讓你得意忘形，讓你樂得飄飄然，再從樓梯的最上面把你推下去。

從樓梯上推下去！

如同用菜瓜布刷遍全身的戰慄感一閃而過。進行殺人計畫的人，據說都會出現想把自己的行為告訴他人的衝動——以前有個心理專家在某電台的廣播節目上這樣說。三梶惠那句臺詞，會不會是在炫耀自己的殺人未遂行動？我們這邊當然不會有人發現，但這一切無所謂，只是她的潛意識讓她說出那種話？

我拿起身旁的手機。雖然沒有郵件提示音，但也有可能是我漏聽。啟動待機畫面，沒有任何郵件。不過郵件中心因為電波問題而擱下信件的狀況，確實時有所聞。我點下「來信詢問」等待結果。過沒多久。

♪答、答啦——答、答拉——答答啦答答啦答答啦、鏘、咚！

「來了……」

郵件真的來了。去信詢問果然有用。不過話說回來，至今捲在多達八支紅色鉛筆上的漆包線到底算什麼？我打開了收件匣。

『雖然不知道為啥，不過今天真的很認真地拉業務，而且拿到工作咧。屁股的狀況也不賴，大概是那個唄？跑了很多路的關係吧。看來痔瘡痊癒的日子也不遠啦！』

是石之崎先生發來的。

我放下電話，拿起第九支鉛筆。在我拉起漆包線線束，咬住嘴唇，扭轉著電線前端的時候——

♪答、答啦——答、答拉——答答啦答答啦答答啦、鏘、咚！

這次總該是她了吧！我迅速抓起手機。

『不管打出「JI」或「DI」的拼音，都會變換成「痔」這個漢字呢。』

我一邊呻吟一邊扔出手機。

放在架上的筆記型電腦，螢幕正在視野邊緣閃動著光芒。畫面雖然不會動，但硬碟的連接警示燈總會不時地閃爍，彷彿正在思考一般，傳出窸窸窣窣的輕微聲響。我之所以開機，是因為一回到家，我就開始用「淺草　殺人」或「谷中靈園　黑道」等關鍵字搜尋，想找到任何可能的情報，但收穫為零。

抬頭看了看牆壁上的時鐘，時間已經過了下午四點。要是再不想好今天晚上的廣播內容，會被餅岡先生責罵。那個人生起氣來可是很恐怖的。聽說很早以前，餅岡先生曾和一些牙齒掉了好幾顆、皮膚上畫著圖案的人在一起廝混，負責帶領他們駕駛的幾十輛摩托車。以前前去祝賀新居落成的時候，他那嬌小秀氣的太太曾經一邊偷笑，一邊讓我看了當時的照片，但我一點也笑不出來。當時的餅岡先生染了一頭金髮，向後梳的油頭上剃了兩道高衩旗袍般的縫隙，眼中殺氣騰騰，簡直不像這個世界的產物，肩膀上還扛著一支大旗，上面印滿了絕非善類的漢字。

昨天晚上節目進行到一半，就在我開始播放事先選好的音樂時……

——恭太郎。

餅岡先生從桌子另一頭喊了我一聲。看到對方面孔的那一刻，我心中暗想著完蛋了。他臉上一點表情也沒有，而原因就在我身上。剛剛在朗讀聽眾來信的時候，還有閒聊單元的空檔，我都完全沒有進入狀況。

——沒事的，不好意思。

我搶先道歉。餅岡先生緊盯著我的臉，凝視了好一陣子，最後忽然撇開視線，繼續望著他手裡的節目腳本。因為他開始恍若無事地檢查腳本後半段，所以我也在心中雙手合十，做了好幾次深呼吸。啊，門鈴響了。

「……哪位？」

我朝著走廊方向探頭。由於對方沒有回應，我便站起身走到大門前，用稍微大一點的音量再問一次。

「是哪位？」

搞不好是三梶惠來了。雖然不是完全沒有這個預感，只不過上次已經出現得那麼突然，這次應該不會再有這種突襲行動吧？儘管毫無根據，但我就是這麼認為。然而只要和她扯上關係，我的預測就從來不曾準確過。

『把門打開。』

是她的聲音。

她是來說明今天白天發生的那件事嗎？還是說她又打算要我做些什麼？我就像《超人力霸王馬克斯》裡的「匹咕蒙」一樣，兩隻手舉在不上不下的位置，嘴巴半開，愣在原地不動。

「你在家吧？快把門打開。」

咚地一聲，大門被她踹了一腳。我反射性地跑向玄關，轉開門鎖。上一次，她轉眼之間就衝了進來，所以我擺出架式，準備迎接同樣的動作，可是大門一點動靜也沒有。

『叫你開門啊。把門打開。』

我照著她的話做了。

「抱歉，因為我提著這個。」

站在門外的她，雙手合力提著一個巨大旅行包。簡直像是準備長期旅行一樣。

「門鈴是這樣按的。」

她挺直身子，高舉下巴。

「只是要轉動門把，難度還是高了點。」

「那個，妳準備去哪裡旅行——」

「我現在住的商務旅館，只要在四點前結帳離開就會被視為休息，所以我退房了。住宿和休息的費用可是大不相同啊。雖然是間便宜旅館，住久了還是會沒錢。」

我還沒能鎖定自己要問什麼，她便硬生生地從我身邊走過，扭動雙腳，脫掉腳下的低跟鞋。進入走廊後，她回過頭來。

「只要一個月就好。」

「是？」

「你不是說了嗎？你媽和你妹還有小寶寶，會在娘家再待一個月左右吧？我打算在那之前把事情做個了結，所以這段期間就讓我住在這裡吧。反正我不會去打擾桐畑先生的生活。」

做個了結到底是指什麼事？而且她難道真的覺得，她到目前為止的所作所為沒有打擾到我的生活嗎？

「啊，還是說這樣妨礙到你了？」

「不，沒這回事。」

真是丟臉。

「不過妳說做個了結，到底是指什麼——」

「那個我之後會一起說明。欸，我待在哪邊你比較不會介意？其實客廳就行了，不然住在櫥櫃裡也沒問題。」

「呃……妹妹的房間……吧。」

我用眼神朝著左邊裡面的房間示意。門上掛著一塊木製門牌，上面貼著線鋸製成的英文字母——「Naomi's room」。文字的排列方式不太整齊，因為這是她小學五年級的時候貼的。那時候，這棟公寓還是新房子。如「room」的後面又貼了『Again!』。這串文字是在幾個月前貼上去的，她拜託我購買新的英文字母套組，所以我從伊藤洋華堂買回來給她。

「啊，好整齊。」

三梶惠打開妹妹房間的房門，高聲喊了起來。

「總之先讓我換件衣服。而且我昨天沒睡，想稍微躺一下。」

她把行李搬了進去，關上房門。

直到我出發前往電台為止，那扇門始終沒有開啟。

＊＊＊

其實我最近開始養貓了。

啊，不是從店裡買的，而是撿來的。真的是一隻不受控制的貓，簡直跟惡魔沒兩樣。是隻母貓，非常凶殘暴力，讓人忍不住懷疑牠過去到底過著什麼樣的生活。不是把人的衣服抓爛，就是把所有玻璃都打破，甚至還在我的重要文件上大小便，說真的，我現在身心都滿目瘡痍啊。

我是在三月中旬，就是天氣超冷的那一天，把牠撿回來的。那天還下著雨。在這個節目結束後，我在酒吧喝酒準備回家，而那隻貓就在酒吧所在的大樓樓下，全身濕漉漉地發抖。牠仰望著我，露出非常寂寞的表情，然後微微張開嘴巴，輕輕喵了一聲。身體非常瘦。可能是被其他野貓弄傷了吧，腳上帶著傷口。不把牠帶回家的人，根本不能算是人。我想任何人都會同意這個說法。

所以我就帶牠回家了。結果那隻貓呢，像是知道不必繼續演戲似的，徹底變了個模樣，開始無法無天地大鬧。是真的無法無天。

可是呢。

把這件事情說出來實在有點難為情，不過每次只要我鑽進被窩，那隻貓就會咻地一聲跟著鑽到我旁邊來。然後一副理所當然的樣子蜷起身子，比我還早進入夢鄉。哎，看到這一幕，老實說真的會把牠做過的所有事情全部拋諸腦後。牠表現出這種態度，總覺得我也跟著安心起來，於是睡得比平常更加安穩。因為這樣，我才覺得，只好繼續一直養下去了啊。

來聽首老歌吧。杏里的〈Cat's Eye〉。

四

Magic play is dancing……magic play is dancing……magic play is dancing……我一邊聽著腦中不斷反覆播放的〈Cat's Eye〉的歌詞，一邊走在深夜的淺草通上。之所以在節目上提到養貓的話題，是因為我覺得這樣可以稍微改變心情。反正三梶惠已經不再收聽我的節目了，不管說什麼都不必害怕。

——你真的養了嗎？

正在節目上播放〈Cat's Eye〉的時候，坐在桌子另一側的餅岡先生如此詢問，所以我苦笑著搖頭。

——是嗎？不過感覺倒是異常真實。還以為你難得說了實際存在的事呢。

我一邊嘿嘿嘿嘿地笑著，一邊低頭看向節目腳本。明知道餅岡先生正盯著我看，仍然假裝沒發現。就在這個時候。

——真的養一隻，應該也不錯。

他對我這麼說。

——這麼一來，說不定可以找到新的點子。

只要有想像中的貓就夠了。我如此回答。

轉彎離開國際通，我一邊朝著裏淺草前進，一邊回想起自己在小學三年級的那年夏天，開始飼養變色龍的往事。

當時我還沒有意識到自己的聲音多麼特殊，也就是在還沒變成寡言少年之前，所以還有朋友。其中有一個人，信誓旦旦地堅持自己養了一隻變色龍。我已經不記得他的名字，不過姓氏是羽澤。他有個類似說謊癖的壞習慣。在這隻變色龍之前，他也曾說自己親眼看過得了狂犬病的狗，一邊滴口水一邊奔跑。或者是炫耀自己在公園裡抓到土龍，還有腳踏車的前後輪同時爆胎，差點死掉等話題。所以他一開始提到變色龍的時候，所有同學都尷尬地轉開視線，等待上課鈴響，讓下課時間盡快結束。

課程開始。等到下課時間再次來臨，已經沒有人願意接近羽澤同學了。可是我卻走到他的座位旁邊，找他說話。內容大致上是：你竟然養了變色龍，真好。

那是因為我前幾天碰巧看到他和他的父親兩人共處的模樣。當時在傍晚時分的商店街，他穿著一件鬆垮T恤，滿臉鬍渣的父親，正朝著一個空無一物的地方怒目而視，不斷前進。而他身後不遠處的羽澤，則是站在玩具店的櫥窗前。他似乎心想著逐漸遠去的父親說不定會停下腳步，回過頭來。只見他不時注意著父親，雙眼凝視著櫥窗後方的某個東西。由於玻璃反射夕陽，從我的位置無法得知他到底在看什麼。至於他家很窮這件事，班上無人不曉。

——來我家看吧。

羽澤同學在教室裡喜孜孜地這麼說。說著來我家看看變色龍吧。兩隻眼睛的眼皮拉高到有些詭異的程度，表情看起來有點恐怖。

等到最後一堂課結束，我和羽澤同學一起回到他家。他家很髒亂。拉門上的玻璃窗，到處都是用膠帶貼住裂縫的痕跡。走進玄關，裡面散發著和羽澤同學的衣服相同的味道。

就在那裡。羽澤同學朝著天花板附近一指。牆壁上掛著一個布滿灰塵的假花掛飾，他正用手指指著該處。在那邊，快看，變色龍就在那邊。就是玫瑰這樣伸出去的那個地方下面。因為顏色變得跟後面一樣，所以可能看不太清楚吧。看，就在那邊。

——真的耶。

我如此回答。

之後，我們站在玄關門口的水泥地面上，聊著關於變色龍的話題。羽澤同學說，最大的煩惱就是不知道牠到底在哪裡。我問他平常餵什麼東西給變色龍吃，他回答：蒼蠅之類的小型昆蟲。因為變色龍會讓體色變得跟牆壁、地板同色，所以身體幾乎看不見。但牠張開嘴巴伸出舌頭的時候，就能瞬間見到牠的舌頭，在空中飛來飛去的蒼蠅則會啪地一聲消失無蹤。羽澤同學接二連三地說著。我聽著聽著，自己也變得越來越興奮。我東問西問，而對方毫無窒礙地一一回答。漸漸地，我也可以用自己的眼睛看見透明變色龍了。

回家路上，我幾乎已經確定自己家裡也有一隻變色龍。毫不考慮自己到底是從何時開始飼養，或是如何到手等疑問，心裡只想要快點回到那個有變色龍守候的家。於是我踩著夕陽餘暉，朝著當時四人一起生活，感覺有點狹窄的公寓前進。

從那一天起，我開始飼養變色龍。由於牠會吃蒼蠅，所以我每次都趁著母親在廚房準備食物的時候，偷偷把紗窗打開，讓蒼蠅進入屋內。一但發現蒼蠅消失，就會覺得是變色龍吃掉的。只要周遭傳來任何細小的聲音，都會覺得是變色龍正在爬。一旦發現橡皮擦等文具用品消失時，會忍不住暗想，是不是我的變色龍惡作劇了。

夏天過去，秋季來臨，最後到了年末。

我和母親、妹妹，還有父親一起進行每年都會按時舉行的年末大掃除。大家一起同心協力，讓家裡變得一塵不染。進行到一半，我大口嚼著母親做好的飯糰，隨後繼續奮鬥。

大掃除結束後，我的變色龍就這麼消失了。

我也不知道究竟是為什麼。在那之後，變色龍連一次也不曾出現在我的身邊。

長大成人後，我有好幾次都想再次飼養當年那隻變色龍。可是相當困難。牠到底是從什麼時候開始，變成了只有看得見的人才看得見的東西呢？

五

已經結婚的妹妹，之所以在這間公寓裡有個房間，是基於這個理由——

她從小就在那個房間裡生活，後來和一個又高又帥，名叫博也的人結婚，因此搬到埼玉縣，住進對方獨自生活的公寓裡。然而一年後，博也因為職務調動不得不搬到關西，而當時妹妹肚子裡的朋生已經有八個月大，所以決定讓他隻身搬到遙遠的地方。但妹妹相當擔心自己能否面對第一次生產和扶養小孩，於是頂著大肚子，回到娘家這棟公寓。

博也的職務調動期限是兩年，期滿後，妹妹就會帶著朋生搬回去，三個人一起生活。

隨著博也調職，埼玉縣的公寓也跟著退租，家具雜物幾乎全部被他帶去關西。如果埼玉那邊的房子還留著，現在就是一間空屋，說不定還可以借給三梶惠暫住。我走在夜路上，心裡想著這些事情。

不，那應該不太可能……

我當然不能擅自決定這種事，再者，就算要向博也進行說明，我該怎麼說才好？他是個會擔心自己的大舅子一直交不到女朋友的溫柔好人。即使隨便編個故事，他可能也會擅自想像我和三梶惠的關係，然後獨自一人為我感到高興吧。

「白天發生的事，小石已經全說了，現在正好結束。」

輝美媽媽桑說完，其他已經抵達的人紛紛點頭。

「總覺得你們被迫做了很恐怖的事情？小恭和小石都一樣。像是試圖讓你們捲入黑道械鬥裡似的。」

「或者是已經被捲入了。」

百花小姐喃喃說出這句話。

其實我很猶豫到底該不該來「ｉｆ」。雙腳雖然朝著「ｉｆ」前進，但內心同時充斥著想要盡快回家看看的念頭。家裡應該沒事吧？應該不至於發生突然改變屋內擺設的狀況吧？她說她想用電腦，所以我回答可以使用我房間的筆電，但她應該不會擅自刪除檔案、收信，或是檢查網頁瀏覽紀錄吧？

但如果要回家，錢包裡的錢就會因為計程車費而減少。若是大型電台，多半會發放所謂的計程車回數票，不過我們電台沒有這種預算。

「真不曉得她讓我穿的外套到底是什麼。小石哥，你有看到嗎？」

「啊，俺只是從半路上開始覺得小恭的上衣好像不太一樣，沒有仔細看。咦？很重要嗎？」

這個嘛……我邊說邊歪頭。其他人開始追問那件上衣的事，所以我做了說明。最後所有人都跟著我一起疑惑地歪頭。

「不過怎麼說咧，小恭，要是你被那個男人抓到，不知道會變成什麼樣子。」

「就是說啊。」

「俺去拉業務之後，你們馬上就解散了？」

「嗯嗯，是的——」

只是過了幾小時之後，她又突然來到我的公寓。我正準備說出這句話的時候，重松先生輕聲插嘴說。

「那個女人，到底是什麼樣的背景啊？」

雕刻刀在膝蓋上方移動。重松先生今天晚上也在雕刻佛像。

「先是跟蹤恭太郎，又在凌晨時分跑來這裡。這次則是在大白天的時候，把你們兩個叫去墓園……看起來實在不像有在工作。她到底是怎麼過活的？」

「呃，關於那個——」

「會不會是被男人包養啊？」

百花小姐用左手撐住拿著香菸的右手，嘴角高高揚起來。

「不管怎麼看，她都像是那種人吧？因為臉蛋長得相當可愛，所以利用這個吸引男人的目光，讓他們自願提供金錢或居處。我真的超討厭這種女人。哎，不過被騙的男人也都是笨蛋——媽媽桑，再給我一盤萵苣。」

「喂，恭太郎，你剛才是不是有話想說？」

我露出詫異的神色，呆愣地回望重松先生的臉，提高語尾音調，反問回去。

「沒有啊？」

「是嗎？」

從以前開始，我總是像現在這樣，自己把狀況搞得更複雜。

六

等待第一班電車發車，然後回家。

因為昨天白天全力奔跑的關係，我的身心狀態一塌糊塗，很想早點鑽進被窩睡覺。

「……嗯？」

鑰匙轉不動。

試著往反方向再轉一次，這次就成功了。也就是說，剛剛大門沒有上鎖。

我離開家門的時候應該有確實上鎖才對。

轉動門把，悄悄把門打開，首先第一件注意到的事，就是水泥地面上沒有她的鞋子。我單膝跪下，一邊感到困惑，一邊毫無意義地注視著原本放了她鞋子的空白地面。

「沒能趕上啊？」

我聞聲回頭，三梶惠就站在半掩的門後。

「要是被知道我沒鎖門就出門，你說不定會生氣，所以我本來打算盡量比桐畑先生早一步回到家的。」

她的打扮不一樣了。換成一套輕飄飄軟綿綿的可愛襯衫和裙子。

「下次打一副備用鑰匙給我吧。等這一個月過去，就會還給你。」

我仍然跪在地上，她若無其事地從我身旁走過，一邊說著「啊，好累」一邊走進走廊。有股柑橘類香水的淡淡香氣。這股香氣，和她當初為了見到「崇拜的桐畑恭太郎」而來到電台大樓樓下時一樣。

「妳去哪裡了？」

「我也知道不應該沒鎖門就離開，可是昨天白天在你妹妹的床上倒頭大睡，醒來之後桐畑先生已經離開。但我已經跟人約好了，所以不得不這麼做。」

「不不，鎖不鎖其實沒那麼重要。」

我又問了一次妳去了哪裡。她回過頭來，彷彿看著陌生人一般凝視了數秒，最後終於打從心底訝異地反問。

「為什麼非告訴你不可？」

我無言以對。

「不不，那個，沒上鎖就出門，果然還是太不小心了嘛……我只是在想到底是什麼事情，竟然這麼要緊。」

「你剛剛不是說『鎖不鎖其實沒那麼重要』嗎？」

「說是說了……」

「哎，算了。我去見一個人。去約會了。其實不是不惜一切也想見面，只是因為約好了而已。」

「一直到現在才回來？」

「到什麼時候都無所謂吧。」

她一個輕巧轉身，背對著我，隨後一邊晃動著右手上的手提包，一邊筆直走向妹妹的房間。走到一半，她側著臉對我說「浴室借我用一下」，所以我點了點頭。走廊上，她所到之處都殘留著香水味。我突破這團氣味，進入自己的房間，拿下眼鏡，倒臥在鋪著不收的被褥裡。

七

……………………………

……………………………

……了嗎？

……嗯。

「你睡著了嗎？」

髮絲殘留著水珠的三梶惠，就在我的眼前。

不知何時睡著的我驀然驚坐起來——原本打算這麼做的，不過身體臨時反應不及，只有脖子舉起來。

「什麼？」

我摸索著枕頭旁邊的眼鏡，但一時之間找不到，只好直接看向對方模糊不清的臉。

「沒有啦，只是我仔細想過之後覺得，突然住進你家卻什麼說明也沒有，實在不太好。」

現在才發現嗎？

「我來說明一下。」

三梶惠穿著全套運動服，趴在地上，對著剛睡醒還不甚清醒的我說了起來。

「我之前一直住在千葉縣，家庭成員剛好和桐畑先生相反，是只有父親的單親家庭。但是我家的狀況不是因為母親去世，而是因為離婚才離開家裡的。」

「為什──」

「我爸是一間住宅建設公司的老闆。啊，雖然是建設公司，不過不是那種馬上就能報出名號的大公司，如果只計算正職員工，大概曾有過三十個人左右。之所以用過去式，是因為那間公司已經沒了，破產了。我也在那間公司裡擔任事務員，所以跟著失業了。」

「那麼──」

「爸爸以前是在其他建設公司裡工作，後來獨立出來創辦自己的公司。大概在那個時候，他認識了當時在合作的建材業者手下擔任事務員的媽媽，然後結婚。不過他們很快就離婚了，因為媽媽在外面有了男人。至於多快，就是在我出生之後第二年。後來有二十多年的時間一直都是單親家庭，只有我和爸爸相依為命。」

「令堂──」

「話雖如此，不過爸爸畢竟是公司老闆，有僱用幫傭協助打理家裡的大小事務。那個幫傭阿姨，年紀大了爸爸整整兩輪，外表看起來有點像羊駝。羊駝就是那個啊，臉長得像駱駝，脖子很長，然後毛皮非常茂密的那個。整體感覺非常像，不過最像的地方還是嘴型。」

她試圖想用自己的嘴巴表現出另一張嘴的形狀，我抓住這一瞬間的空檔，總算說出一句完整的回應。

「原來是這樣。」

「對，就是這種嘴型。」

「不是啦，我是說原來妳是單親家庭，還有令尊的公司倒閉等等。」

「雖然我看起來是這個樣子，不過還是發生了很多事啊。只是不知道你是怎麼看待我而已。」

她用手確認著頭髮的潮濕程度，接著說了下去。

「因為一些意外公司倒閉了，我們忽然必須為了錢的事情發愁。爸爸曾經度過一段吃苦的日子，但我卻是出生以來第一次遭遇這種事，所以還是過得很悠哉，連工作都沒找。我在爸爸公司裡擔任事務員的時候，有一小筆積蓄，而且也不是很清楚公司倒閉到底是怎麼一回事。我猜爸爸可能相當看不慣我這個樣子，他在家裡總是非常不高興。畢竟自己的公司沒了，又找不到繼續生活下去的方法，處在這種狀況下，當然會不高興。可是你想想，我就是這樣的個性，所以經常和他起衝突，到最後實在煩得受不了，離開家裡。反正爸爸也說過，我們那棟私人房產近期內非賣不可。我實在不想跟他在狹窄的公寓裡大眼瞪小眼。他有阻止過我。因為媽媽不在的關係，他原本就是個非常保護過度的人。不過我撒了個謊，硬是離家了。」

「妳說撒謊——」

反正一定會被她打斷，所以我自己中斷了句子。然而她卻緊閉嘴唇，朝我看了過來。

「嗯?」

「啊,妳說撒謊,是什麼樣的謊?」

「喔,就說有朋友幫我找到了附設員工宿舍的工作。他問了很多關於公司名稱、所在位置,還有工作內容等問題。不過我只告訴他反正就是找到工作了,隨後立刻走人。爸爸現在大概是在某間公寓或平房裡一個人生活吧。啊,不過,我家那棟房子說不定還沒賣掉。畢竟讓渡手續不可能這麼快完成。」

我腦中浮現出一副哀傷的光景:一個臉頰消瘦,表情疲憊的男性,彎腰駝背地坐在靜悄悄的客廳裡。孤單一人的他,手裡握著女兒小時候的照片——

「離家之後,我心想大概只能找商務旅館暫住,而我也真的那麼做了。因為我根本沒有朋友。不過如此一來,手上的錢終究是理所當然地不斷減少。到存款快要見底的時候,我也開始覺得大事不妙。雖然考慮過和爸爸聯絡,但還是覺得非常不甘心。另外也有人對我說可以去他那裡住,只是那樣實在不太好,所以我拒絕了。之後則是一邊煩惱,一邊拖拖拉拉地繼續住在商務旅館裡。」

「哎呀、那個、等等——?」

「咦?」

她反問回來,但我判斷她其實已經正確掌握了我的問題的含意,所以沒有再開口。她看了我好一陣子,最後終於「啊」了一聲,別過頭去,一邊做出相當在意頭髮濡濕程度的模樣,一邊回答。

「就是那個啊,問我要不要同居,或是結婚。」

「妳答應了嗎?」

「就是沒答應才會到這裡來。總覺得還沒有辦法相信那個人。」

這時，她大概是想起了剛剛一起約會的「那個人」沉思了好一陣子，隨後猛然回頭，瞪著我開口說道。

「你該不會誤以為我在那個人和桐畑先生之間，選擇了桐畑先生之類的吧？」

「才沒有。」

然而三梶惠似乎感應到那微乎其微的可能性，突然開始惡狠狠地數落著我和鈴香對她的過分行徑。在她告一段落之前，我一直維持著只有頭部舉起來的姿勢，就像仰臥式雪橇的滑冰選手一般，只能全身僵硬不動。

「哎，總而言之就是這麼回事。這就是我出現在這裡的原因。」

她像是完成了一件大工程，直接起身，準備離開房間。

「那昨天那個呢？」

我叫住了她。

「哪個？」

「谷中靈園那件事。」

「啊，那個之後會從頭說明。」

怎麼這樣。

「那麼，那件事又是如何呢？我一直沒有機會問，就是妳第一次到『ｉｆ』去的那個雨天——」

「那個也是之後再說。啊，這是你的眼鏡。」

三梶惠回到被褥旁邊，把我的眼鏡遞了過來。難道她一直拿在手裡？等我把眼睛重新戴好，她已經走到走廊，反手帶上房門。

一個架子出現在我陡然清晰起來的視線角落，上面放著我親手製作的收音機。我跪立起來，伸手拿起放在眾多收音機前的家人照片。

「會不會生氣呢……」

看著把朋生抱在懷裡的妹妹以及母親的笑容，我嘆了今天不知道第幾回的氣。

＊＊＊

某個週四深夜的《1UP人生》內容。

對，這個故事是關於那間酒吧的媽媽桑。

她結了婚，肚子裡還懷著第一個孩子的時候，先生就有外遇離家出走。雖然人生真的過得很辛苦，她卻一點也不氣餒，獨自一人撐住這間店，同時努力扶養孩子長大。幾年前，她的女兒在地方的社會福利設施就職。那是一間老人安養設施，而且有附設員工宿舍，女兒就職的同時，也開始人生第一次獨自生活。工作地點距離東京有段距離，無法經常見面，但她偶爾會在休假時回來這裡，坐在店內吧枱前吃晚餐。由於我都是在節目結束後才過去，時間很晚，從來沒有機會見到面，不過經常從媽媽桑口中聽聞她的事蹟。

其中有個故事，讓我覺得印象深刻。

畢竟長久以來一直是母女倆相依為命，女兒剛開始工作的時候，媽媽桑真的非常擔心。為了不讓媽媽桑擔心，女兒做了一件很有意思的事。她開始不時把自己買東西的購物明細拍成照片，寄給媽媽桑看。

哎呀，這個方法真的很棒。那些購物明細，幾乎全部來自於宿舍附近的超市，內容通常都是白菜、白米、味噌、青蔥，還有衛生紙等各種生活必需品。這其實可以相當程度地掌握一個人的生活狀態。所以媽媽桑總算放心了。每當收到購物明細的照片時，媽媽桑都會想像著女兒的生活狀況，自顧自地不斷點頭。

結果呢——有一天，明細上出現了一個讓人覺得「喔喔——」的東西。到底是什麼東西呢？就是那個啊，避孕用品。

哎，雖說是女兒自己不小心拍下那張購物明細，不過大家都是女人，大概不覺得有什麼不好意思吧。媽媽桑馬上回了一封信「交到男朋友了對吧」。後來收到回信，果然是交了男友沒錯。

媽媽桑非常高興，立刻打了封「恭喜——下次讓我見見他吧——」的郵件。然而神祕的是，過了一段時間，媽媽桑反而覺得心情越變越糟。嗯，簡單來說就是還離不開自己的孩子。但女兒已經先學會了離開父母，結交男友，開始認真交往。

心裡似乎出現了某種不甘心似的感覺。

在那之後，媽媽桑開始漸漸減少和女兒聯絡的次數，女兒寄送購物明細照片的間隔時間也變得越來越長，明明沒有見面，母女關係卻變得越來越險惡。看著女兒購物明細上的啤酒和納豆，媽媽桑逐漸冒出一股無名火。女兒從不喝酒，而且討厭納豆，一看就知道是為男朋友準備的。後來還莫名想像出一個年紀較長，感覺相當可靠的男人，讓原本模模糊糊的懊惱之情變得更加巨大，漸漸地連聯絡女兒都不願意。最後，等到自己反應過來，母女倆已經有好幾個月沒有聯絡。總是會發生這種事情呢。

後來有一天，女兒難得打電話過來。據說是在半夜打的。

女兒說，有件關於工作方面的事情，想和媽媽桑商量。電話直接打到媽媽桑的手機，可是那個時候，媽媽桑正好在店裡工作，所以回她能不能晚點再說。然而女兒堅持非得現在說不可。在她們兩人爭執不下的時候，又有新的客人上門——啊，現在這間酒吧雖然沒什麼客人，不過當時可是相當熱鬧的喔。媽媽桑有點煩躁，丟下一句「和男朋友討論不就行了嗎」，便噗地一聲掛斷電話。

到了隔天早上。

女兒打來的電話，讓媽媽桑聽見了令人震驚的告白。

因為電話打來的時間相當早，媽媽桑還在被窩裡睡覺。枕頭旁邊的手機響起，接通之後赫然聽見女兒的哭聲。怎麼了怎麼了？媽媽桑驚慌失措地起身，試著傾聽女兒說話。

那些購物明細，全部都是騙人的。

啊，說成全部可能不太正確吧。總而言之，從中途開始，那些已經不再是自己買東西的購物明細了。

女兒說她想要離職。

因為她的工作真的非常操勞嚴苛。員工人數又少，沒有休假，白天很早就要上班，工作又要做到深夜，身心都已經無法負荷了。那裡本來是女兒懷抱著夢想與憧憬才投入的世界，職場環境卻是如此，很快地，便導致女兒認為自己根本不適合這份工作。雖然不知道實際上到底適不適合，不過她明明拚命努力，設施使用者針對女兒的投訴仍然多不勝數，據說每天、每天都在掉淚。因為工作不會結束，所以就算在深夜前往超市購買食材，也沒有時間煮。即使真的有時間，也希望能盡可能地多睡一分鐘。這就是女兒當時的狀態，可是又不想讓母親擔心，所以她一直都是從收銀枱附近的垃圾桶裡隨便撿其他客人丟掉的明細，拍成照片寄送。明明結交男朋友根本是癡心妄想，但媽媽桑看到明細之後產生誤會，為了不讓媽媽桑擔心，才謊稱自己交了男朋友。

但是忍耐的極限終於到來，最後還是打了電話給母親。就是前一天晚上那通電話。

聽說女兒是邊哭邊說完這番話的。她說，撥打那通電話的時候，如果母親是溫柔地回應自己，那麼自己大概會繼續忍耐下去。不過多虧了母親的冷漠回應，心裡出現了「大混蛋！」的念頭，隨後整個人驀然醒悟過來。

只要全部坦白就可以了，不要再說謊就可以了。母親和自己都同是人類，只要互相對等地交談就行了。

女兒似乎是這麼想的。

結果那天早上，母女倆站在對等的位置上，聊了很長一段時間。聊了很多事。媽媽桑也把自己莫名煩悶的心情全部坦白了。

最後，女兒離開了那個地方，不過仍然有心再次挑戰，開始在其他設施工作。這一次，不管是職員之間或使用者們之間，女兒的評價都變得非常優秀，儘管偶爾還是會煩惱一下，但現在她每天都發自內心地感到愉快，努力工作。

啊，回歸正題。來信的『IMUGE MIJAKIM』小姐。關於妳父親到處亂貼的星際大戰海報，還有到處亂放的鋼彈公仔和塑膠模型，就把它們全部清掉吧。除了放在房間裡面的東西之外，其他全部清掉。連客廳和廚房都有放，這對不喜歡的人來說，真的很礙眼。孩子也是有孩子自己的生活，妳放手去做吧。還是互相對等地進行交流比較好。他不會因此討厭妳的，不必擔心。剛開始可能會生氣，不過他很快就會了解的。媽媽可以保證。這邊說的媽媽不是我的媽媽，是媽媽桑喔。

來聽我最喜歡的歌吧。海援隊的〈獻給母親的抒情曲〉。

第三章

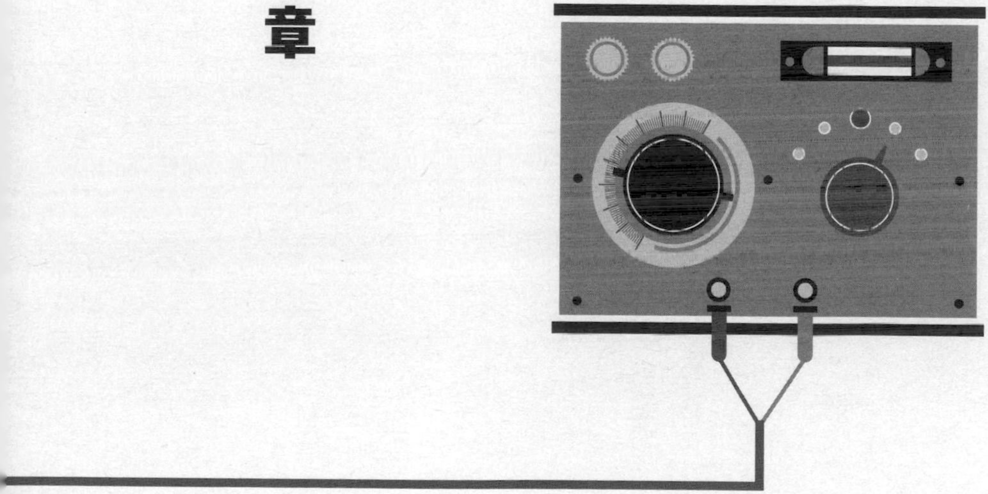

一

嘰嘰嘰……嘰……嘰……

「右手靠臉近一點會不會比較好？」

「妳給我閉嘴。我從以前開始就是這樣做的。」

「不好意思。」

「外行人還在那邊裝內行——好，看吧！」

咻——咯！

射出去的小鋼珠朝右偏去，擊中金屬牆壁之後彈開，消失無蹤。重松先生一手握著Y字形狀的彈弓，右腳磅磅兩聲，重重跺在水泥地上。這就是所謂的捶胸頓足，不過我還是第一次看到現實生活當中的人做出這種動作。

「可惡，再一次……」

他從地上的碗裡撿起一顆小鋼珠，再次架上彈弓，閉上一隻眼睛。拉開橙黃色的橡皮繩……嘰嘰嘰……嘰……嘰……

「這次怎麼樣！」

咻——咯！

這次偏向目標左方，小鋼珠再次擊中牆壁，彈飛消失。

「唔唔唔唔唔！」

「每次發射的時候，你都非得開口說些什麼嗎？」

「不是叫妳閉嘴！我發射彈弓就是這樣的！從以前開始就這樣！」

「你真的被稱為彈弓名人嗎？」

「妳想講什麼……懷疑嗎？」

「因為從剛剛到現在，連一發都沒有打中。」

「已經幾十年沒有接觸彈弓了，手感哪有可能這麼快就——」

「請繼續練習吧。」

三梶惠冷酷無情地拋下這句話。

重松先生咬牙拿起另一顆小鋼珠，我站在他的旁邊，看著大概十公尺遠的目標物。

這裡是重松先生的佛具店裡的倉庫，周圍擺放著佛壇、棺木，以及大大小小的佛像。用來充當小鋼珠目標物的，則是業者放在這裡的佛像圖紙。那是一張巨大的厚紙板，上面畫著和人類尺寸相同的彌勒菩薩輪廓線。掃地用的拖把和掃把分別靠在牆邊，圖紙則是用透明膠帶貼在兩者之間。

嘰嘰嘰……嘰……嘰……

「看吧！」

咻——喀！

小鋼珠擊中了距離彌勒菩薩左膝約五十公分處的牆壁。原本以為重松先生又會念念有詞或是用力跺腳，卻只見他重重嘆了一口氣，穿著的作務衣下方的後背徹底拱起來。

「沒事的，重松先生。你的手感一定會回來的。」

「你……這樣認為嗎？」

「我當然這樣認為。」

重松先生朝我側眼看來，在消瘦凹陷的臉頰上擠出充滿哀傷的皺紋，微微一笑。

「謝謝你啊，恭太郎。」

和三梶惠的同居生活開始至今，已經快要一週，但我始終沒辦法告訴「ｉｆ」的人。不過我和她的生活作息時間完全不重疊，所以也不是經常見面。我做完節目回家時，她已經睡了；而我起床的時候，她大多出門在外。偶爾會在客廳見到身穿外出服的她，服裝要不是非常隨便，就是非常甜美可愛。若是後者，她身上一定會散發出那個柑橘系香水的香氣。

如果她又不鎖門就離開未免太危險，所以我給她一副玄關鑰匙。原本打算拿自己的鑰匙再打一副，不過手邊還有妹妹留下來的備鑰，於是從ＵＳＪ的鑰匙圈上面摘下來交給了她。

有了妹妹的鑰匙，三梶惠開始每天自由進出我家，用洗衣機洗衣服，在妹妹的房間裡睡覺。肚子餓了，就在廚房泡泡麵或速食湯包，偶爾還會買些材料回家，做出泡菜豬肉之類的料理。由於泡菜豬肉是我最喜歡的菜，所以我暗自期待著會不會多做一份給我，然而什麼也沒有。

她都趁我不在時使用浴室和洗衣機，碗筷都有洗乾淨，自己製造的垃圾也都有仔細分類，自行拿到公寓的垃圾收集處，所以我根本無法抱怨什麼。實際上，雖然讓一個突然闖入我的生活的人借住在家裡，不過她可以說是沒有為我帶來任何具體上的麻煩。

當然，這是除去心理壓力之外。

我就直說吧。家裡出現了家人以外的女性，真的非常麻煩。使用洗手間時不得不特別注意聲音或味道。她把衣服晾在陽臺上的時候，我也必須一直盯著地上看。雖然她總是善加利用晾衣夾，用毛巾圍住自己的衣物，但我不希望自己偶爾抬頭，卻不小心目擊尷尬場景，感覺很不好。類似情形多不勝數。例如在更衣處脫掉衣服準備洗澡，卻想起自己忘了把睡衣拿進來的時候，即使她已經在房間就寢，我也必須為了以防萬一，把所有衣服重新穿好之後才能出去拿。有一次，我唯獨忘了把內褲拿進浴室，洗完澡後只能直接貼身套上睡褲，走出更衣處。然而那個時候，妹妹房間的房門稍微開了一道縫，可以看見她正在閱讀著某本雜誌。她和某個部位之間只隔了一層布，光看這一點，就跟我只穿著內褲沒什麼不同，所以一直到我回到自己房間為止，我都覺得自己的心臟縮得跟米粒一般大。諸如此類，我明明過著日日磨耗神經的生活，她的態度卻極其自然。此外，關於之前要求我們在谷中靈園進行的那件事，以及將來還會讓我們做些什麼事，則是一如往常地絕口不提。

她昨天白天買了彈弓和小鋼珠回來。淺草寺的仲見世市集裡，確實有販賣懷舊童玩的地方，相信應該是在那裡買的。塑膠製的Y字型本體上繫著一條橡皮繩，橡皮繩中間加裝一塊四方型的人造皮，構造非常簡單。

——會來「if」的人裡，誰最擅長這個？

她突如其來地這麼問。雖然感到遲疑，但我最後還是考慮著年齡與性別，回答應該是石之崎先生或重松先生。

——之前已經讓石之崎先生幫忙過了，這次可以拜託重松先生嗎？

——拜託什麼？

——希望他能練習發射小鋼珠，直到百發百中。

於是，重松先生現在被迫在這間佛具倉庫裡練習。有著一張圓臉的重松太太，把「今天有年輕人過來幫忙整理倉庫」這句話信以為真，獨自顧著店面。這麼說來，重松先生和夫人之間沒有孩子，所以他曾經說過這間店會在自己這一代結束，然而店鋪歷史如此悠久，倉庫也如此寬大，感覺實在太可惜了。我正在胡思亂想的時候，重松先生又從碗裡拿起另一顆小鋼珠。

「再來一次。」

舉起彈弓，拉長橡皮繩，高而尖的鼻子筆直面對著彌勒菩薩。因為這個鼻子，據說重松先生年輕時被取了一個外號叫做「老美」。

「這次一定會射中的，重松先生。」

「喔！」

「重松大師！」

「看好了。」

「心神——」

嘰嘰嘰……

嘰……嘰……

「合一！」

咻——喀！

發射出去的小鋼珠不偏不倚地擊中彌勒菩薩的眉間。喔喔喔！我喊出聲音，三梶惠也倏地起身。重松先生自己也露出相當驚訝的表情，呆滯地凝視了好一陣子，才朝我們看過來，揚起單邊嘴角笑了笑。

「久等啦……兩位。看來手感終於回來了。」

然而三梶惠卻這麼說。

「打錯地方了。」

重松先生唔了一聲，盯著她看。三梶惠當初說的目標不是彌勒菩薩的額頭，而是脖子。所以剛剛重松先生試圖貫穿的部位，實際上也應該是脖子才對。

「請繼續練習吧。」

「妳給我差不多一點！」

重松先生猛然甩頭，大聲怒吼起來。

「連個理由都不給，就要人一而再、再而三地發射小鋼珠——雖然我的手腕生疏也有錯——總之妳給我差不多一點啊！」

重松先生高舉下顎，惡狠狠地瞪著三梶惠。我以為她會反駁些什麼，相信重松先生也有一半是如此認為，才會拉開嗓門大吼大叫的。她卻一直靜靜地望著重松先生的臉，抿著嘴唇，什麼也不說。接著緩緩地縮起下巴，垂下視線，輕咬嘴唇，哀淒地保持沉默。原本勾在耳後的頭髮灑落下來，擋住了臉。仍然高挺著上半身和下顎的重松先生，瞪大雙眼注視這一幕。

「混帳！」

重松先生自暴自棄似地吐出這句話，再次蹲下，拿起新的小鋼珠。
「只要練習就行了吧！那就練吧！」
等到重松先生再次開始練習，三梶惠也抬起頭來。令人訝異的是，她臉上的表情就像個沒事人似的。我決定假裝自己什麼也沒看見，繼續觀察重松先生練習。

二

「那是什麼啊？是真實故事嗎？」
「嗯，幾乎是。」
當天晚上的廣播節目，我說了一個佛具店的老店長在倉庫裡練習彈弓的故事，讓餅岡先生非常感興趣。
「你說他用彈弓攻擊咬佛像的老鼠？」
「啊，那部分是假的，我編造的。」
我想也是。餅岡先生邊說邊苦笑著叼起香菸，用力吸了一口，直到兩頰凹下去。節目結束後，我可以準備回家，但餅岡先生還有工作要做。為了消除睡意，餅岡先生總會像現在這樣，讓許多香菸化為飛灰。
「那個老爺爺，到底為什麼要那樣做啊？」

「這個嘛……」

我發自內心地表示不解。

在那之後，重松先生對著彌勒菩薩射出小鋼珠無數次，但好幾發當中只會擊中一發，而且命中位置都是菩薩的腹部、肩膀，或是兩腿之間，始終沒辦法正中脖子。他臉上的不耐之色益發濃厚，最後重松先生把彈弓往地上一扔。見狀，三梶惠張開嘴巴，似乎想說些什麼，不過重松先生舉起一手，制止了她。

——可以稍微等一下嗎？

他以低沉的聲音如此說道，隨後走出倉庫，朝著店面走去。

原本以為是去洗手間之類，不過重松先生卻一直沒有回來。時間就這麼過去，直到再也無法用「稍微」二字來形容的時候，我腦中閃過一個念頭：該不會是逃跑了吧？三梶惠應該也有同樣的想法吧，只見她綳著一張臉，正準備走出倉庫。然而重松先生就在這個時候回來了。他手上握著一個毫無修飾的木製彈弓，那個不管怎麼看，都是親手製作的東西，本體是樹枝，分岔部分則是經過加工。作務衣的膝蓋上黏著一些小木屑。

——已經很久沒做了，多花了一點時間。

重松先生邊說「以前只要五分鐘就可以做完」邊從碗裡拿起小鋼珠。雙腳自然張開，揚起下巴，睥睨目標，舉起手工製作的彈弓，拉開橡皮繩。嘰嘰嘰……嘰……嘰……

——南無！

咻——喀！

飛出去的小鋼珠漂亮地擊中彌勒菩薩的脖子。

隨後重松先生接二連三地射出小鋼珠，原本就戴著看似項鍊之物的彌勒菩薩，如今脖子上更多了新的穿孔飾品。我屏氣凝神地注視，而重松先生似乎注意到我的視線，故意同時射出兩顆小鋼珠，增加破壞力，讓目標物身上開了一個更大的洞。面對這超乎常人的技巧，三梶惠冷冷地說只要一個就好，重松先生立刻露出遺憾的表情。

總而言之，重松先生可以不必繼續練習，獲釋回到店中，而我也可以回家了。我和三梶惠在重松先生的店面門口分開，但是不知道她之後去了什麼地方。直到我前往電台上班為止，她始終沒有回到公寓。

「這麼說來，恭太郎，你要養貓嗎？」

餅岡先生突然這麼說。臉並沒有面向我。他將菸蒂按入菸灰缸，緩緩轉動調整著菸灰形狀。

「不不，我真的只需要想像中的貓──」

當我邊笑邊回答的時候……

「我有個朋友正在找可以養貓的人。是隻幼貓。」

他朝著我略微抬頭。

「如果真的養一隻，說不定可以找到新的閒聊題材？」

「嗯，是這樣沒錯啦。」

我很清楚餅岡先生真正想說的是什麼。面對這位一手提拔自己的導播，我一邊感謝他的好意，一邊左右搖頭。

「我不要緊的，餅岡先生。」

「是嗎？」

餅岡先生再次轉開視線，輕輕點頭。我也朝著他的側臉點頭回應，道聲辛苦了後離開電台。

走在杳無人跡的淺草通上，摩托車一邊發出轟隆聲響，一邊從我身旁呼嘯而去。走到國際通，像平常一樣轉進小路，坐進電梯，按下按鈕，走出四樓的電梯等候處。這時我忽然停下腳步。

左手邊有扇鐵門。

那是通往外圍逃生梯的出口。

——coaster……

當時的疑惑再次浮上我的胸口。

握住冰涼的門把，試著轉動看看。向前一推，門毫無阻力地打開了。我心中出現一股難以言喻的異樣感，不過當下未能了解那到底是什麼。

我走出外圍逃生梯。平地上感受不到的強風，讓高領毛衣下的脖子倏地涼了起來。以前「if」放在大樓樓下的看板正靠著牆邊。從好幾年前開始就一直放在這裡。

眼前所見的景色是一片黑暗，對面的辦公大樓已經完全沒有燈光，連同右邊的小型縫製工廠，左邊的西餐廳，全都像塊大型布景一般寂靜無聲。由於每次都是在同樣的時間來到這裡，所以我從來不曾看過這些建築物裡透出燈光，或是有人在燈光當中活動。相信將來也不會有。我試著把身體探出了與胸口同高的水泥扶手。眼下的小巷朝著左右兩邊延伸，不過光線太暗，無法看清。正下方稍微靠右，有片杜鵑花花叢，不過那裡也隱沒在黑暗當中，連輪廓都無法辨識。不過若再過一陣子，等杜鵑花開之後，花瓣顏色就會清晰浮現出來，很漂亮。

強風吹過，脖子又是一陣寒意。

到了這個時候，我才終於想到剛剛那股異樣感到底是什麼。

「門是關著的啊……」

我轉身看向身後的鐵門。那扇門剛剛是關著的。輝美媽媽桑平常總是會讓這扇門保持開啟。因為過去曾經看過某棟辦公大樓的大規模火災新聞，從此「ｉｆ」開門營業的時候，都會把這扇門打開，當成意外發生時的逃生路線。

為什麼今天會關起來呢？只是單純忘記打開而已嗎？不對，說不定最近已經不再打開這扇門了。平常一走出電梯，我就會馬上走進電梯正面的店門，從來不曾特地注意鐵門的狀況。

我回到電梯等候處。大家應該都已經到了吧。才剛把手放上「ｉｆ」的大門上，裡面就傳來石之崎先生和鈴香的聲音。

「會從這邊噗——地噴出來喔。」

「那這個把手呢？」

「那是開關……啊！」

開門那一瞬間，我看到的是一臺類似吸塵器的機器，手持噴嘴的鈴香，站在旁邊不斷揮舞雙手的石之崎先生，以及直接對準我的臉的噴嘴前端。

「噗嗚嗚嗚嗚！」

某個東西直接噴向我的臉，我用雙手摀著臉，猛地向後一跳。腰直接撞上了電梯等候處的地板，口中發出「嗚！」的悲鳴。因為不知道發生什麼事，所以我不斷用手掌來回撫摸自己的臉，確認到底有沒有被燒得血肉模糊，不過似乎沒事。

「小恭！對不起！」

鈴香摀著嘴巴，從門縫間窺探。石之崎先生的小平頭也從他的腋下冒出來。

「裡面沒有藥劑真是太好了哪，只有噴出空氣而已。」

「什……什麼……什麼東西啊，剛剛那個？」

我連遣詞用字都變得古怪起來。

「是俺驅趕害蟲時用的藥劑噴霧器啦。媽媽桑要俺帶過來的。」

夏天來臨時，店裡會有蟑螂出沒，輝美媽媽桑希望趁現在防患於未然，所以才開口拜託。

「本來打算打烊的時候稍微噴點藥，不過鈴香覺得噴霧器很稀奇——」

「所以就拿來玩了。」

鈴香縮起肩膀的時候，我的左手方向傳來一聲喀嚓聲。剛剛通往外圍逃生梯的大門，現在才關了起來。石之崎先生朝著那裡瞄了一眼。

「什麼啊，小恭你是走樓梯上來的嗎？」

「啊，不是的。我只是出去看看而已。」

我站了起來，一邊揉著腰，一邊走進店裡。鈴香在我屁股上輕拍兩下，還順手捏了一把。

「歡迎光臨。真是天外飛來的災難啊。」

輝美媽媽桑站在吧枱後方，一臉苦笑。她今晚讓自己的頭髮毫無保留地朝外側炸開，看起來年輕了好幾歲。正在抽菸的百花小姐則是坐在她的面前。兩人可能正在聊媽媽桑的女兒，只見放著女兒照片的相框被挪動成雙方都能清楚看見的角度，放在吧枱上。

「重松先生沒有來嗎？」

我在百花小姐的旁邊坐下。

「白天那件事讓他太累了吧。」

「那件事？」

媽媽桑從保溫箱裡拿出濕毛巾揮動了幾下，我接過毛巾，把白天那件事情的始末告訴大家。

「你在節目上說的那個，果然就是重松先生。」

「啊，你有收聽嗎？對，那幾乎全部都是事實。不過惠小姐還是一樣，完全不透露她的目的到底是什麼。」

「從原本追逐流氓或是被流氓追逐，變成現在這樣，不覺得難度一口氣降低太多了嗎？而且還是練習彈弓。媽媽桑，再給我一盤萵苣。」

「百花，妳會不會吃太多了？」

「維他命E還不夠啦。」

「這麼說來，媽媽桑，妳放棄打開那邊那扇門了嗎？」

我如此詢問。

「哪一扇門？啊，通往外圍樓梯的那扇？」

媽媽桑一邊把萵苣絲放上白色盤子，一邊皺起眉頭。

「其實我本來打算打開的。只是因為用來卡住鐵門的重物不知道去哪裡了。」

「重物是？」

「水泥塊。」

聽她這麼一說，我才想了起來。媽媽桑在維持鐵門開啟的時候，都會在門縫裡放一塊水泥塊。那水泥塊是媽媽桑在尋找大小適中的重物時，喝醉的百花小姐跑到附近工地擅自拿回來送給她的。

「水泥塊……」

我聽到自己的咽喉發出聲響。

「水泥塊……！」

「什麼？怎麼了嗎？」

媽媽桑停下手邊工作，注視著我。

我什麼也回答不出來，只能低頭瞪視著吧枱面——等我回神後，才發現自己已經起身。鈴香在身後喊著小恭。我沒有回頭，直接走出門外。按下電梯按鈕。由於樓層顯示燈停留在「1」，我實在等不及，便走出外圍逃生梯直接衝下去。三樓、二樓、一樓——來到大樓外圍，回頭往上一看，只見外圍逃生梯的扶手隱沒在黑暗中。

跪在地上，讓臉貼近地面。周圍實在太黑，看不清楚。不對，地上有個灰色的、尖銳的東西。我小心翼翼地用兩根手指捏了起來，馬上看出那是水泥塊的碎片。視線往旁邊一轉，設置在外圍逃生梯正下方稍微靠左的那片杜鵑花花叢。枝椏深處似乎有東西。我用雙手分開杜鵑花葉片，把頭伸了進去。那到底是什麼？那到底——

棄置在花叢深處的東西，是裂成三大塊的灰色水泥塊。

三

朝著自家前進的第一班電車，我在車內隨車搖晃，眼睛凝視著自己的雙手。伸出雙手，把花叢當中的水泥塊拉出來時，所感受到的觸感，重量，還有看似從高處落下的碎裂方式。那些感覺，至今仍然清晰殘留在我的雙手與雙眼之中。

——小恭，你剛剛怎麼了？

回到店裡，媽媽桑就如此追問。其他三人也面露訝色，盯著我看，但我隨口應了一聲，帶過話題，好不容易才蒙混過去。最後第一班車發車的時刻總算到來，大家一起離開「ｉｆ」的時候，我在大樓樓下假裝若無其事地觀察花叢附近的地面。由於天色已經變得相當明亮，所以地面上殘留的痕跡也隱約可見。柏油路上，有個地方出現了白色的痕跡。

那天晚上，我們聽到的是水泥塊撞擊地面的聲音。

關於這一點，我幾乎可以百分之百肯定。三梶惠是瞄準了大樓外圍逃生梯正下方的目標，故意推下水泥塊的。為了殺害對方。

然而水泥塊並沒有擊中目標，對方沒死。但她卻以為殺人計畫成功——或是以為一定會成功。

可能是在丟下水泥塊之後，因為過度害怕而閉上眼睛，導致沒有看到決定性的瞬間也說不定。所以她在走進「ｉｆ」的時候，

——korosita（殺掉了）……

才會如此低語。

當她走出店外查看大樓一樓的狀況時，發現地面上根本沒有男人的屍體。相對的，則是出現了撞擊碎裂的水泥塊。她馬上知道自己的殺人計畫失敗，為了湮滅證據，才把凶器藏在杜鵑花花叢裡。隨後她決定再次進行殺人計畫，但是單獨執行可能會再次失敗，所以把我們也拖下了水。

我之所以可以肯定這一連串經過，是有理由的。

因為我想起了石之崎先生在那天夜裡所說的話。

——俺在大樓附近走動的時候，被一個看起來像黑道的男人纏上了哪。

我在隔天的談話單元當中提到的，那個瞪著石之崎先生的人。

哎呀，真讓人不舒服。媽媽桑邊說邊皺起兩道柳眉。

——就是一個超級高大的男人把傘扔掉，然後走過來瞪俺而已。大概這——麼近。

對方肯定就是在谷中靈園追著我跑的那個男人。雖然不知道男人為什麼要逼近石之崎先生，但那天晚上，目標確實就在大樓附近。會是三梶惠找他過來的嗎？或者是他本來就有事必須過來，而三梶惠偷偷跟蹤他，尋找下手的機會呢？不管怎麼樣，她都是站在外圍逃生梯上，朝著樓下的目標丟出水泥塊。只不過水泥塊擊中地面，男人撿回一命。知道這件事之後，三梶惠策劃出新的計畫，利用我們，企圖在谷中靈園的週邊道路上，用卡車撞死對方。當時的卡車駕駛，應該就和我先前想

的一樣，是她安排好的。

谷中靈園的殺人計畫再次失敗後，三梶惠的腦中到底在盤算什麼呢？策劃下一個計畫嗎？不對，她的計畫可能已經準備萬全了。重松先生的彈弓練習，應該也是計畫當中不可或缺的部分。乍看之下只是個遊戲，但其中一定有某種恐怖至極的含意存在。

電車抵達車站，我下了車。因為完全提不起勁走進便利商店或牛肉蓋飯店，而且打從一開始就沒有食欲，所以我頭也不回地走了過去。回到公寓，打開玄關大門，發現三梶惠的鞋就扔在水泥地上。妹妹房間的房門緊閉，門縫裡沒有燈光透出。應該是睡著了吧。

等她醒來之後，再好好跟她聊聊。

把我的推論全說出來，讓她確實回答到底正不正確。

我的決心非常堅定。堅定到如果拿這份決心毆打別人的頭，可能會讓對方身受重傷的程度。刷好牙之後，我鑽進被窩。

四

眼睛一睜開，就聞到一股好聞得嚇人的氣味。

這是什麼味道？

充滿溫情與力量的氣味。給予了適度刺激的氣味。而且還混著某種……甘甜的香氣。一股輕柔撫慰著日本人內心的甜美香氣。

「我剛剛做了甜滷貝肉，現在正在做豬肉泡菜炒飯。」

我起身走向廚房，發現身穿圍裙的三梶惠正在甩著平底鍋。那件圍裙不是母親、也不是妹妹的所有物。是她自己買的嗎？

「啊，是。」

依照慣例，她不會多做我的份。既然只打算自己一個人吃，真希望她不要做這種味道濃郁的東西。我拉開椅子坐下，輕咳了一聲，然後毅然決然地抬頭。

「那個，惠小姐。」

三梶惠一邊把豬肉泡菜炒飯裝進盤子裡，一邊「嗯？」了一聲，轉過了頭。

「其實我有件事情想——」

「這是桐畑先生的份喔。」

她「咚！」一聲把盤子放在桌上。我打從學生時期就非常喜歡的豬肉泡菜炒飯，如今像電視廣告一般，在面前散發著白色的熱氣。盤子邊緣放著份量適中的紅薑，另一邊則是快炒萵苣。

「上次做這道菜時，你一副想吃得不得了的樣子。這是甜滷貝肉。我想應該很入味了。」

盤子旁邊放了一個小碗。已經滷得充分入味的卷貝，綻放出麥芽糖色的光芒。

「拿去吧，湯匙和筷子。」

「嗯……」

我悶著嗓子回應，感覺像是被狐狸拐騙似地接過筷子。下一秒鐘，我猛然睜大雙眼。這個狀況該怎麼說呢——簡直就像——

像新婚生活。

身體驀然僵硬起來，我趕緊做了一個深呼吸。是在想什麼啊。這只是因為上次她做這道菜的時候，我露出一副想吃得不得了的樣子，她才勉為其難地多做一份。不對，比起這種小事，我還有事必須問她才行。有個疑惑非問清楚不可。不對，那不是疑惑，是我已經確定的事。

「那個。」

我抬起頭來，堅定地瞪著三梶惠。她露出淺笑，微微歪著頭，回望著我。

「……我開動了。」

我發現自己轉開視線，重新握好筷子，把甜滷貝肉送進嘴裡。不知道是不是因為我從「ｉｆ」回來的路上沒有繞進便利商店或牛肉蓋飯店，肚子正餓的關係，這道甜滷貝肉比我過去吃的任何滷肉都美味。甜味與辣味適中，軟硬度更是掌握得無比平衡，互相拉鋸——

「好吃嗎？」

「嗯，很好吃。」

「太好了。好，那我也來吃吧。」

三梶惠在另一個盤子裡，盛入比我稍少的豬肉泡菜炒飯，放在餐桌上，雙手在臉前合十。

「我要開動了～」

新婚生活。

這個單字彷彿驚嘆號一般，在我腦中再一次地屹立不搖。不行，別再想那些無聊的妄想了。

我用鼻子哼了一聲，拿湯匙挖起一勺豬肉泡菜炒飯，放入口中。真好吃——怎麼會這麼好吃呢！偷偷往前方看去，身上還穿著圍裙的三梶惠正提心吊膽地觀察著我的反應。我笑著對她點頭。很好吃喔，真的非常好吃。她隨即報以一個安心的微笑，挖起一小勺的豬肉泡菜炒飯，吃了起來。之後，我們也不時抬頭看向對方的盤子，相視而笑。

等一下再來追問她好了。等吃飽之後再提，這樣應該更理想。

最後我吃完了豬肉泡菜炒飯。三梶惠也心滿意足地摸著肚子，放下湯匙。甜滷貝肉實在吃不完，於是封上保鮮膜，放進冰箱。兩人一起喝了餐後咖啡，一起坐在客廳看電視。時間不斷地流逝。對，大概就像這樣。

「咦？」

「啊，抱歉，擅自坐了你的吊椅。這個坐起來好舒服。」

「很不錯對吧？妳隨時都可以過來坐，沒關係。」

「可是這怎麼好意思。」

「沒關係啦。」

……等一下再問吧……

「你有好多收音機呢。」

「全部都是我自己做的。看，有很多不同的形狀吧？還有這種的。」

「哇，看起來好像蔥啊。」

「這其實是晴空塔……」

「開玩笑的啦。」

……該怎麼辦才好呢……

「這些紅色鉛筆呢？」

「是天線。我想讓自己冷靜下來的時候就會做這個。」

「數量好多呢。」

「因為最近這半個月發生很多事情啊。」

「是在挖苦我嗎？」

「啊哈哈哈哈。」

……時機……

「桐畑先生不戴隱形眼鏡嗎？」

「普通眼鏡比較方便。」

「拿下來看看？」

「這樣嗎？」

「啊，還不錯嘛。以後都戴隱形眼鏡吧。」

「好吧，我考慮看看。」

……還太早了……

「桐畑先生，差不多肚子餓了吧？豬肉還有剩，我來做點東西好了？」

「啊，那就拜託妳吧？」

「我來猜猜看你現在想吃什麼吧。冷涮豬肉對吧！」

「噗——錯了，是薑絲燒肉。」

「啊，我也有點想吃那個。」

……再等一下……

「好吃嗎？」

「嗯，非常好吃。」

「太好了。啊，你臉上有飯粒。」

「在哪邊？」

「這裡，下巴上——」

「沒關係，我自己來。」

……再一下子就好……

「啊哈哈哈哈哈哈哈。」

「嘿嘿嘿嘿嘿嘿。」

「呼呼呼呼。」

「呵呵呵。」

新婚生活！

下午，我們再次一起站在廚房裡喝咖啡。老實說，我已經什麼都無所謂了。她從逃生梯上丟了水泥塊下去？怎麼會有那種蠢事。這些一定都是偶然。雖然不知道她要求我們幫忙的真正目的是什麼，但絕不可能是什麼恐怖的事。幫個忙而已，根本不算什麼。只要能幫上她就好了。

「我爸爸的車子裡總是開著廣播。」

傍晚，我和她一起並肩坐在我房間裡，聽著手工製收音機裡播放木匠兄妹的〈Yesterday Once More〉，同時三梶惠也說著自己的事。這臺收音機是我人生第一臺手工製作的收音機，就是拿養樂多瓶當成天線筒芯的那一臺。

「雖然很少休假，不過只要一有時間，他都會帶我出門兜風。爸爸開車開很快，有時會因為引擎聲太大，聽不到廣播。不過我很喜歡一邊發呆，一邊聽著斷斷續續的廣播聲音。」

她悄悄垂下視線，彷彿看著自己的眼皮邊緣一般，緬懷地說著。

據說她們父女曾經一起在晚上前往遊樂園。

「大概在我小學四年級的時候。有天傍晚，那個嘴巴長得像羊駝的幫傭阿姨做好晚餐之後離開，我正準備獨自吃飯的時候，爸爸忽然從玄關衝進家裡。他看到我還沒動筷，馬上開心地喊了出來，告訴我今天要去外面吃。」

去遊樂園，在攤販那裡買炒麵和熱狗吃吧！她的父親好像一邊這麼說，一邊讓她上了車。

「那個時候，車裡的廣播到底放了什麼音樂呢？」

她歪頭。

「雖然不記得了，不過應該是首英文歌。我一邊聽著那首歌，一邊想著可以去深夜的遊樂園，心裡非常興奮，不過當時即將邁入青春期，心裡也有點很難為情，所以我猛然讓自己振奮起來，看向窗外。本來打算一直盯著窗外看，可是一看到遠方的摩天輪，我馬上啊地一聲大叫。」

聞聲跟著看向窗外的父親，似乎發出了大上好幾倍的聲音。

「他一直喊著，喔喔，摩天輪！喔喔，摩天輪！坐那個吧！興奮得像是比我還年幼似的。不過我後來才知道，爸爸打從出生以來，連一次也不曾坐過摩天輪。」

三梶惠的目光轉向放滿手工製收音機的架子，像是不想讓我發現一般，輕輕吸了一下鼻子。我想起她之前曾說，那臺用圓型厚紙板做成天線的收音機，看起來就像摩天輪一樣。

「只是我們最後還是沒坐到。」

聲音裡隱含著溫和的笑意。

「我們抵達遊樂園入口的時候，已經接近閉園時間，但還是堅持買票進入園區內。可是我們跑到園區最裡面的摩天輪下方時，時間已經太晚，摩天輪已經停止營業了。看到爸爸垂頭喪氣的樣子，我硬擠出笑容，一邊說，我們去吃炒麵和熱狗吧，一邊拉著他走到攤販區。」

然而炒麵和熱狗也都已經賣完了。

兩人最後只好離開遊樂園，走進附近的拉麵店，父親吃了炒飯和煎餃，而她吃了一碗味噌拉麵之後，就這麼回家了。

「我還記得路上的廣播放了什麼曲子。你知道《往日情懷》這部電影嗎？它的主題曲。」

「是芭芭拉史翠珊的〈The Way We Were〉吧。」

「就是那個。我到現在還沒看過電影，不過爸爸當時一邊聽著廣播一邊告訴過我。告訴我電影片名和曲名。」

彷彿在心中聽著那首曲子一般，三梶惠沉默了一陣子，忽然開口。

「桐畑先生為什麼會成為電台節目主持人呢？記得很早以前，你曾在節目上提過自己在美國遭人攻擊，然後在那個時候聽見廣播的聲音……那應該是騙人的吧？實際上到底是為什麼呢？」

我猶豫了一下，但最後決定全盤托出。

「其實長久以來，就只有收音機是我的朋友，說是死黨也不為過。」

接下來，我開始向三梶惠敘述著過去的自己。儘管生活在同一個屋簷下，卻是第一次提到這一方面的話題。

例如我討厭自己的聲音。父親去世。繭居在家。以半死不活的表情玩一整天的《超級瑪利歐》，以及母親買給自己的電晶體收音機。此外還有自己曾經投稿電台過無數次。當自己的點子第一次被採用時，忽然覺得電台主持人和自己變得更加親近。母親節那天，為了感謝母親購買收音機給自己，下定決心前往百貨公司購買送給母親的禮物。母親和即將臨盆的妹妹一起回娘家的時候，也還一直別著當時我買下的灰色薔薇胸針。當初買好胸針回家時，碰巧在路上看到電台主持人在四周都是玻璃的衛星播放室裡說話等等，全都告訴了三梶惠。那個人是自己憧憬的對象。聽到他的聲音時，心裡總是把他想像成一個可靠的大哥——一個任何事情都能一笑置之，五官精悍挺拔的大哥。那個人的真實相貌卻和想像中大不相同。身材矮小，膚色蒼白，長相非常平凡無奇。然而當我看到他露出生動的表情說話後，我的視線便一直停留在他身上。雙腳也移動不了。好帥氣、好帥氣、好帥氣——我打從心底這麼認為。

「後來雖然成功進入電台工作，但我從來沒想過自己能成為電台節目主持人。」

能有現在這番成就，都是多虧了餅岡先生。

「我對自己的外表沒自信——我這麼矮小，妳想想，節目官網上完全沒有任何照片，對吧？連我穿的衣服，也都因為洗了太多次而變色。即使想買新的，也因為我毫無品味可言，始終鼓不起勇氣走進服飾店。不過呢，正因為如此，才能在現場直播當中開心地說話。因為那裡可以展現我唯一的優點，其他全都能隱藏起來。現場直播其實是很恐怖的。因為自己說出來的東西，瞬間就會化為電波散布出去。一個不小心說錯話，想追也追不回來。」

即使如此，仍然必須保持從容不迫，那是非常重要的。即使是謊言或藉口，只要能夠侃侃而談，就能成為真實。比事實更像事實。我一直對此深信不疑。

「而且，如果從我身上拿走在錄音室裡說話的時間，我肯定什麼也不剩，變成空殼。所以我——」

我朝三梶惠看去。身穿居家服的她，抱著膝蓋坐在我身旁，一直低頭不語。瀏海擋住了臉，看不見表情，不過從她後背的線條和脖子的角度，感覺她似乎相當疲倦。可能是我太得意忘形，不小心說太多了。我一邊暗自反省，一邊看向收音機，聽著手工製喇叭當中流瀉出來的曲子。曲子早在不知不覺當中變成另一首，現在聽到的是〈Top of the World〉。Everything I want the world to be……這時，三梶惠對我低聲說出一句話。

「……來做吧（shiyouka）。」

腦中頓時出現一片空白。

我迅速回頭。只見她慢一拍，卻也朝我這裡看來。由於我們坐得很近，眼睛與眼睛之間的距離大概只有短短四十或五十公分。剛剛她說什麼？來做吧——做什麼？我們到底能做什麼？

難不成。

我仍然與她四目相交，忍不住吞了一口唾沫。

這種情況下，說到孤男寡女能做的事情，大概只有兩種。不對，與其說是兩種，應該說如果是第二種的話，那麼肯定會伴隨著第一種。雖然沒有經驗，不過我還是擁有這方面的知識的。

「不……可是。」

聲音沙啞不堪。我一反問，她便凝視著我的雙眼，把頭歪向一邊。一縷髮絲滑過她白皙的臉頰，位於視野下方的粉嫩嘴唇微微開啟，製造出一道活色生香的細縫。到底發生了什麼事？過度混亂之下，我毫無意義地迅速起身，一邊做著抓住空氣的動作，一邊讓自己的脖子像鴿子一樣前後擺動，感覺自己的雙腳馬上就要開始來來回回地逡巡，但我還是硬生生地忍了下來，原地坐好。她不是應該非常討厭我嗎？不對，等一下。仔細回想，她其實從來不曾說過她討厭我。真要說的話，她說不定不討厭我。不對，她應該不討厭我。因為，如果她討厭我，就不會像現在這樣住進我家，為我做料理，還並肩坐在一起聽收音機了。

不要衝動——我的本能如此低語。

說不定是個陷阱。她很可能是故意誘惑我，等我真的有那個意思的時候，像翻桌似地發怒，藉此製造新的人情。如果今天這種新婚妻子般的態度也是陷阱之一呢？

可能性相當高。

「該怎麼說呢……」

等我反應過來，我發現自己正在緩緩地向後挪動。必須仔細觀察情況。必須探究她的真心。

「那可能還有點太早了……」

「太早了？」

她鬧彆扭似地嘟起嘴唇，忽地撇過頭去。兩手仍然抱著膝蓋，羞怯似地低下頭，沉默不語。

她說不定是認真的——我的本能忽然改變了看法。

說不定這根本不是什麼陷阱，她也有可能是發自內心地邀請我。像今天這種態度，也可以解釋成她已經疲於偽裝。其實她也想變得更坦率一點。想和我心有靈犀。對，一定是這樣沒錯。她喜歡我，甚至愛著我。不對，她應該有男朋友才對。剛住進這裡的隔天，她就和男朋友在一起，直到天亮。但是在那之後已經過了一週。一週的空檔，足以讓男女之間發生任何事。一定是這樣。三梶惠已經和她的男友分手了。而她現在愛的人是我。衝動之情驅策著我的身體，我的上身開始朝著她逼近。就在這一刻——

電話響了。

那是三梶惠放在居家服口袋裡的手機。她瞬間面露猶豫之色，隨後拿出手機，按下通話鍵。

「喂……啊，嗯，沒事。」

僵在一旁的我，像個修行僧一般閉起眼睛，等待通話結束。

「嗯，對……那個沒問題……」

手機話筒當中隱約傳出男人的聲音。

「啊，真的嗎……原來是這樣啊，哈哈哈……」

應該是個年輕男子。

「真好笑……結果正志先生說了什麼？」

正志是誰啊？

「啊哈哈哈，什麼嘛……嗯……你別聽啊……」

別聽什麼？

「嗯……喂，叫你別再聽了！」

回神一看，發現三梶惠露出看著蒼蠅似的眼神，緊盯著我看。

「啊，抱歉，是我這邊有事……不，剛剛我和認識的人在一起，總覺得對方似乎在偷聽……咦？不是，是女的呀。買東西時碰巧遇上，和她一起喝了咖啡。不不，感情並沒有那麼好度……」

她邊說邊舉起一隻手，趕蒼蠅似地揮兩下，眼睛瞪著我。

我站起來，走出房間。

什麼？什麼？什麼？什麼？腦中不斷反覆著空洞的質問。打電話來的人，是男朋友嗎？所以並沒有分手嗎？不對，她也從來沒提過這件事。全部都是我的妄想。我在廚房的椅子上輕輕坐下。雖然還是可以聽到三梶惠講電話的聲音，但已經聽不見說的內容了。說話音調變得比剛才更高，喜悅之情相當明顯。一直坐在這裡，心裡的煩躁漸漸集中，我忽然想放聲叫出某種突如其來的吼聲，於是深吸一口氣，但這一口氣終究還是化為嘆息，吐了出來。

「全是些猜不透的事情啊……」

我抹了抹額頭，視線陡然一轉，發現電視旁邊的筆筒裡，內容物塞得亂七八糟。我的個性很隨便，但母親和妹妹卻是一絲不苟，所以筆、小刀和直尺等文具通常都是垂直向上並排。

「東西要整理好啊……」

我彷彿找到藉口般低聲抱怨，起身將筆筒內容物整理了一番。看來她應該是拿了直尺，使用完畢再插回去的時候弄亂的。三梶惠到底是把直尺用在什麼用途上呢？會是用來正確測量豬肉大小然後再切塊嗎？

腳步聲讓我回頭看去，正好看見她走進廚房。表情冷冷的，似乎有意迴避著我的方向。由於她打算直接走進洗手間，所以我開口叫住了她。

「我有件事情想問妳。」

感覺剛剛猶豫不決的我實在太蠢了。

「什麼事？」

「關於妳第一次來到『ｉｆ』的那天晚上。」

她的腳步應聲停下，但沒有回頭。

「惠小姐，妳是不是把水泥塊從外圍逃生梯上丟下去了？」

我直指事件真相，三梶惠立刻往我這裡看來。

「用來保持通往外圍逃生梯的大門開啟的水泥塊，妳把它丟下去了，對吧？」

她的眉頭一蹙，目不轉睛地凝視著我。光憑她的態度，就能知道她和那塊水泥塊絕對不是毫無瓜葛，我總算確定了自己的推測正確無誤。接下來，我開始等待她親口吐露她恐怖的殺人計畫——

可是。

「今天晚上要在『ｉｆ』召開作戰會議。節目結束之後記得過來。我那個時候也會過去。」

三梶惠走進洗手間，鎖門。

「我辦不到。」

我狠下心腸，隔著洗手間門大喊。這句話，我其實很早之前就想說出來了，而且是非說不可。

「要是妳不好好說明事情原委，我們就不會再幫妳了。絕對不會！」

五

「您的友人已經先就座了。」

聽到紙門後方傳來年輕服務生的聲音，我們所有人瞬間交換了一個眼神。

目標人物終於抵達了。

隔壁包廂的紙門滑動聲傳來，隱約可聽見多半屬於目標人物的低沉嗓音。不知道是在感謝服務生協助帶路，還是和先抵達的那個人打招呼。雖然不知道，但那個聲音和當初在谷中靈園對著我大叫「給我等一下！」的聲音十分神似。不對，不是神似，那就是本人啊。

「媽媽桑。」

我隔著矮桌喚了一聲，輝美媽媽桑立刻緊張地點了點頭，解開身旁的包袱巾。

「時間還沒到。」

三梶惠立刻阻止她。

「請先收好。要是現在有其他服務生走進來，會被懷疑的。」

依照指示，媽媽桑把包袱巾迅速地綁了回去。隱約可見的兩個保鮮盒，以及放在盒子裡的茶色物體，也再次隱藏起來。

待在這個房間裡的人，有我、三梶惠、輝美媽媽桑和鈴香。四人圍坐的矮桌上，排列著裝在精美碗碟之中的生魚片擺盤。這是「漾彩套餐」的第二道料理。根據三梶惠所說，這好像是這家店裡最便宜的料理，不過價格肯定非比尋常。雖然沒看菜單，然而光憑料理的外觀，店面的裝潢，包廂的氣氛，還有身穿和服的服務生以完美的應對方式接待客人的模樣，就能想像得出來。

坐在我對面的輝美媽媽桑也穿著和服。由於高髮髻的影響，讓她看起來像是平日也穿著和服生活的人，非常有模有樣。據說和服是媽媽桑自己的，顏色看起來是非常淡的日本茶，袖子和下襬都漂染著淺色的牽牛花圖案。和媽媽桑給人的印象相反，設計得相當不起眼，然而特地選這件是有理由的。我們必須讓隔壁包廂的目標人物誤以為媽媽桑是旅館服務生。

——其他服務生都是穿和服，若是穿著洋裝進去會非常不自然。至於那種人端上來的菜餚，也會因為覺得可疑而放置不吃。同理，太過招搖的和服一樣不能穿。

昨天晚上在「ｉｆ」舉行的作戰會議上，三梶惠是這麼說的。對，為了讓敵人吃下有毒的料理，必須選擇這件服裝。

「第一個出場的人是鈴香小姐喔。」

三梶惠一邊大嚼六線魚生魚片，一邊再三叮囑。鈴香縮起瘦削的肩膀，輕輕一聲嘆息。

「人家沒有自信……」

「沒問題的。只要依照你當初騙我時的感覺做就好。那個時候不是表現的非常坦然嗎？只要像那個樣子攔住服務生就行了。」

我想三梶惠應該是故意話中帶刺。鈴香整個人垂頭喪氣，用細不可聞的聲音回答「知道了」。我不忍心繼續看下去，伸出筷子，夾起生花枝片。真不愧是高級料亭，花枝帶著清水般的透明感。放入口中，實在美味到無以復加。這口感，這奧妙非凡的味道，還有溶解而出的細膩甘甜。閉上眼睛，彷彿能見到一望無際的大海。

我們三十分鐘前進入這家料亭。現在時間是晚上七點四十分。由於今天是週日，「ｉｆ」公休，我也沒有節目。如果這只是普通的聚餐，該有多好。

——我已經訂了目標隔壁的包廂。先假裝成客人在那邊用餐，等待行動的時刻到來。

不過我們是真的點了餐，付了錢，所以不是假裝成客人，而是真的客人。差別在於，我們暗自計畫讓隔壁包廂的客人吃下我們帶來的、裡面下了毒的料理而已。

三梶惠伏在地上，靠近紙門，悄悄推開一道細縫。如同我們的計畫，她正在觀察不斷往來於隔壁房間的服務生。

——如果對方太早吃下肚，就會在他還待在店裡的時候產生症狀。然而若是在甜點之後又端上新料理，同樣非常不自然。所以把毒料理送到隔壁包廂的最佳時機，只能選在上甜點之前。

至於把東西送進隔壁包廂的工作，則是由輝美媽媽桑負責。

「那個，請問……我可以點酒嗎？」

臉色一直異常緊繃，端上桌的料理也幾乎一口未動的媽媽桑，正在觀望三梶惠的臉色。

「因為我實在太緊張了……」

「有辦法依照計畫行動嗎？」

「當然可以。稍微喝點酒，可以讓我表現得更自然。」

「人家也可以喝一點嗎？」

鈴香怯生生地這麼說，三梶惠便按下壁上的服務鈴，請服務生過來。我也跟著要了瓶酒。

之後，就是一邊默默喝酒、吃飯，一邊等待時間過去。我不知道高級餐廳是否都是如此，這間的套餐料理雖然確實是一道接一道，但每道菜的份量都像病人餐似的。三梶惠用餐的同時，眼睛始終沒有離開紙門細縫，仔細觀察服務生來回於隔壁包廂，偶爾確認一下自己的智慧型手機畫面。畫面上出現的是這家料亭的官網，詳細記載著套餐料理的照片和內容介紹。大概是藉由目前送過去的料理內容，來判斷套餐的上菜進度吧。真是聰明。

「重松先生在哪裡待機？」

我一問，她先吸起湯匙上的茶碗蒸，然後回答。

「在附近。」

負責協助本次作戰的人有我、媽媽桑、鈴香，以及重松先生共四人。不過聚集在這裡的只有三人，重松先生則是躲在別的地方。他在等待目標人物經過他眼前的那一瞬間。

——請依照先前的練習，務必擊中對方的脖子。決不容許失敗。

昨晚，三梶惠在「ｉｆ」如此說完後，交給重松先生一袋小鋼珠。這次作戰的關鍵，就在於重松先生的射擊成功與否。

「一直這樣不說話，有點不太自然吧。」

而且，若不細細享用眼前的料理，感覺很對不起店家。我們開始認真吃著依序上桌的料理，討論箇中滋味，互相為對方倒酒，等待行動時機到來。一旦開始等待，時間就會變得緩慢。我也因為緊張的關係而喝了不少酒，腦筋漸漸變得飄飄然起來。

「鈴香鈴香，再練習一次會比較好吧？」

我一邊把不知道第幾瓶的酒倒進酒杯，一邊催促。

「咦？不要啦，很難為情耶。」

「現在覺得難為情，待會正式上場的時候就沒辦法做出好表現了。好了，快點吧，鈴香。把媽媽桑當成服務生。」

鈴香鼓起臉頰，臉朝著身旁的媽媽桑逼近，直視著她的眼睛。

「喂，洗手間在什麼地方？」

「啊，您說洗手間嗎？」

媽媽桑也配合演出。

「請從這道樓梯下樓，馬上就能看見。」

「樓下是吧？謝謝。妳在這間店裡做很久了嗎？」

「咦？不不，我還只是個新人。」

「是嗎？和服很適合妳喔。」

「哎呀，真是的……」

媽媽桑羞得低下頭去一般垂下視線，卻又偷偷往上看了鈴香好幾次。鈴香露出了遊刃有餘的微笑，凝視著媽媽桑的雙眼。

「好棒好棒。」

我拍起了手，鈴香有點難為情地聳聳肩。

「換下一個吧。這次輪到媽媽桑了。」

鈴香一說完，媽媽桑輕咳一聲，跪立起來，做出將盤子放在桌上的動作。

「這是敝店免費招待的料理。」

「喔，是什麼菜？」

「是甜滷貝肉。只取出貝肉最美味的部分，燉煮至入味。」

「哇，看起來真好吃。」

這道毒料理是三梶惠做的，用了當初和豬肉泡菜炒飯一起端上桌的卷貝。

「由於甜點馬上會送來，還請您盡早食用。」

「是嗎，那就馬上——哇，真的很好吃！」

「大家都這麼說。」

「哇哈哈，兩個人都表演得很棒。」

我更加使勁地拍手，結果三梶惠在桌子底下踢我一腳。

「桐畑先生別再喝酒了。你們兩個也是，既然可以表現得這麼自然，我想應該可以不必再喝了。接下來就一邊喝茶一邊等待吧。」

剛才只有三梶惠一個人從頭到尾都在喝茶，如今她刻意發出聲音，啜飲著杯中的綠茶，視線再次回到紙門縫隙之間。我縮起肩膀，一邊心想這東西到底叫做什麼名字，一邊拿起日式點心專用的小小竹籤。我們的套餐已經送上了甜點，桌上放著四盤紫陽花外型的甜麻糬。

我忽然想起放在房間裡的鎌倉旅遊指南。

那一期的封面是巨大的長谷寺照片，因為母親和妹妹帶著朋生回來的時候，應該會剛好碰上紫陽花花季，所以我就買下來了。第一次扶養孩子和扶養孫子，相信妹妹和母親都已經精疲力盡，於是我打算帶她們去賞花。妹夫博也正獨自外派，家裡剩我一個男人。我只是想稍微展現自己好的一面，因此一直相當期待那個時刻到來。

小時候，我和妹妹的感情相當不錯。可是自從父親死亡、我變成繭居族之後，兩人就沒辦法順利交談了。即使在家中見面，也會當成沒看到對方，擦肩而過。她當時肯定覺得我這個人很噁心吧。即使我不曾從妹妹口中聽見這個說法，然而只要稍微和她交換立場，就能輕鬆想像得到。

和妹妹的關係再次變好，是在我大學畢業，進入電台工作那段期間。不僅可以和她談論各種無聊的話題，當她結交到博也這個男朋友的時候，她也介紹給我認識。妹妹並沒有向朋友炫耀自己的哥哥成為電台節目主持人，不過那是因為我強烈要求不能說出去，所以她好像一直很不滿。那份不滿，讓我覺得很高興。我還記得過去某一天，曾在前往電台的途中想起以前和妹妹關係險惡的那段時間，突然覺得有點想哭。

不過，和妹妹一起出門遊玩的經驗，還真是一次也沒有。部分原因是因為我的生活日夜顛倒，作息時間無法配合。然而主要還是因為我們互不開口的時間太長，雙方都覺得有些尷尬。所以我之前真的非常期待能和妹妹、母親，還有朋生一起出門欣賞紫陽花。旅遊指南被我小心翼翼地收在放滿收音機的架上。

「差不多了。」

盯著手機畫面的三梶惠輕聲說道。

「剛剛送過去的就是最後一道料理。媽媽桑，麻煩妳準備。」

——我的父親被殺了。

昨天晚上，三梶惠坐在「ｉｆ」的吧枱旁，如此說道。

為什麼讓我和石之崎先生在谷中靈園做那些事。那個看似黑道的男人到底是什麼人。還有三月中旬時，自己為什麼會出現在深夜的「ｉｆ」店內。三梶惠把這些事情全部告訴了我們。

所以，我們才有意願繼續幫助她。

躲在料亭包廂裡伺機行動，假扮店員，送上有毒的料理。之所以決定進行如此恐怖的行動，全是因為她把那些事情全盤托出的關係。若非如此，這次真的不可能再提供協助了。谷中靈園那件事，是因為沒有想到事情會發展成那樣，才不知不覺地照著她的話做，然而這一次完全不同。

——我的目的，是為了幫我爸爸報仇。

——可是，妳不是說令尊現在一個人獨居在某個地方嗎……

我脫口而出。

——那是騙你的。

她低下頭去，注視著絲毫不見減少的啤酒杯。

——小恭，那是什麼意思？

輝美媽媽桑來回望著我和三梶惠。

——呃，據我所知，惠小姐的父親他……

以眼神徵得同意後，我開始把之前從她口中聽來的往事概略說給「ｉｆ」的人知道。其中當然避開了她現在住在我家這一部分。父母離異，單親家庭，父親曾是一間小公司的老闆，公司倒閉，自家房產即將出售，而她離家出走等等。

——所以，妳說妳爸其實已經死掉的意思是……

說完後，石之崎先生有些顧慮地朝著三梶惠湊了過去。

——他自殺了。

她仍然望著啤酒杯，如此回答。

——被逼入絕境，因此被迫自殺。

三梶惠接著對我們說出了接下來這番話。開口期間，她的眼睛連一次也不曾離開啤酒杯。

——那個男人……在谷中靈園追趕桐畑先生的男人，叫做後藤。

據說他是產業廢棄物處理公司的老闆。

後藤的公司「後藤清潔服務公司」，接下了三梶惠的父親經營的住屋建商「三梶房屋」所發包的廢棄物處理工作。原本預定發給另一家處理業者，不過後藤公司以壓倒性的低價說服了業務，因此和他簽了約。

——早就應該懷疑了。和其他業者相比，為什麼他們能用這麼低廉的價格處理廢棄物。後藤的公司一直在進行非法傾倒。

正常來說，產業廢棄物必須先由中間處理場進行焚化或擊碎，之後再送往最終處理設施，進行穩定的處理。可是這個做法必須支付驚人的成本，所以經常出現一些透過非法管道處理廢棄物，藉此謀取暴利的不肖業者。

我也具備這點程度的知識。

——他把我們公司，還有其他公司交給他的產業廢棄物，全部倒在山裡。

新聞和報紙上偶爾會出現非法傾倒現場的相關報導。多輛砂石車夜復一夜地前往此處，將廢棄物倒入巨大洞穴中，隨後揚長而去。開挖這種大型洞穴的業者甚至還有個專有名稱，叫做「穴屋」。我以前曾在電視上的生活情報節目裡看過在傾倒現場的拍攝畫面。砂石車駕駛大多都是因為走投無路，才會鋌而走險。例如自己已經無以維生，或是面臨著某種需要大筆金錢的狀況。非法傾倒現場裡，充滿了絕望的氣息。當年輕男記者下定決心向他們開口時，其中一個駕駛發出了難以想像是人類發出來的低沉嗓音，丟下一句「要是你敢做什麼多餘的事，就埋了你」。那一幕，我至今仍記憶猶新。雖然後來才知道聲音低沉是因為節目進行加工的關係。

——不過，後來後藤公司的非法傾倒現場被人發現，警察因此出面……警方蒐證後，鎖定了幾家廢棄物的源頭公司。所以警方也有派人到我們公司來。

關於廢棄物，基本上源頭公司也必須負起責任，三梶房屋因而被迫停業一個月。

——當地報紙刊出了公司名稱，之後再也沒有工作上門，樣品屋也不再有人過來詢價，資金漸漸周轉不靈，最後就倒閉了。真的就是一轉眼之間的事而已。

她提高了語調，接著說道。

——不覺得很過分嗎？我爸跟我們公司明明是被害者啊。

——真的哪。

石之崎先生嘆一口氣，嘴唇扭曲起來。

這樣的確很難讓人接受。雖然是依照規範行事，然而三梶房屋明明就和詐欺被害者差不多，卻被迫像加害者一樣接受處罰。

——我們長年居住的房子不得不賣掉，錢也全都沒了。據說所有存款都拿去支付員工薪水。因為爸爸原本就是從基層打拚上來的人，怎麼說呢……就是……

——太過老實了。

媽媽桑一邊吐出香菸煙霧一邊這麼說。三梶惠沉默了半晌，才緩緩點頭。等到她再次開口，聲音裡已經隱含著哭音。

——沒錯。總之就是很多事情都不得要領。很沒用。

——明明什麼壞事都沒做，卻和不肖業者同歸於盡，這樣的確讓人想哭。

百花小姐邊說邊攪拌著威士忌酒杯裡的冰塊，聞言，三梶惠猛然轉過頭去。力道之大，連坐在旁邊的我都被她的髮梢掃過臉頰。

——並不是同歸於盡。廢棄物處理業者只是換了個名字，規模變得比之前更大，現在還是做著同樣的事。

重松先生雕刻佛像的雕刻刀戛然而止。

——什麼意思？

「ｉｆ」簡直化身成時代劇《必殺仕事人》的根據地。

——因為非法傾倒可以賺取暴利。即使被人檢舉，支付罰金，賺來的錢還是遠多於罰款。

——大概可以賺多少？

——舉個例子……如果挖一個相當於瓦斯儲氣槽大小的洞，全部用來傾倒非法廢棄物的話，大概可以賺上好幾億元。

——那罰款呢？

——幾百萬吧。

重松先生張大了口，合不起來。

——所以不肖業者永遠不會消失。爸爸曾說，那大多是暴力集團或亞洲黑道組織起來的團體。因為獲利驚人，可以當成資金來源。據說有鉅額黑金在其中流動。

——他們做壞事賺大錢，而小惠爸爸的公司卻倒閉？

鈴香用手撐著臉頰，把頭歪向一邊。

——怎麼說，這也未免……該說是毫無天理嗎？實在太狡猾了。

三梶惠點頭，略顯猶豫之後開口回答。

——我想那應該也是爸爸死去的原因之一。

據她所說，有個晚上，父親始終沒有回家。正擔心時，手機有了來電。接聽後發現對方是警察。

——父親上吊死了。在公司裡，在他長年使用的辦公室窗框上。

說完，三梶惠拿起她一直未就口的啤酒杯。不過杯子在半空中靜止數秒，再次回到杯墊上。

——妳一定很難過吧……

媽媽桑的聲音因為哽咽而沙啞。站在吧枱裡的她，雙眼凝視的對象不是三梶惠，而是相框。這麼說來，她的女兒是現年四十五歲的媽媽桑在二十歲那年生下的孩子，和三梶惠屬於同一世代。可能剛好同年出生也說不定。

——所以我決定報仇。因為那個男人殺死了爸爸，所以我要殺了他。

我們先看向三梶惠，隨後互相徵詢意見似地看向其他人。

我感覺得到，大家都跟我有著相同的念頭。

「媽媽桑，快點準備吧。」

三梶惠又說了一次，只見輝美媽媽桑一個點頭，簡短地吸了一口氣，揭開包袱巾。兩個保鮮盒裡放著同樣的東西，不過其中之一加了用於辨別的辣椒。包袱巾裡還有兩個用報紙層層包裹的盤子，媽媽桑將保鮮盒的內容物迅速移到盤子裡。

「端出去的時候，請千萬不要搞錯了。」

「有辣椒的那一盤端給後藤對吧？沒問題的。」

這時——紙門門縫當中正好看見了從隔壁包廂走出來的服務生。最後一道料理的盤子已經被收走了。從現在開始到送上甜點的這段時間，我們必須讓對方吃下毒料理。

直到隔壁包廂的兩人吃完毒料理為止，媽媽桑都會待在那裡。因為正牌服務生進入包廂時，桌上若是出現了沒看過的盤子，事情就糟糕了。如果服務生在這段期間內送了甜點過來，就由鈴香負責在樓梯附近叫住她，不讓人靠近包廂。這是我們的計畫。

「鈴香小姐，請準備。」

三梶惠一拉開紙門，鈴香立刻站起來，同樣做了一個小小的深呼吸，走出包廂。

「媽媽桑，快點。」

媽媽桑兩手端著盤子，正要跨出包廂，但是她的雙腳忽然停了下來，轉身問道。

「沒有托盤會不會很奇怪呀？」

三梶惠立刻變了臉色，不過我靈機一動，抽出我面前放著甜麻糬和綠茶的四方形托盤，交給媽媽桑。媽媽桑把兩個盤子放了上去，重新邁步。她似乎已經融入了角色，當她消失在紙門後方時，舉手投足都跟真正的服務生一模一樣。

「打擾了。」

隔壁包廂的紙門開啟聲。聽不清楚的說話聲。我和三梶惠留在包廂裡，兩人同時把臉湊在紙門門框上，緊張地豎起耳朵。

「那個，請問洗手間在什麼地方？」

樓梯方向傳來鈴香的聲音。因為來的比想像中早，我們忍不住迅速互望一眼。

「啊，是的，洗手間是嗎？請從這個樓梯……」

「妳是從什麼時候……」

「不，我是……」

大事不妙。

「怎麼辦？」

我提出問題，但三梶惠一直緊咬嘴唇，盯著走廊地板看。

「那個，不好意思，我必須……」

「妳是那個嗎？呃，就是……」

服務生顯然很想往這個方向走來。

「需要我過去詢問服務生其他問題嗎？就用這個方法阻止她過來吧。其實就算我再問一次洗手間的地點——」

「不行。」

「為什麼？」

「因為不能那樣做。」

也對，要是目標人物突然想上洗手間，因而走出包廂時，就有可能在走廊或樓梯附近撞見我。對方知道我的長相，事情會變得非常麻煩。

「那麼就由惠小姐——」

「我更不能那樣做。」

她二話不說立刻否定，這時，我聽見了可能來自服務生的腳步聲。我反射性的縮回身體，回到矮桌旁，三梶惠猶豫了一秒，也跟著離開門口，坐在我旁邊。腳步聲越來越近，最後終於在敞開的紙門後方看見服務生的和服。手裡拿著放有甜麻糬點心的托盤。

「不好意思！」

我立刻開口叫住她，原本打算朝著隔壁包廂前進的服務生露出「？」的神情停下腳步，溫順的臉蛋上隨即出現笑容。

「那個……」

「是的。」

「今天、那個……」

「再給我一杯茶！」

三梶惠把拳頭往矮桌上一推，整個人趴了上去，如此說道。她的說話方式和說出的內容完全不協調，似乎讓服務生相當疑惑，不過對方立刻恢復笑容，回答「待會馬上幫您送過來」，隨後做出了繼續朝著隔壁包廂前進的動作。

「說到茶！」

我緊咬不放。現在絕對不能讓服務生過去。但同樣也不能讓她繼續待在走廊上。因為媽媽桑很快就會端著托盤，從隔壁包廂走出來。

「是的？」

「說到茶，對，請妳過來看看這裡好嗎？這裡。」

我從坐墊上跳起來，朝著矮桌底下張望。

「就是茶的那個啊，有著茶葉外型的神祕物體……說是神祕，不過就是茶的那個。」

我彷彿變成混亂的化身，先是朝著矮桌底下一陣亂指，然後再用雙手比畫出某種不明物體的外型。服務生訝異地皺起眉頭，戰戰兢兢似地走進房間，一邊用力眨眼，一邊跪坐下來，放下托盤，朝著矮桌底下看去。

「可能是看錯了，也可能是我誤會了吧……這邊出現了茶葉謎團……」

鈴香出現在走廊上。兩手舉至胸前，嘴巴一開一合。不遠處傳來紙門滑動的聲音。腳步聲出現，手拿托盤的媽媽桑隨之現身。她終於從隔壁包廂走出來了。才剛看見目前狀況，媽媽桑立刻瞪大眼睛，停下腳步。可能是因為事發突然，鈴香從媽媽桑手中迅雷不及掩耳地搶過托盤和盤子，卻不曉得下一步該怎麼做。感覺到身後氣息的服務生撐起了上半身——此時，媽媽桑一手抓起一個盤子，彷彿使出某種必殺技一般兩手互疊，讓盤子迅速滑入自己的袖子裡。鈴香也立刻把托盤夾進大腿之間，同時將雙手高舉至臉孔前方，不斷地張開、握拳。可能是為了不讓對方注意到他下半身的異狀吧。轉過身去的服務生，一臉茫然地望著雙手互相交叉的輝美媽媽桑，以及雙手在臉孔前方一開一合的鈴香。

「你們這裡的洗手間打掃得真乾淨。我剛剛去看過了。」

媽媽桑冷靜地走進包廂。

「啊……謝謝您的誇獎。」

趁服務生的注意力移轉至別處，鈴香迅速地從大腿之間抽出托盤，塞進襯衫裡。

「沒錯沒錯，人家也正要去洗手間的說，不是的說。」

鈴香一邊說著支離破碎的句子，一邊轉身離開走廊。

「不好意思，是我看錯了。這裡什麼也沒有。」

我起身向服務生道歉。她笑著回答「是嗎」之後，拿起矮桌上的托盤走出房間，前往隔壁包廂。看起來似乎有點惱怒。三梶惠順手帶上紙門。

不久後，鈴香回來了。緊接著服務生也送了新的茶過來，我們一邊喝茶，一邊等待。最後隔壁包廂的紙門開啟，兩人份的腳步聲從包廂門前經過。看來正準備離開。這時，紙門外傳來了剛剛先到的另一個人，一個年輕男子的聲音。雖然聽不清楚他說什麼，但我覺得自己似乎對這個聲音有印象。是什麼時候，在什麼地方聽到的呢？由於職業所需，我相當擅長記住聲音，只是一時之間想不起自己是在什麼狀況下聽到的。

「走吧。」

靜候一分鐘之後，三梶惠起身離開。結帳工作交給輝美媽媽桑——不過我們早就說好之後各付各的——我、鈴香和三梶惠步出店外。一行人不發一語地快步前進，沿著小巷走到大路上。這裡距離隅田川相當近，道路盡頭的隅田川公園裡，夜間照明打亮了正值花期的櫻花。暗夜之中，唯有粉紅色特別顯眼，彷彿巨大的紫陽花層層堆疊一般，充滿幻想風情。只可惜現在不是陶醉在這份光景之中的時候。

「他們在那裡。」

鈴香輕聲說著。人行道上，兩個男人的剪影正在逐漸遠去。三梶惠默默點頭，暫時停留在原地，等到距離拉開之後才開始跟蹤。其中一個剪影，就是當初在谷中靈園的那個男人——也就是我們的目標。另一個則是身形高挑瘦長，頭髮宛如全盛時期的亞特・葛芬柯（Art Garfunkel）一般茂密。感覺他們應該喝了不少，只見兩人東倒西歪地緩步前進。

這時，路旁忽然有個東西竄了出來。那個像忍者一樣佝僂著身子的小個子人影，看起來應該是重松先生。

「全靠你了啊……」

三梶惠緊張地喃喃自語。

重松先生仍然彎著腰，以同樣的速度跟在兩人身後。那模樣實在可疑至極，所以我們一邊四下張望，一邊擔心要是有警察經過該怎麼辦。所幸周圍沒有人跡。

前方兩人忽然停下腳步。三梶惠一把抓起我們所有人的手，拉到路邊，躲在自動販賣機後面觀察。目標人物指著左手邊的晴空塔，說了幾句話。年輕男子也跟著轉頭看去，回答了幾句。跟在兩人身後的重松先生開始行動了。他從作務衣口袋裡拿出某個東西——我想應該是小鋼珠，兩腳張開與肩同寬，左手拿著彈弓，右手拉開橡皮繩——

「心神合一——」

聽到重松先生發出聲音，讓我重重抖了一下。不過前方兩人似乎沒有注意到，只見他們兩個一邊盯著晴空塔，一邊交談著。

「南無！」

幾乎同一時間，目標人物輕喊了一聲，單手按住脖子。打中了。重松先生瞬間退回小路裡，我們也同時縮回了臉。

寂靜包圍四周。

「看來應該有順利打中。」

三梶惠輕聲說完後，微微點了點頭。

是嗎……回應之後，我從自動販賣機旁邊探出一隻眼睛。這才發現那兩個剪影就在眼前。他們一邊討論著什麼，一邊緊張兮兮地各自張望，就像是在自己周遭的空氣裡尋找某種東西。小鋼珠的撞擊力道，大概讓他們誤以為是蚊蟲叮咬吧。

我偷偷回頭看了三梶惠一眼。我身後的她，同樣觀察著前方的兩個人，嘴角露出滿足的笑容。

六

確定執行料亭作戰的前一天晚上，趁三梶惠前往「ｉｆ」的洗手間時，我們小聲討論了一陣子。那是在我們得知她的父親被迫自殺，而她打算報復之後不久的事。

——該怎麼辦才好？

百花小姐自顧自地發問。

——是啊……

媽媽桑朝著空無一物的位置看去，非常緩慢地眨了眼睛一下。

每個人都知道，我們必須在三梶惠從洗手間出來之前，找出結論。也知道大家腦中都有同樣的結論。

第一個發出聲音說出那個結論的人，是重松先生。

——就幫她吧。

我鬆了一口氣。其他幾張老面孔也同時露出安心的表情。

——可是啊……欸，大家應該都知道吧？

吧枱後方的媽媽桑依序望著我們的臉。如果現在有個不認識的人在場，面對媽媽桑的問題真意，以及我們面露苦笑或含笑點頭的反應，即使他一直聽著我們說話，也肯定是摸不著頭緒吧。

——她根本沒有打算要真的殺死對方……是這個意思吧。

百花小姐一邊轉著香菸，整理末端的菸灰。

——更重要的應該是她打算自己實踐計畫的這項事實。

石之崎先生凝視著自己的蒜頭鼻。

——說什麼報仇、打倒敵人，就好像那個……像是某種故事，創造一個虛構的地方，然後試圖躲在裡面。

沒錯。

刻意把我們拖下水的目的，大概也只是想讓虛構故事的規模變得更大，藉此獲得真實感。即使成功復仇，也不可能帶來太大改變。然而她的內心現在就是渴望這麼做。只想這麼做。這才是最重要的部分。她所需要的、她的內心真正追求的，是淡化眼下的哀慟。不是將之壓抑，而是盡可能地淡化，取回繼續朝著某處前進的力量。

——不過，姑且還是確認一下吧。

為了以防萬一，我提出建議。

——確認她到底是不是真的打算殺死對方。你們想想，如果她認真打算這麼做……不，我想她的認真應該無庸置疑，總之還是先讓她詳細說明谷中靈園的狀況，還有之前第一次現在這裡的那天晚上，到底發生了什麼事。

也對。邊回應邊點頭的重松先生拿起雕刻刀，將刀刃前端製造出來的木屑呼地一聲彈飛。捲曲的木屑落在吧枱上，靜止不動。

——吶，小惠，有些事情想拜託妳告訴我們。

三梶惠從洗手間出來後，媽媽桑如此詢問，她也表現出一副「我知道妳們想要問什麼」的模樣點頭回應，坐上吧枱椅。

——有個提供情報給我的線人……名字不能說，不過他以前是三梶房屋的職員。我從那個人口中事先得知後藤的行動，所以知道他會在那個時間、那個地點出現。

據她所說，她就站在雨中等待後藤現身。結果情報確實屬實，對方真的出現，手裡拿著一把藍色雨傘，站在這棟大樓的樓下。看起來應該是在等人。

——我當時心想這是好機會。就從他的頭頂扔下某種重物好了。所以我一路跌跌撞撞地衝上這棟大樓的樓梯——

長統襪上的破洞，應該就是這個時候來的吧。衝上樓梯後，她找到了卡住四樓鐵門的水泥塊。

她把東西抱起來，從樓梯扶手上探了身子，瞄準男人頭頂往下扔。

也就是說，幾乎和我想像的一樣。

——快砸到的瞬間，我嚇得不敢看。我只是把水泥塊移到後藤手裡雨傘的正上方，然後鬆手。殺掉了。她這麼想著。

終於成功殺掉他了。

由於這份成就感實在太強烈，她的腦中瞬間一片空白，等回過神來，才發現自己已經打開了眼前的大門，進入這間店，自言自語地說著「殺掉了」——關於這一點，比較無法確定真實性到底有多高。我個人認為，她真正的目的應該是把水泥塊扔在離對方有段距離的地方。這樣就能讓對方感受到生命危險，同時也能滿足自己的內心。然而因為手濕，或是因為水泥塊的重量超乎預期，以至於不小心在目標正上方失手鬆開了水泥塊。隨後她大受打擊，不知不覺地開了這間店的店門。我們聽見的「coaster（杯墊）」確實是「korosita（殺掉了）」沒錯，然而就語感來說，應該是「失手殺掉了」而非「成功殺掉了」。我在想會不會是如此。

——可是，當我走出這間店，到大樓樓下時，卻沒有看見屍體。地上只有裂開的水泥塊。雖然很遺憾沒能殺掉他，不過機會多得是。因為實在不能讓水泥塊繼續躺在那裡，所以我姑且先把它藏進花叢，那天晚上就這麼回去了。

——小惠，俺可以插個話嘛？

石之崎先生打斷她的發言。

——那天晚上，俺應該有碰到那個傢伙。

——咦？

三梶惠一臉震驚地望著石之崎先生，她的反應讓石之崎先生也嚇了一跳，兩人瞪大眼睛對視了好一陣子。

——沒有啦，那天晚上，俺的工作服味道超重。那天為了驅趕蟑螂，灑一大堆的藥。為了去掉那個味道，俺在大樓附近繞來繞去。後來突然有個身材高大的男人丟下手裡的傘走了過來，眼睛一直瞪著俺。哎，結果他只是一直盯著看，沒有對俺做出任何事。現在想想，那個人應該就是後藤吧。畢竟時間地點都符合。

說完，石之崎先生「啊！」了一聲，眼睛和嘴巴同時大大地張開。

——沒錯，是同一個哪！

——咦……什麼東西是同一個？

我反問回去。

——是同一個人哪，那個男人和谷中靈園裡的人。就是俺追著跑，然後他又追著小恭跑的那個人。是嘛，果然是這樣？谷中靈園裡的人，正是俺在這棟大樓樓下遇見的人。哎呀，俺就覺得有點古怪。當初躲在靈園廁所裡的時候，俺老是覺得自己好像有見過那個遠遠走過來的人，感覺有印象又好像沒印象。

三梶惠點頭，再次凝視著啤酒杯。

——我可以……繼續說下去了嗎？

短暫沉默之後，她接著說了下去。

從這棟大樓的外圍逃生梯丟下水泥塊，再把水泥塊藏在花叢裡之後，她忽然發現一件事。自己在那間店裡，對著一群不認識的人說出「殺掉了」這句話。那實在太糟糕了。完全不知道會對自己將來的殺人計畫造成多大的影響。然而她又回想起來，那個時候，店裡的人的反應似乎有點奇怪。吧枱後方的媽媽桑，遞了一張杯墊過來……

——因為這樣，我才總算明白。我說的是「殺掉了（korosita）」，不過媽媽桑，相信其他人也是，全都聽成了「杯墊（coaster）」。

既然如此，她順水推舟地想了一個計畫。

就把他們的誤會變成事實吧。

——所以隔天晚上，我又來到這裡。

先要了一張杯墊，然後信口雌黃地瞎掰自己的嗜好是走訪不認識的酒吧，到處欣賞杯墊。當時那個真的太明顯了呢。我滿心懷念地這麼想，不過仍然保持沉默，繼續聽她說下去。

——結果我忽然聽見自己最喜歡的桐畑恭太郎的聲音。

我以為她會邊說邊往我這裡看來，但她注視的對象卻是鈴香。

——我當時心想，啊，原來是這麼帥氣的一個人——

這次換成我們利用她的誤會，演出那齣再也找不到比它更可笑的雙口相聲。

不過話說回來，這是多麼荒唐的一件事啊。雙方都利用了對方的誤會而開始撒謊，但兩方的謊言都極度不自然，完全騙不了人。

——之所以決定假裝自己上當，是因為我認為這麼一來，就能讓你們欠我人情。我當時正好覺得獨自進行殺人計畫的難度實在太高。

她讓我們有愧於她，順利讓我們成為她計畫裡的一部分。

然後發展成目前的狀況。

——妳一開始好好說明，不就得了嗎？

望著長吁短嘆的鈴香，三梶惠一臉訝異的反問。

——如果我說了這是殺人計畫，你會幫忙嗎？

這句話，讓所有人啞口無言。之所以可以肯定她的殺人計畫不是認真的，是因為我們知道了她的為人。若是換成剛見面不久的時候，根本什麼也不知道。

——大概不可能吧。

重松先生一邊撫著下巴上斑白的鬍子，一邊輕聲回答。

對吧？三梶惠也淺淺一笑，接著說明谷中靈園發生的事。

——後藤的聯絡方式，是剛剛提過的那個線人幫忙調查，和我討論過之後，才把對方叫到谷中靈園來的。就約在那天那個時候。因為我告訴後藤，我手上握有警方針對他目前正在進行的非法傾倒案所進行的重大搜查情資，想通知他一聲。因為這是絕對有利於他的情報。

至於靈園之外，差點撞死後藤的那輛卡車，據說是三梶房屋的所有物。

——我的線人就坐在駕駛座上，等待後藤出現。至於石之崎先生和桐畑先生，則是負責吸引後藤衝出靈園的誘餌。先讓黑道打扮的石之崎先生現身跟蹤他，後藤就會心想自己搞不好被騙了。當他覺得生命受到威脅而試著擺脫跟蹤者的時候，再讓他發現身穿三梶房屋員工外套的桐畑先生。

原來她讓我穿的外套是三梶房屋的制服嗎？

——為了讓後藤追上來，才讓桐畑先生穿上那個的。發現桐畑先生的後藤，一定會覺得那就是把自己騙出來的三梶房屋相關人士，為了追問對方到底在打什麼鬼主意，他一定會追過來。而桐畑先生會逃跑。而我當時則是一邊在墳墓之間穿梭追趕，一邊撥打手機給卡車駕駛。

於是卡車一直停在路肩等候，以便看到我衝出靈園的時候能夠瞬間發動。

——不過那個線人駕駛，好像在最後關頭時退縮了，最後沒有撞到人。他踩了煞車。明明好不容易才讓計畫順利推動到這個地步的。所以我決定以後不再讓那個人參與執行。

說到這裡，三梶惠停了下來，舉起她一直凝視的啤酒杯。不過這次也同樣沒有送到嘴邊，再次放回杯墊上。

——不過那樣一來，我想後藤應該已經知道三梶房屋的人試圖報復了。桐畑先生穿著公司的員工外套，卡車上也有公司的標誌。就這樣一點一滴地折磨他。

三梶惠雙手抱胸，不斷點頭。

——不會馬上殺掉他，而是把他慢慢逼入絕境。就像他當初逼死我爸的時候一樣。

看著她的側臉，我忽然覺得。

她可能也是正在尋找翅膀的蜻蜓也說不定。

＊＊＊

某個夏天的《1UP人生》內容。

要先假設這個時間點，所有好孩子都已經上床睡覺，才能聊這個話題。是個關於蜻蜓的故事。

我小學四年級的那個暑假，有一天經過附近一片空地時，在那裡看見了幾個同校同學。就是那種感覺吧，像哆啦A夢裡出現的那樣，幾個朋友一起聚在堆了三根水泥管的空地裡。至於他們在幹什麼呢？他們拿著剪刀，在玩剪掉蜻蜓翅膀的遊戲。

我猜大家一定覺得很奇怪，為什麼要這樣做？其實這是非常單純的理科實驗。而且是自主進行的。因為暑假前，理科老師說了關於蜻蜓腳的故事。各位，你們知道蜻蜓的腳其實相當特殊嗎？它的腳和其他昆蟲是不一樣的。哪裡不一樣？這個我等一下再告訴大家。

總之呢，大家都在空地裡剪著蜻蜓的翅膀。那些蜻蜓是白刃蜻蜓，就是感覺很銳利的那種。等我走近的時候，一隻蜻蜓的左邊兩片翅膀已經沒了，右邊兩片翅膀也已經在剪刀下方。其中一人用雙手按著蜻蜓的頭跟尾巴，是尾巴吧？還是肚子呢？然後另一個人拿著剪刀。我探頭看去時，他們也幾乎同時剪掉了右邊的翅膀。另外，由於左右兩邊都留下了大約兩公釐的翅膀，那個部位還在高速振動。手拿剪刀的那個朋友就像剛剪完頭髮的美容師，最後順手把耳朵上方的頭髮剪齊一般，把那個部分乾乾淨淨地剪光。如此一來就完全沒有翅膀了。

壓著蜻蜓頭和身體的那個朋友跟著鬆手。

各位覺得接下來會發生什麼事呢？

老實說，什麼事也沒發生。蜻蜓一直站在原地不動，只有頭不斷地轉來轉去，沒有任何試圖逃跑的跡象。

其實啊，蜻蜓是不會走路的。它的腳經過特殊演化，只能在空中捕捉獵物，一步都走不了。這就是理科老師在上課時間告訴我們的故事。

我一直看著那隻蜻蜓。看著那隻站在原地，一步也動不了的蜻蜓。心裡想著啊，老師說的都是真的耶。蜻蜓無法動彈，我也跟著動不了。蜻蜓這種生物啊，要是沒有翅膀，總覺得看起來很像完全不同的生物。大概是蚯蚓的同類，或是演化成蜥蜴之前的某種東西。

不過仔細想想，蜻蜓的英文是dragonfly對吧。沒有翅膀的龍，感覺好像很強大。

好，那麼我們來聽首歌吧。龍族樂團的〈Wings of Liberty〉。

第四章

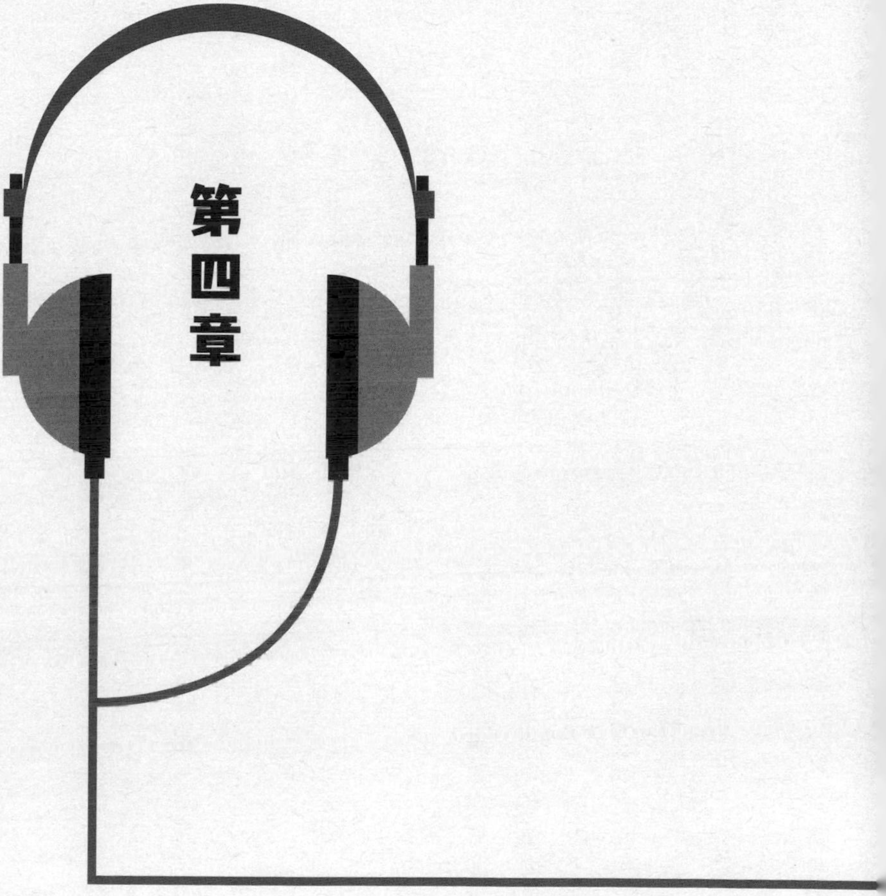

一

「不過貝油這種東西，俺真的不曾聽說。若是換作牡蠣，俺就稍微清楚一點。」

「因為小石哥是廣島出身的嘛。」

「小恭，你之前就聽過貝油這個東西嗎？」

「不，完全沒聽過。」

「小惠應該是那個吧，自己調查出來的？」

「她有說是從網路上找到的。」

在料亭執行完殺人計畫之後，我們聚在上野車站的路橋下夾起燉雜燴、吃著炸豆腐、大嚼烤雞肉串。夜晚的隅田川河岸邊，重松先生射擊成功後，在料亭結帳完畢的輝美媽媽桑也前來會合。三梶惠向我們所有人道謝，說著「我有個地方非去不可」便獨自離開。接下來該做什麼好呢？我們或是望著彼此的臉，或是看向手錶，最後不約而同地朝著上野的方向走去，走到一半，已經徹底變成一起聚餐喝酒的狀態。作戰結束後的興奮與疲勞，讓人覺得非得喝個幾杯才行。半路上，媽媽桑傳郵件給百花小姐要她過來集合，我也打了電話給石之崎先生，此外還姑且也發了郵件給三梶惠，告訴她我今天會和大家喝酒之後才回去。

順道一提，所謂貝油就是卷貝或蛾螺貝等蛾螺科貝類體內所擁有的唾腺，含有一種叫做四級胺的毒素。一般來說，烹調過程中會將貝油去除，不過恐怖的是，三梶惠故意把這種毒素混入甜滷貝肉，再藉著輝美媽媽桑的手送進隔壁包廂。另外一盤則沒有貝油。簡單來說，三梶惠讓目標人物吃下了有毒的料理，而同桌的年輕男子則吃下無毒的。

然而雖說是毒素，但是並不足以致人於死，只會引發類似暈船的症狀。不過下毒就是下毒。她在我家廚房裡，像個魔女般精心調理著摻有貝油的甜滷貝肉。順帶一提，關於我和泡菜豬肉炒飯一起吃下肚的甜滷貝肉，其實是她在製作毒料理時，用剩下的材料順便做出來的東西。反正東西很好吃，我其實無所謂。

——快的話，吃下之後大概幾十分鐘就會出現症狀。所以必須等到最後，才讓他在店裡吃下料理，還要讓重松先生用彈弓射中他才行。

昨天晚上，三梶惠在「ｉｆ」是這樣說明的，不過我們完全不懂她的意思。

——要是在店裡，或是才剛走出店外就出現症狀，一般來說都會懷疑是餐廳料理有問題吧。例如材料是不是不新鮮之類的。這麼一來，就有可能對料亭造成困擾。所以要到最後一刻才讓他吃下去，之後再請重松先生發射小鋼珠打中後藤的脖子。

還是聽不懂。

——我在後藤家的信箱裡，放了恐嚇信。

這次的毒藥非常少，你大可放心。不過下次就會注射更猛烈的毒藥進去，好好覺悟吧。我想你應該知道，要是去醫院，很有可能會引來警察。那樣反而會造成你自己的麻煩。

據說內容大致如上。

——要是被抓到把柄就不好了，所以我是借用桐畑先生的直尺寫的，用來掩飾筆跡。所以筆筒的內容物才會變亂啊。我忍不住雙手抱胸，連連點頭。

——呃，也就是說……

透過剛才的說明，雖然大概掌握了三梶惠到底想要做什麼，不過那實在太偏離現實，所以我決定問問看。

——難道妳打算讓對方誤以為有人用毒吹箭之類的東西，打中他的脖子？

結果真的就是如此。

——反應真快呢，桐畑先生。就是這樣。等到後藤忽然覺得身體不舒服，一定會想起晚上回家時，脖子所感覺到的痛楚，之後就由他自行解釋。自己被敵人……具體來說應該是被三梶房屋的相關人士挾怨攻擊並下毒。察覺自己出現生命危險之後，將來肯定會害怕進行不法行為吧。

雖然我懷疑她所說的肯定，

——原來如此。

但我還是頷首同意。

其他人也露出肅穆的神情，跟著點頭。

「她真的想了一個很奇怪的計畫呢。」

輝美媽媽桑的側臉上隱含苦笑，口中嚼著燉雜燴。

從上野賞完夜櫻後回流的客人似乎相當多，路橋底下變得比平常更熱鬧，年輕人、中年人、老年人的聲音此起彼落，合而為一。我已經很久沒有在「ｉｆ」以外的店舖喝酒，感覺相當新鮮又有趣。媽媽桑的和服似乎還是有種格格不入的感覺，其他客人不時飄來好奇的眼神，不過當事人倒是一副滿不在乎的模樣，只見她稍微調整臉上的表情，端起杯子送到嘴邊。

「真的。」

百花小姐表示同意，舉著雞肉串笑了出來。

「不過啊，這不也是她其實不打算殺死對方的證據嗎？到頭來，這種事情頂多讓對方覺得好噁心啊、今天真的喝太多了啊，然後就不會有下文了。至於恐嚇信，大概也只會被當成惡作劇。相信那孩子自己心裡也很清楚的。小石，幫我拿七味粉。」

「明明離妳比較近吧。」

口頭上這麼說，但石之崎先生還是拿起七味粉的瓶子遞過去。

春日的溫婉夜風，從桌上穿隙而過。

「哎，說是為了幫父親報仇而實行殺人計畫，如果要想讓自己接受狀況，那麼計畫當然是越誇張越好唄。俺莫名可以理解哪。不過怎麼說呢，助人的感覺果然好。俺也跟著有精神起來了呢。」

沒錯沒錯沒錯！所有人都重重點頭。

不對，仔細一看，才發現只有鈴香一個人凝視著雞肉串的盤子，嘴唇緊閉。當我暗自覺得奇怪的時候，

「不過啊，還是把下次當成最後一次比較好吧？」

重松先生一邊剔牙一邊朝我望來。剛剛表現亮眼的彈弓，橡皮繩現在正掛在他的脖子上。

「你想想，俗話說過猶不及啊。」

「下次當成最後一次應該是個好主意。之後的計畫，就會換成百花幫忙吧？因為現在只有她還沒參與行動呀。」

「果然我也要參加嗎……如果只是聽聽過程，倒還挺有趣的說。」

「試試看吧，百花。只要做一次就會欲罷不能哪。」

石之崎先生從鼻子打出啤酒嗝，彷彿避人耳目似地壓低了聲音。

「像俺就覺得心情莫名地好，結果當天就拿到了一大堆工作。就是在谷中靈園變裝，跟蹤後藤的那一天。」

「既然這樣，小石再去幫忙一次不就得了。」

「俺可是隨身帶著炸彈啊。」

「欸，那個。」

鈴香忽然抬起頭來。

我們臉上的笑容依舊不變，直接看向他，不過一看到鈴香的表情，所有人都瞬間沉下了臉。

因為鈴香的表情，只能用毅然決然這個詞來形容。

「……怎麼了？」

「有件事情讓我有點在意。」

有點在意的事——

「昨天小惠說的話，她為了隱藏恐嚇信裡的筆跡——」

啊。我當下立刻察覺。雖然察覺，但是沒有表現出來，即使表現出來也沒有意義。

「她剛才說她用了小恭的直尺，對吧？可是直尺這種東西，正常來說會帶在身邊走動嗎？欸，小恭？」

「咦？不，那個，我的直尺……帶著走動的直尺……」

見到我的反應，鈴香瞇起眼睛，重重點了點頭。

「看你這個反應，我可以確定了。欸，小恭。那個女孩，現在是不是待在小恭的公寓裡？」

我僵住了。

「不過，應該是那個吧？一開始為了說明谷中靈園作戰計畫的時候，她不是無預警地跑去公寓了？這次也是為了進行說明才突然出現？」

「在小恭不在家的時候？」

鈴香開口打斷。

「因為昨天晚上，小恭聽到那女孩說她用直尺寫了恐嚇信的時候，就像這樣。」

雙手抱胸，連連點頭。

「做出了這種動作不是嗎？這反應，不管怎麼看都像是初次聽聞的感覺。既然是使用小恭的直尺，為什麼小恭卻不在現場呢？話說在前頭，就算你說她是趁你在洗手間的時候使用，我也不會相信的。因為那女孩寫的恐嚇信，字數相當多，根本不可能這麼快寫完。也別說你把直尺借給她了。現在這個時代，百元商店裡就有賣直尺，即使不買，大可用其他東西代替。」

層層疊疊的質問壓迫著我的內臟，擠出了裡面的空氣。釋放出來的氣體從咽喉宣洩而出，化成「嗚嗚嗚」的呻吟，在所有人的注視下，我不得不把呻吟聲強制轉變成語言。

「嗚嗚嗚我家……」

我家？在場所有人都湊了過來。

「沒有啦，那個……我家啊。」

大家紛紛點頭，臉孔越來越逼近。

「就是那個啦。應該說我說不出口還是找不到時機告訴大家呢，其實時機什麼的，應該隨時都有的嘛，哈哈哈，她啊，我說的她是指惠小姐啦，坦白說，不不，其實還不到什麼坦白的境界啦，哈哈哈哈哈哈哈哈哈哈哈哈！」

所有人都皺起眉頭。

隨後，在我說出下一句話的同時，現場盯著我的五個人同時飛快地退後，遠離。

「她現在，住在我的公寓裡。」

五個人同時退開。簡直就像是我手掌的五根指頭猛然張開一樣。手指們就這樣靜止不動，最後，小指率先逼近眼前。是重松先生。

「恭太郎，你也終於開竅了嗎？」

接下來是無名指的百花小姐。

「什麼嘛，小恭，挺厲害的呀。」

拇指的石之崎先生接著開口。

「恭太郎老師終於下手了哪。」

隨之而來的是食指的輝美媽媽桑。

「我真的一直都很擔心喔。」

這時，只剩下一根中指還直立著，而中指前方的鈴香一直隔著桌子凝視我的臉。不是的，鈴香，不是那樣的，都是大家誤會了，我和惠小姐並不是那種關係，只是因為她無處可去，不對，應該是在失去住處之前不想浪費錢，所以才住進我家，而且事前完全沒有徵詢我這個屋主的同意，也就是說我根本沒有抵抗的餘地——

「你們已經做了嗎？」

「咦咦咦？不要這樣啦，百花小姐，我們根本不是那種——」

我的嘴角不由自主地上揚，眼睛瞇了起來，鼻翼不斷地抽動，不過下一秒鐘立刻回神，趕緊再次看向鈴香。鈴香的雙眼少了深度，彷彿在臉上貼了一張畫有黑色眼球的白色厚紙板。沒有深度卻又無比空虛的雙眼，相當特殊。鈴香就這麼再也不動了。

隨後他忽然站了起來。

「我要回去了。」

「鈴香。」

「抱歉，先走了。」

鈴香甩開我的手，起身抓住自己的提包，向前衝刺般迅速離開。那瘦弱的背影，隨即消失在小巷中遊蕩的酒醉客人們之後。

＊　＊　＊

某個週五深夜的《1UP人生》內容。

這是關於我朋友R小姐的故事，我們是在那間常去的酒吧裡認識的。他……不對，她的個性非常開朗，說的極端一點，就是個粗心大意少根筋的人。然而她會變成現在這樣，其實是有理由的。

她在高中時，父親有了外遇，因此父母決定離婚。至於為什麼外遇會被發現，是因為太太請了徵信社進行調查。R小姐自己待在房間裡的時候，太太拿著報告書狠狠質問了丈夫。R小姐的父親擁有一家公司，日入斗金，不過以一個人來說卻是相當冷漠，屬於冷酷無情的類型，因此R小姐似乎從小就一直無法喜歡上父親。當她不小心聽見那個關於外遇的話題時，她也覺得要是母親能拿到贍養費，然後直接離婚就好了。這麼一來自己就可以跟母親一起離開云云。

然而她同時也覺得相當訝異。

父親是個腦中只有工作和公司的人，實在無法想像他和其他女人搞外遇。所以隔天，剛好只有R小姐一人在家的時候，她找出了母親藏起來的調查報告書，並且打開看。報告書內容相當詳盡，連父親在幾點幾分和外遇對象見面、進了哪家旅館，全部清清楚楚。照片也貼了十張以上，例如父親和女人互相勾手，一起走進旅館的模樣，全都被拍了下來。那是個貌美如花的女人，即使是從R小姐的角度來看，對方的笑容，以及在風中按住頭髮的舉動，看起來真的魅力十足。

可是看著這些照片，她注意到一件事。

這個女人是不是知道有人在偷拍呢？——R小姐是這麼想的。

為什麼會這麼想呢？

關於這一點，我也是聽了她的說明之後，才有恍然大悟的感覺。總而言之呢，就是因為那個女人實在被拍得太漂亮了。每一張照片，那個女人臉上的表情都生動異常。但這明明是偷拍照，她覺得這樣未免太不自然。所以才覺得這個人如果不是知道自己被拍，不然就是自己從眾多偷拍照片當中，挑出了放進報告書的照片。

過了幾天，趁父母即將開始繼續討論後續的時候，R小姐走了進去，說出自己的想法。結果母親立刻臉色大變，而父親並沒有錯過母親的反應。

追問之下，母親最後還是全部坦白了。

那個外遇對象其實是母親的朋友。母親想離婚，但也想要贍養費。獲得贍養費最快的方式，就是掌握對方外遇的證據，然而丈夫似乎不會按照自己的希望出軌，所以才和朋友串通，讓她刻意接近丈夫，發生關係，然後再委託徵信社調查。而且母親還跟朋友約好，會分一部分贍養費給她。

當徵信社人員交出拍好的照片之後，母親和朋友相約見面，讓她看了那些照片。類似『妳看，計畫進行得很順利』的感覺。據說對方就是在那個時候自己挑了幾張照片，要求放在報告書裡。

在那之後所引發的騷動，聽說真的非常誇張。不不，我沒有詳細過問，所以不是很清楚。——總而言之，離婚沒有成功，R小姐一家三口還是像以前一樣一起生活。不過有趣的是，父親似乎相當訝異自己被家人厭惡到這種程度，所以個性稍微改變了。這種事情還是有可能發生的啊。印象中應該有一句成語，可以明確形容一件事情最後發展成這種結果，可惜很不好意思，我想不起來。

哎，不過即使如此，R小姐還是沒辦法喜歡上父親，所以對她來說：家裡似乎不是什麼令人開心的地方。

當初如果沒有把自己從照片當中注意到的事情說出來，現在說不定就能跟母親一起過著更愉快的生活了。R小姐曾經多次出現這個念頭，一直到她離家為止。可是每當這麼想的時候，她自己也會陷入迷惘，不知道哪一個方式才是正確的。因為，只要想到上當受騙的父親，心裡終究還是於心不忍。嗯，雖然那確實是一段美好時光啦。而且外遇對象又是個美女。

總而言之，那件事情讓R小姐下定決心。決定自己將來一定要過著粗心散漫的人生。再也不要發現其他人試圖隱藏的事情，如此走完一生。

擁有敏銳的直覺，方便的時候是真的很方便，可是最後終究會變成大麻煩啊。

至於現在的R小姐，已經完全是信手拈來的程度，不論何時見面都是一副散漫隨便的模樣。看到她那個樣子，我自己也跟著散漫隨便起來。所以我的散漫其實是被她傳染的啊。多虧如此，我平常總是聽不見，也不想去聽其他不該聽的話。來放首歌吧。德永英明的……

二

回家路上，儘管擔心著鈴香，但我還是不住地思索關於三梶惠的事。明明沒有和女性交往的經驗，卻讓人突如其來地住進家裡，甚至還聽她講解殺人計畫，出手幫忙。說真的，到目前為止，我幾乎陷入思考停止的狀態，更正確來說，我始終無法站在客觀角度，掌握她和自己之間的關係。

可是，原來大家是這麼想的嗎？

——恭太郎，你也終於開竅了嗎？

——什麼嘛，小恭，挺厲害的呀。

——恭太郎老師終於下手了哪。

——我真的一直都很擔心喔。

關於一對男女同住在一個屋簷下這件事，果然這麼想才正常嗎？反過來想，當一對男女一起生活的時候，變成那樣會不會是理所當然的事呢？

——你們已經做了嗎？

那種一切都了然於胸的，百花小姐的問話方式。

——來做吧（shiyouka）。

我連一刻也不曾忘懷的，三梶惠的那句話。

我可以肯定那絕對不是自己聽錯。她的確是那樣說的。而且那個時候能做的事，果然不作他想。如果在那之前，我們討論的是打掃房間、打網球或羽毛球的話題，那麼她所說的「來做」很有可能是指那些活動。可是我們當時並沒有討論這些話題。只是靜靜坐著而已。話說回來，女人真的會突然做出那種事嗎？就是，突然引誘男人。

想到這裡，我不經意地想起以前和百花小姐聊過的話題。那是某一天，我坐在「ｉｆ」的吧枱旁，和媽媽桑還有百花小姐一起討論關於「發情」這個問題。

——人類和其他動物不一樣，一年四季都在發情喔。

記得她應該是這麼說的吧。

——其實動物的發情期，都只侷限在適合生產的時候。你想想看，要是同時發情，就能在同一時期產下大量新生兒，就算被天敵吃掉一部分，也不至於滅絕。所以越小的動物，發情期越短。因為牠們比較容易被捕食，所以才會大家一起生孩子，盡可能地增加可能存活的後代數量。然而人類這種生物，是沒有天敵的吧？

所以人類不管何時生下孩子都不會有事，最後變成隨時隨地都可以發情。

所謂隨時隨地，就是毫不忌諱時間地點的意思。即使三梶惠在那個時候，那個地點，出現了那個意思，也完全沒有任何不自然之處。

對——就是這樣。

身體彷彿從問號轉變成驚嘆號一般，等我反應過來，自己已經挺起胸膛，仰頭走在深夜的人行道上。全身上下充滿未知的能量。只要回到公寓，三梶惠就會在那裡等著我。對我有那個意思的三梶惠正在等著我。節奏趨緊的腳步聲在夜路上迴盪，野貓踢開一個塑膠袋，迅速逃跑。最後，我的前方出現一輛計程車，閃閃發亮的車頭燈直射入眼。

我舉起一隻手遮住眼睛，發現計程車減速停下來，車頭燈消失。後座車門開啟，車內照明照亮乘客的身影，但在駕駛與副駕駛座位的遮擋下，看不清楚。

兩名乘客下車，車門碰地一聲關上。計程車再次亮起車頭燈，朝著我開來，所以我也再次擋住眼睛，迴避到道路右側。

「……不是嗎？」

宛如耳語一般細小的聲音。相對的，另一個人的聲音就清楚多了。

「就說妳可以不必擔心了。」

三梶惠。

我立刻往旁邊一躲，但是剛剛已經迴避到右側，所以右肩狠狠撞上了民宅牆壁。兩人身後的路燈明亮耀眼，他們的身影都變成了黑色剪影，懸浮其中。男人穿著西裝，頭上頂著一顆碩大的花椰菜。不對，是花椰菜形狀的髮型。

腦中某處抽動了一下，有所反應。

我對那顆頭有印象。我曾經見過。是什麼時候？在什麼地方？對了，是今天晚上。在隅田川附近的大馬路上，正好也是同樣的剪影狀態。那個男人不就站在我們的目標身邊嗎？

「就算妳要我別擔心，我也辦不到啊。」

男人的聲音清楚傳進耳中。這個聲音我也有印象。隔壁包廂的二人組離開料亭時，就是隔著紙門傳來了這個聲音。這麼說來，我記得當時自己暗自感到奇怪。因為覺得自己似乎曾經聽過這個聲音。也就是說，現在大概是我第三次聽到這個聲音了。音調稍微偏高，語氣柔和，語氣彷彿連續劇臺詞般充滿抑揚頓挫。

「沒問題的。我都有做好計畫，也有慎重執行。」

「可是，要是有個萬一。」

「不會有啦。」

我想起來了。

「所以正志先生只要像以前一樣，提供各種消息給我就好了。」

正志。

那是三梶惠在我房間裡的通話對象。他就是在我聽到「來做吧」的邀請，經過一而再、再而三地煩惱之後，正準備讓身體朝她傾斜過去的那一瞬間，打電話過來的可恨男人。他不是三梶惠的男朋友嗎？這到底是怎麼回事？為什麼她的男友會跟後藤一起吃飯呢？

「……我知道了。」

短暫寂靜之後，正志嘆著氣回答，狀似花椰菜的腦袋向前倒下。他就這麼沉默下來，但最後還是冷冷地抬頭看著公寓，輕聲問道。

「……可以告訴我，住在這裡的人是誰嗎？」

「就說是我以前的朋友。是女的。」

「什麼樣的人？」

「怎麼樣都無所謂吧。」

「名字是？」

「知道又能做什麼？」

「只是想知道而已。妳在這裡接受人家的照顧，之後有機會也想跟她打個招呼。」

「沒必要這麼做啦。」

「她叫什麼名字？」

三梶惠不耐煩地雙手抱胸，低聲回答。

「……恭子。」

「姓氏呢？」

「桐又。」

兩人就這麼相視無言地站在路上。三梶惠低頭不語，正志一直低頭望著她——不對，正志先動了。他朝著三梶惠靠近一步——

「MEGUMI（惠）。」

MEGUMI？

我皺起眉頭的同時，正志抱住了三梶惠，把臉埋進她的肩頭。隨後微微屈膝，將頭放低，再讓臉朝上，彷彿從下往上舉起一般，把自己的臉壓在她的臉上。他讓彼此的嘴唇緊緊貼合，慢慢地抬起頭來，而三梶惠的臉也隨之抬高。等我反應過來時，如同連續劇般正統的男女接吻畫面，已經以剪影方式呈現在我眼前。

這是我第二次看到別人接吻。

一年多前，初夏的陽光正透過彩繪玻璃灑落在教堂裡，博也溫柔地掀起妹妹的頭紗，生硬地嘟起嘴唇，湊了過去。看似氣泡與氣泡只在一個小地方接觸般，兩人的嘴唇輕碰在一起，好一陣子維持不動。不論是當時或現在，我都很想閉起眼睛，可是都錯失了最佳時機。至於我想閉上眼睛的理由，以及對於自己沒有閉上眼睛這件事的感覺，前後兩者完全不同。當時我覺得看了很害羞，而且並不後悔自己看見那一幕。因為那片光景是如此地美好。然而現在——

兩道剪影以出乎意料的高速分開。

是三梶惠單方面地躲避對方的擁抱，並且拉開距離。

「這種事，可不可以暫停一陣子？」

正志踏出一步，似乎想說些什麼，但她也幾乎同時退開同樣的距離，持續保持著一定的間距。

「等事情塵埃落定。」

「惠。」

「抱歉。」

三梶惠一個轉身，小跑步地穿過公寓大門，消失無蹤。正志追了兩三步，但馬上像是電池沒電般垂下肩膀，站定不動。

他抬起頭來，站在原地仰望公寓牆面上的窗戶，望了好一陣子。

最後，他探出一口連我這裡都清晰可聞的嘆息，轉過身來，朝著我的方向緩步前進。我的右肩仍然靠在牆壁上，身體僵硬不堪，但他始終拱著背，眼睛只望著自己的雙腳，就這樣毫無知覺地從我身旁一公尺左右的地方經過。五官勉強可辨，可是這裡沒有街燈，而且對方又低著頭，所以看不出來臉上到底是什麼表情。只是我一點都不希望他表現出哀傷或寂寞。我想見到的是懊悔，或是怨恨對方的神情。

三

走進玄關，妹妹房間的房門緊閉，裡面傳出了男人的聲音。

是收音機的聲音。

我瞥了自己的房間一眼，放滿手工製收音機的架子上少了一臺。就是三梶惠說看起來像摩天輪的那一臺。

站在妹妹的房門前，我輕輕敲了兩下。

我還記得結婚典禮的前幾天，妹妹即將搬到博也位於埼玉的公寓的前一天晚上，我也曾像現在這樣輕敲她的房門。那個時候，博也尚未決定外派，所以我壓根兒沒想到妹妹還會回來。平常有事找她時，嫌麻煩的妹妹總是在房間裡面懶洋洋地回應「幹嘛」，我也總是站在門外說出找她的理由，但是那天晚上不一樣。她回答了「進來吧」取代「幹嘛」，而我開了門走進房間。妹妹坐在床鋪上，手裡捏著軟式網球。用手指一捏，球的兩側就會像倉鼠的臉頰一樣鼓起來，沒什麼特別有趣的地方，但她就是毫無來由地捏個不停。她說以前高中時加入軟式網球社，因為覺得這樣很有趣，於是大家一起捏著玩，最後被學長姐狠狠罵了一頓。我問她社團活動時是站前鋒或後衛。發現我不知道這件事時，妹妹相當驚訝，過了幾秒鐘之後噗哧一笑。我也跟著笑了出來。之後，我盤腿坐在地毯上，妹妹則是繼續坐在床上，兩人就這麼聊著天。因為沒有準備任何話題，對話也始終斷斷續續。然而這些空檔卻讓人無比疼惜，甚至讓人覺得是為了製造這些空檔才開口說話的。我最後笑著說「就是明天了呢」。她點了點頭，笑著回答「是啊」。

「可以進去嗎？」

沒有回答。可是擅自轉開門把進門也讓人猶豫，當我決定放棄，轉身背對房門時，裡面傳出一個小小的聲音。

「這是你自己的家吧。」

聲音聽起來似乎相當厭煩，透露出一股疲倦。

我稍微遲疑，隨後開門。

三梶惠坐在床上，屈著身子抱住膝蓋。臉埋在膝蓋當中，看不見表情，但我懷疑她是不是在哭。我有事想問她，想進行確認。但我說不定應該多等一陣子比較好。雖然不是很清楚她哭泣的理由是什麼，不過最好還是等眼淚乾了之後再問。我是這麼想的。

「我還是晚點再——」

話還沒說完，她便抬起了頭。

「啊，今天真的累死了。」

她臉上連一滴眼淚也沒有。

「桐畑先生也辛苦了。不過計畫順利能進行真是太好了呢。雖然有很多驚險時刻出現。我也好想一起參加慶功宴？還是慰勞會？畢竟計畫進行途中一直繃緊神經，料亭裡就只有我一個人沒喝酒啊。不過一想到大家待在不是『if』的店裡，就覺得有點奇怪呢。像媽媽桑還穿著和服——」

「MEGUMI小姐。」

我一喚出這個名字，她臉上的表情隨即凍結。

彷彿看著某種極為細小的物體一般，她的眼睛停留在我的臉上好一陣子。嘴唇微微張開，卻又迅速閉起。然後再次張開、再次閉起。隨後一股放棄掙扎似的氣息，從她的鼻子噴發出來。

「……你看到了啊。」

除此之後似乎也別無理由吧……只見她垂下目光，萬般遺憾似地輕聲說著。三梶惠對著地板凝視半晌……

「你從哪裡開始看的？」

隨後立刻朝我這裡一瞥。

「一開始。」

「哎呀呀。」

三梶惠苦笑，右手指尖輕輕撫過嘴唇。那種撫摸方式，不是在碰觸自己的嘴唇，比較像是在確認對方殘留在此處的嘴唇觸感。

「一開始啊……」

她彷彿望著自己的睫毛般低下頭去，不過馬上抬起下巴，朝我看來。

「我的名字念法事實上是MEGUMI。不過漢字一樣是『惠』。」

我沒有繼續發問，等待對方繼續說下去。那臺貌似摩天輪的收音機，傳出了東京都內的交通情報。塞車的地方從來沒變過。

「MEGUMI這個名字，是離家出走的母親幫我取的。我一直很討厭這個名字。因為其他朋友都有媽媽，只有我一個人沒有，實際上根本沒得到什麼恩惠不是嗎？後來爸爸的公司倒閉，我就變得更加討厭自己的名字了。」

所以她對初次見面的人報上姓名時，才會以「KEI」的發音自稱。

「不好意思，可以拜託你當成沒聽過我的本名嗎？被人用『KEI』這個名字稱呼，比較讓人開心，將來也希望能維持這樣。希望桐畑先生和『if』的大家都可以繼續如此。」

哎，這只是件小事——

「剛剛那個人，是惠小姐的男朋友？」

如同她的請求，我用「KEI」稱呼她。

「目前還是。」

她讓膝蓋靠了過來，懶洋洋地把下巴架上去。

「目前還是的意思是？」

「嗯嗯嗯……雖然不討厭見面，可是總覺得不太開心，甚至有點麻煩的感覺——」

「既然這樣，為什麼還要見面呢？」

三梶惠的眼睛骨溜溜地一轉，仰望著我。

「再說，那個人到底是誰？在料亭和後藤一起吃飯的人，應該也是他吧？」

她似乎試著隱藏自己的驚訝，但是沒有成功。

我告訴她，自己是憑聲音知道的。

「我在廣播電台的工作不是白做的。」

「是嗎……」

她彎著嘴唇陷入沉思，口中再次喃喃說著「是嗎」。隨後她立刻站了起來，扭轉身體，朝著妹妹的床鋪撲過去。以水平狀態一躍而出的身體，噗地一聲落在床上，輕輕反彈之後便靜止下來。

「等等，惠小姐。」

我以為她會說出「我現在想睡，之後再說」之類的話來模糊焦點。不過她就這樣趴著不動，悶著聲音快速開口。

「昨天晚上提到的線人其實就是那個人。是他把後藤的行蹤告訴我的。他的名字叫做正志，原本是三梶房屋的職員，之前還在一起工作的時候就開始交往了。至於正志先生為什麼能掌握後藤的行蹤，是因為那個人在公司倒閉之後，又在一間叫做宜家房屋的地方工作，而那邊也同樣是住宅建商。規模剛好跟三梶房屋差不多大，所以不知該說是倒楣，還是運氣好──」

機緣巧合下，後藤竟然找上了宜家房屋拉業務。

「連我們公司也牽連其中的那件非法傾倒案，後藤確實付了好幾百萬的罰款，不過你回想一下，昨天晚上我也說過，這點罰金跟非法傾倒所帶來的龐大利益相比，根本不痛不癢。所以他只換了公司名稱，繼續做著同樣的事。正志先生以前和現在都是負責總務工作，所以也負責擔任這一方面的業務窗口──」

「嗯，等一下。」

也就是說。

「三梶房屋和後藤的公司簽約時，正志先生也是負責人。所以他一直覺得公司倒閉都是他的錯。因為是他被後藤公司的花言巧語欺騙，最後簽下了廢棄物處理的契約。不過呢，雖然窗口負責人確實也有部分責任，不過最後答應簽約的人還是爸爸，所以他大可不必這麼有罪惡感啊。」

原來如此。

「所以，他在那間新公司宜家房屋裡，也和後藤簽約了嗎？」

「怎麼可能。」

「可是，他們兩個不是一起吃飯嗎？」

「正志先生是為了協助我的復仇計畫，才特地保持著一定的距離，繼續和對方維持良好關係。偶爾會像那樣一起出來吃個飯，探聽各種消息。所以我才有辦法拿這些情報。和三梶房屋進行業務交涉的人並不是後藤本人，而是他的手下或部下，總之就是其他人，所以後藤並不知道正之先生曾經在三梶房屋工作過。他似乎完全沒有發現。所以正志先生可以說是最適合當線人的人。」

「最適合嗎……」

的確如此。至此，我總算了解儘管感情日趨淡薄，她卻仍然繼續和正志見面的理由。為了幫父親報仇，正志對她來說是必要人物。

我突然覺得她非常可憐。

「惠小姐，我……」

想要保護她。我心裡出現這個念頭。和她一起製造的回憶，如走馬燈一般不斷閃過眼前。不管是用粗魯言詞對我說話，對我破口大罵，只因為少許失敗，就用望著螻蟻似的眼神瞪著我看，還有從頭到尾都把我當成白癡一樣使喚——不對，這些記憶忽然一掃而空，取而代之的全是美好的回憶。兩人相對而坐，吃著豬肉泡菜炒飯。在公園拿到的維他命C糖果。在谷中靈園實行計畫之後，她直視著我的眼睛說出「謝謝」。並肩坐下，用我手工製作的收音機聽著木匠兄妹的歌。以及她邊聽邊說出口的那句話。對，就是那句話。來做吧。來做吧。來做吧——

就做吧！

堅定不移的決心，忽然閃電般貫穿我的身體。

就跟她做吧。我凝視著趴在床上的三梶惠。望著她身穿罩衫的後背。望著她偏短的裙子。望著裙子下方筆直白皙的雙腿。因為太亮眼了，我不由自主地別開頭。望著她的頭髮。望著髮絲間若隱若顯的耳朵。凝視著她耳根下方，絕大部分隱藏在頭髮之下的，平滑細嫩、惹人憐愛的後頸線條。

「惠小姐！」

「嗯？」

等一下！另一個我放聲大喊。

你已經準備好了嗎？真的有辦法做好嗎？會不會事到臨頭才失敗，讓自己出大醜呢？沒錯，不可以太猴急。必須做好萬全準備才行。快想起來這個時候到底該做好什麼準備吧。快想起來吧，桐畑恭太郎。一定有的。肯定需要某個非常重要的東西。啊，我想起來了。曾幾何時，百花小姐告訴過我的那個東西。我嚥下一口唾沫，盡可能安靜地作了一個深呼吸。

「我出去一下。」

聲音宛如極度缺乏水分的人一般沙啞。

「你要去哪裡？」

「總之我出去一下。」

走出妹妹的房間，橫越整間客廳，跨出玄關。因為實在等不及電梯，於是一口氣衝下樓梯，穿過公寓大門，縱身於夜路之中。冷靜下來。不要自亂陣腳。不可以做出丟臉的舉動。我讓原本微微前傾的身體重新恢復直立，以抬頭挺胸的姿勢前進。快步前進。目的地是唐吉軻德量販店。很久以前，我便暗自決定若是這一天真的到來，一定要使用某個物品。讓我知道這項物品存在於世的人，則是百花小姐。

——為了不讓小恭在關鍵時刻來臨時丟人現眼，先教教你吧。

她坐在「if」的吧枱旁，嘴唇湊到我的耳邊，說明了那個商品的功用。

——有個好東西喔。

我直接衝進燈光亮到刺眼的店內，迅速朝著我死命記住的位置奔去。聽過百花小姐的話之後，我曾盤算著只要先確認一下販賣地點就好，於是來到了這裡。記得應該是在那裡面的陳列架——咦，怎麼沒有？搬去哪裡了？是移動位置了嗎？那這邊的陳列架呢？果然沒有。那這一邊呢？

「……有了。」

我忍不住發出了聲音。不知不覺中已經大汗淋漓的我，戰戰兢兢地朝著那盒商品伸手。外盒印著一個全身肌肉的壯碩外國人照片，他的後方則是一個躺在床上，表情恍惚的外國人女性。這是百花小姐告訴我的「早洩預防藥」。

——感覺就跟那個很像喔，像超級瑪利歐的無敵狀態。

把這個藥品，塗抹在男性專有的物體上，就能讓皮膚表面呈現輕微的麻痺狀態，使感覺變得遲鈍。雖然臨界值不變，但是在到達臨界值之前，所需要的來回接觸刺激次數將會因此增加。

——無敵狀態。

簡單來說就是幫助持久。

——無敵狀態。

宛如施加魔法一般，將我們的愛……將我們相愛的時間延長。

——無敵。

我抓起盒子，一個轉身，但又轉念一想，直接多轉了半圈，再次面對商品陳列架，抓起另一個盒子，完成一圈半的迴轉後，前往結帳櫃枱。

當我衝進公寓玄關時，發現妹妹房間的房們仍然保持敞開。就跟我出門時一樣。我脫下鞋子甩到一旁，流星似地朝著門後一閃而入。三梶惠就躺在床上。躺在床上。

「咦？怎麼……」

她驚訝地坐起上半身，撐大了眼睛和嘴巴直瞪著我。而我直挺挺地站在她的面前。現在採取行動的人是我。發動攻勢的人是我。所以這次應該由我先開口。對，現在就能說出來。這份衝勁得以讓我說出口。惠小姐，惠小姐跟我，惠小姐跟我來、來做、做、做做做做做——

「來做吧（shiyouka）。」

聲音一點也不沙啞。清晰、低沉，充滿男性賀爾蒙的聲音從我喉嚨當中衝了出來，傳入對方耳中。她的肩膀微微一震，抿住嘴唇。雙眼緊盯著我。我們現在正在互相凝視對方。這樣近距離互望，才發現她的眉毛意外地濃密。就在我思考著這種無謂之事的瞬間，意識忽然被拉回現實，我突然害怕到什麼話都說不出來。

「啊……」

她先發出了聲音。

「就是你上次說還太早的那個嗎？」

對，就是那個。

「那個，現在來……」

別退縮啊，桐畑恭太郎。你在錄音室裡的時候，不是什麼話都有辦法說出來嗎！什麼事情都有辦法辦到，不是嗎！

「……現在？」

她臉上浮現出訝異之色，讓我感到內心受挫。為什麼要露出那種表情？這明明是妳之前主動邀請的，為什麼？為什麼那個時候可以，現在卻不行呢？

對了，是氣氛。

現在缺少的是氣氛。

那個時候，我們是一起靜靜坐在手工製收音機前，聽著木匠兄妹輕柔的歌聲。雖然不到肩並肩的程度，但內心確實相互依偎在一起。直到正志那通可恨的電話打來為止。好，就讓我再次營造出當時的氣氛吧。趁現在還沒有人過來礙事。

「要不要聽聽廣播呢？」

我盡可能地保持輕鬆自在的態度，單手提著唐吉軻德量販店的塑膠袋，在床邊坐下。正準備讓手邊那個摩天輪外型的收音機發出聲音時，我才發現它的電源早已開啟。音樂也正在播放中。一切都跟我離開之前一樣。看來我腦中糾結錯亂的大量思緒，阻擋了其他多餘的感官。從喇叭播放出來的音樂並非木匠兄妹，而是一陣陣的咚、啪、咚、啪，節奏輕緩的二拍子雷鬼音樂，並不是會破壞氣氛的曲子。我盤坐在床上，調整呼吸。此時，背後感覺到三梶惠移動了身體。

的問題。

「……所以？」

之後再也沒有開口。

我悄悄回頭，發現她正趴在床上，朝著我這裡探頭過來，眉頭深鎖。然後她問出一個莫名其妙的問題。

「來做吧（shiyouka）現在怎麼了？」

「來做吧現在怎麼了……？」

我鸚鵡學話似地重複了一次，她口中再次說出同樣莫名其妙的一句話。

「現在應該還沒開吧？」

還沒開？還沒、開？還沒開花？

砰！地一聲，有顆子彈在我的身體裡爆發。

那顆子彈沿著脊椎往上，直接打爆了我的頭頂正中央。Shiyouka，還太早，還沒開。

Shiyouka，還太早，還沒開花。

「呃，那個……我先失陪一下。」

我起身走出房間。穿過客廳，站在自己房間門口，打開房門。開燈，眼睛看向手工製收音機的放置架。架子角落放了一本旅遊指南，封面是一張巨大的紫陽花照片。那是我原本打算在妹妹和母親帶著朋生一起回來時，帶她們一起做個小旅行而買的。我戰戰兢兢地把臉湊近那本旅遊指南。封面照片是長谷寺的照片，前方印著閃閃發亮的「紫陽花（Ajisai）」三個彩色大字。那個時候，我們比鄰坐在這個架子前方。她拱著後背，視線向下，正好凝望著這本旅遊雜誌的所在位置。

——紫陽花（shiyouka）。

——不……可是。那可能還有點太早了……

這次換成一發大砲在我體內發射。

那顆巨大砲彈粉碎了我的心，讓我全身癱軟。

她只是毫無意義地發出聲音念出紫陽花這三個字。只是因為她沒有看見正確的標音，所以才把紫陽花念成了「shiyouka」。

「……你在做什麼？」

我跪在房間門口，像具死而復活的屍體似地半開嘴巴，仰望著天花板。這時，三梶惠的聲音從我身後傳了過來。我連回頭都辦不到。耳邊不斷迴盪著超級瑪利歐死掉的音樂。她在我身後站了一會兒，最後打從心底厭煩似地丟下一句「真是莫名其妙」隨後回到走廊。

「啊，對了。」

她走到一半停下腳步，轉身說道。

「欸，『if』現在有沒有招人？」

四

「哎呀——小惠真適合這個打扮。」

「咦——真的嗎，媽媽桑。我平常都沒穿過這種衣服。」

「真的很適合。看起來就像長年擔任酒保工作的人咧。」

唉……沒有被發現真是太好了。

「小石，最近女人已經不叫做酒保，都用調酒師來稱呼了喔。」

「咦，是嗎？百花果然懂這些啊。」

「我在特種行業待這麼久了，這種小事當然知道。」

那個時候，我到底打算做什麼呢？

「妳稍微做個搖酒的動作來看看。」

「別這樣了，鈴香小姐，這樣很難為情。」

「妳之後就要站在吧枱裡了，怎麼可以害羞。」

我到底在唐吉軻德裡買了什麼回來？

「像這樣嗎？哎呀，好像不太對。」

「還不錯嘛。挺有模有樣的。」

「咦——重松先生，那是客套話對吧。」

媽媽、直美、朋生。我雖然是這副樣子，但還是一個人努力生活喔。

「手臂像這樣——背向這裡看看——手肘像這樣，再舉高一點。」

「哇哈哈，重松先生，你不可以想這麼下流的事情啦。」

「混帳，我才不是那種下三濫。」

那是在叫我嗎？

「好，接下來就有很多事情要教妳了。例如酒的位置、杯子的洗法，還有萵苣的切法和沙丁魚的烤法，再來是酒的位置。」

「媽媽桑，妳剛剛說了兩次同樣的話喔。」

「因為這家店裡沒什麼需要記住的事情嘛。」

啊哈哈哈哈哈哈。店裡一片喧鬧吵雜，但我仍然坐在吧枱角落，縮成一團，無法從羞恥與衝擊的餘韻當中走出來。不對，這不是什麼餘韻。現在的時間是週一節目結束後的深夜，也就是說，距離我做出人生當中最愚蠢的行動，還不到三十小時。連蚊蟲叮咬的痕跡都不見得能在三十小時內消失，我的內心可是被子彈打穿又被大砲粉碎了啊。

「小惠，過來這裡。」

將頭髮徹底捲成外鬈大波浪，呈現巴哈髮型的輝美媽媽桑，帶著三梶惠走進吧枱內側。身穿白色罩衫搭配黑色緊身裙，怎麼看都像是個調酒師的她一臉雀躍地跟了過去。

——我的錢還是用完了，不過你想，我現在必須專注在計畫裡，沒有餘力找工作，對吧。

這是三梶惠之所以想在「ｉｆ」打工的理由。

——如果那邊願意僱用我，就可以在打工的時候順便舉行作戰會議了呀。

依照她的指示，我昨天試著發出一封詢問郵件給輝美媽媽桑，結果馬上收到「非常歡迎！」的回覆，等節目結束後來到店裡，三梶惠已經換上這套服裝，沐浴在眾人的讚美聲浪之中。

媽媽桑的回覆郵件裡……

「她可是小恭第一個交到的女朋友，當然要盡量完成她的願望。而且我也想更加了解那個孩子。」

多了這麼一句絕對不能讓當事人看到的話，所以我只有口頭告知三梶惠「她說沒問題」。看著重新獲得收入來源而大喜過望的她，我落寞地露齒一笑，隨後躲進房間，獨自坐在吊椅上搖來晃去。一邊搖晃，一邊重發郵件給媽媽桑，大致說明了三梶惠住進我家的前因後果，最後補充一句她已經有男朋友。這封郵件所收到的回覆是「我會當成這麼一回事的」，然而我已經精疲力盡，只能直接扔下手機。我什麼都不想管了。反正她只會在這棟公寓裡待一陣子，而且她在「ｉｆ」和媽媽桑以及其他人聊天的時候，大家也一定會發現自己誤會了吧。

「不過真是太好了呢，尺寸這麼剛好。因為妳和我的女兒身高差不多，所以我靈機一動，試著翻了衣櫃，結果就找到這套衣服。」

「我也好想和媽媽桑的女兒見個面呢。年紀相近，體型也相近呢。」

三梶惠朝著吧枱桌上望過去，看著那裡的照片。

「請問令嬡叫什麼名字？」

「幸惠。幸福的恩惠。不過她覺得這個名字很老氣，很不喜歡的樣子。哎呀？這麼說來，我有提過我女兒的年紀嗎？」

「我在節目上聽到的。桐畑有告訴我，他是在哪一天的節目上說了媽媽桑的故事。就是那個啊，令嬡拍了超市購物明細的照片過來的。」

「哎呀，真是的，小恭。」

「不過我原本就有聽所有的節目啊。令嬡的故事我也記得很清楚。因為那時候——」

三梶惠不知為何忽然放棄了說到一半的話，轉身面對媽媽桑。

「欸，媽媽桑，如果我因為跟不上工作進度而哭訴的話，希望妳不要像那個時候一樣冷漠喔。一定要好好陪我商量才行，因為我不像令嬡那樣樂觀堅強。」

「沒事的，這裡只有熟客才會來，不會那麼忙的。」

「可是，如果有一天來了很多客人的話——」

「不會的。先說這個吧。」

媽媽桑的嘴角上揚，轉身面向酒架。她指著上面的瓶瓶罐罐，開始說明這是什麼、那又是什麼。三梶惠從罩衫的胸前口袋裡拿出一本小小的記事本，一邊忙不迭地點頭，一邊抄寫筆記。

「真希望小惠可以記住做法，然後端出雞尾酒之類的東西啊。而且這裡也有搖酒杯。」

「啊，就是那個——」

三梶惠刷地一聲轉頭看向我，以驚人的速度變出一副嚴肅的表情。

「就是那個用來騙我的東西對吧。」

我身旁的鈴香微微縮了縮脖子。

「哎呀，我們不是都已經贖罪了嗎？小恭和我們都有好好補償，協助妳的作戰計畫了呀。對吧，小恭？」

「嗯嗯……是啊。」

「嗯？小恭，你怎麼了？」

鈴香一臉詫異地看了過來，我只好強迫自己呵呵傻笑。結果鈴香也對著我笑了。哎，不管怎麼說，鈴香能像現在這樣重新打起精神，就是件值得高興的事。他忽然從路橋下的小酒館裡衝出去的時候，真的讓人擔心極了。

「啊，對了對了，這是恭賀就職的禮物。雖說是就職，但其實是打工就是了。」

媽媽桑從吧枱下方的櫃子裡拿出一個小盒子。尺寸比香菸盒大一圈，繫著亮麗的綠色緞帶。

「這其實不是特地買回來的，而是我在找今天這套衣服的時候，順便找出來的。很久以前買來想送給女兒，不過你們也知道，我們的關係變調之後就沒有機會見面了。等到後來言歸於好時，我仔細一想才發現那個孩子根本不用這種東西，最後終究還是沒交給她。不過這種事情應該在買之前先發現才對。」

媽媽桑自行解開緞帶，拿下盒蓋。看見這瓶貌似昂貴的瓶裝香水，石之崎先生整個人湊過去。

「這樣好嗎？」

「因為，要是沒有人使用就太浪費了呀。我不擦香水，而百花和鈴香擦的香水又比這瓶更高級。啊，不過我這瓶也是相當不錯的香水喔。」

媽媽桑連忙轉頭看向三梶惠，只見她一縮下巴，重重點頭。

「謝謝妳。」

真要說的話，她的態度算是相當冷淡。三梶惠輕聲回應了這句話，本以為應該還會有下文，但她卻什麼也沒說，只是伸出雙手接過香水。

「……怎麼看起來不太高興的樣子。」

石之崎先生把臉湊到我和鈴香間，掩著嘴輕聲說話。在我回答之前，鈴香先呵呵笑了出來。

「她其實很高興的。」

沒錯，她應該很高興。因為那瓶香水，肯定是三梶惠第一次從「媽媽」手中獲得的禮物。石之崎先生訝異地回應「是嗎？」，揚起了他其中一邊的粗黑眉毛。

「順便一起教妳下酒菜的做法吧。柿種子米果之類的東西就放在那邊，只要適量放進盤子裡，就能端出去了。生菜沙拉的材料則是放在這臺冰箱。因為我們沒有特別決定什麼菜單，只要按照正常感覺去做，然後端出去就行了。沙拉醬在這邊。」

「這樣沒關係嗎？」

「沒關係呀。反正大家都是熟客了。啊，要記住百花最近會吃大量萵苣喔。這麼說來，百花，妳的肚子怎麼樣了？」

「咦？」

百花小姐的肩膀猛然一顫，表情困惑地望著媽媽桑。

「肚子……？」

「沒有啦，就是那個呀。」

媽媽桑也疑惑地重新再問一次。

「肚子餓了嗎？如果餓了，我再切萵苣給妳。」

百花小姐維持著同樣的表情，靜止了數秒。

「啊……沒關係。總覺得沒什麼食欲。」

是嗎？媽媽桑噘起了嘴，再次開始指導三梶惠各種注意事項。坐在旁邊的鈴香不斷扭動身體。

我不經意地看了過去，發現鈴香的視線一直聚焦在百花小姐的側臉上。隨後他的視線下移，看向吧枱桌。百花小姐的面前，放著幾乎不見減少的啤酒杯，以及難得沒有半根菸蒂的菸灰缸。

「百花，妳……」

才說到一半，鈴香便停了下來。

百花小姐朝我這裡望了一眼，轉開視線，然後立刻看向鈴香。隨後她揚起嘴角，露出笑容。

「我好像有了。」

咦？所有人不約而同地轉頭看去，百花小姐先露出一副畏懼這些視線的表情，接著又笑了。

「因為生理期沒來，所以昨天晚上試著用了驗孕棒檢查，結果是陽性反應。」

恭喜——不對，該怎麼說才好呢。為了懷孕而全心全意地吃著萵苣的她，如今終於成功懷孕，所以應該是值得恭喜的事情才對，但是一看到百花小姐臉上那個擺明了是裝出來的笑容，我們什麼話也說不出口。

「對象果然是那個嗎？店裡的那個人？」

媽媽桑問得曖昧，百花小姐則是屈起手指，一邊望著自己的指甲一邊回答。

「對，沖田先生。有妻小的四十四歲男人。哎，其實我也不知道那是不是真的。不管是名字或年齡，全都不確定。」

據說現在聯絡不上對方。

「我馬上傳了郵件通知我懷孕的事，可是沒有回信。打電話過去也沒有接，雖然之前約好了今天會來店裡，但最後還是沒有來。」

百花小姐從手提包裡拿一盒香菸，本想抽一根出來，但最終仍然決定放棄，直接甩在吧枱桌上。她抬起頭來，發現大家的的反應後揮了揮手。

「啊，抱歉。這完全不是什麼嚴重的事情，不要緊的。」

「什麼不嚴重，百花。」

「反正船到橋頭自然直，我一點也不在意啊。好了，媽媽桑，妳就繼續教小惠工作要領吧。」

她大概不想再聽到別人說什麼了吧，感覺她似乎話中帶刺。我們尷尬地轉開視線，各自喝起啤酒，搔抓頭頂，移動屁股，店內倏地靜了下來。

「嗯？」

我忽然發現一件事。

不對，正確來說並不是發現，只是某個模糊不清的東西在腦海深處浮現出來而已。而那個東西，可能是某個人的臉，也可能是語言或文字。我不斷在腦中操作著鍺二極體的鐵絲，探索那個東西的真正形貌。

「怎麼了，小恭？」

我沒有回應百花小姐的聲音，只是抬起頭來，望著眼前的輝美媽媽桑。望著站在她旁邊的三梶惠。三梶惠——MIKAJI KEI。名字真正的發音是MEGUMI。MIKAJI MEGUMI，MIKAJI MEGUMI，MI、KA、JI、ME、GU、MI——

「那個，我——」

我發現自己站了起來。

「我還有工作，必須回家處理一下。」

「怎麼啦，小恭？突然變得這麼熱衷工作？」

「不，沒有，就是這樣。不好意思，我先走了。」

腦海當中的那個東西還沒有成形。可是已經比剛才清晰不少。感覺只要伸手把它撈起，纏繞於四周的模糊物體順勢落下，這麼一來就能看見那個東西的真面目。即使在我思考途中，模糊物體也持續地消失。浮現在我腦海深處的東西越來越清晰。我把飲料費用放在吧枱上，聽著身後傳來的牛鈴聲響，用力按下電梯。一直停在四樓的電梯迅速開啟，我衝了進去，迅速按下一樓按鈕，隨後拿出手機撥打餅岡先生的電話。

「喔，怎麼了嗎？」

「不好意思，餅岡先生，這個時候打電話給你。請問你還在電台裡嗎？」

電梯抵達一樓，當我快步走出大樓玄關時，眼角餘光有個人影移動了一下。我只隱約感覺到那是個相當高大的人。然而當時的我，根本沒有往那個方向看去。對，我連看都沒有看。

「有件事情想麻煩你幫忙查一下。節目裡的——」

餅岡先生對我的要求感到相當訝異，但我只說了「之後再跟你解釋」便掛斷電話。才剛走出國際通，馬上看見路旁停著一輛計程車，所以我單手緊握手機，直接坐了進去。即便是告訴司機自家公寓所在地，隨著車子搖搖晃晃地踏上歸途的時候，我也始終沒有放開手機。

在我走進自家玄關的時候，餅岡先生回撥的電話正好響了起來。

我的預測，跟餅岡先生告訴我的內容，分毫不差。

五

『啊——哥哥，辛苦啦。我在想你是不是還活著，所以打電話過來確認一下。』

我一邊張著嘴巴坐在吊椅裡搖晃，一邊播放語音留言。

『自從朋生出生，我就完全沒辦法聽哥哥的廣播節目，所以在想你的身體狀況還好嗎？晚上嘛，我得讓朋生睡著，自己也會跟著睡，所以無論如何就是會錯過節目。啊，不過，因為每隔兩小時就要餵一次母奶，所以我其實可以從中間開始聽，只是怎麼說呢，就是沒那個力氣打開收音機啊。』

這種事情，我其實一點也不在意。因為這是第一個孩子。是第一次為人母啊。

『總覺得對親哥哥說出「母奶」這個字，真是不好意思呢。啊，朋生在哭了，先掛了喔。話說朋生這個名字，我還是有點叫不習慣。明明是自己的孩子，卻總是覺得難為情。』

播放結束，系統語音報出了錄音時的日期和時間。受到影響，我也跟著抬頭看向牆上的時鐘。凌晨三點半。距離我衝出「ｉｆ」回到家裡，已經過了一小時左右。三梶惠還沒有回來。多半打算在「ｉｆ」工作到第一班車發車吧。事到如今，我才發現自己完全不清楚詳細情形。她也可能會選個適當時機結束工作，然後站在吧枱內側，和大家一起玩鬧也說不定。

我想確認一件事，想親眼目睹一件物品。然而那必須進入妹妹房間，翻動三梶惠的行李。現在應該可以辦到。我想她應該還不會回來。但我實在沒有那個勇氣。就算我把翻動過的物品全部仔細放回去，小心消除被人移動的痕跡，仍然可能造成少許異常感。儘管我自己覺得這樣沒問題，但是身為物品所有人的她，還是有可能一看就覺得奇怪。這個家裡只有我跟她，所以我極有可能遭到懷疑。不對，犯人就是我啊。

要不要試著在紅色鉛筆捲上漆包線，讓自己先恢復冷靜？不對，我很冷靜。現在不需要紅色鉛筆。我單腳往地面一踢，讓吊椅轉動起來。抱著膝蓋坐在柔軟的網中，一邊旋轉一邊思考。思考，思考，再思考。最後吊椅的旋轉速度越來越慢，漸趨停止，等到完全停下來之後，便再次朝著反方向緩緩轉動。我嘆出一口氣，播放另一段語音留言。

『母奶。』

妹妹的聲音之後，可以聽到一陣偷笑聲，隨後結束。吊椅不斷地旋轉。房間內的光景從右至左不斷流逝。房門、衣櫃、牆壁、收音機、筆記型電腦、那本旅遊指南，房門、衣櫃、牆壁、收音機、筆記型電腦、那本旅遊指南——房門。

「好，決定了！」

我喊出聲音，鑽出網子站了起來。挺起胸膛，抬高下顎，彷彿軍隊行軍一般用力踢著正步，走向妹妹的房間。使勁推開房門，貼著英文字母的門牌隨之劇烈搖晃，發出吵雜的聲音。我重擊似地拍下電燈開關。天花板上的燈管閃爍了幾下，隨後大放光明。房間整理得很乾淨。她的巨大旅行包就放在床鋪旁邊。我想看到的東西應該就在裡面。

「我要打開了喔。」

我發出了像是說給自己聽的聲音，在旅行包前跪下，伸手捏住拉鍊頭。可是那隻手始終不動。不只是手，我全身上下都動彈不得。這就是鬼壓床的感覺嗎？

「我真的要打開了喔！」

我再次發出聲音，咬緊牙關，撐大鼻孔，緊閉眼睛，緩緩讓自己的手往側面移動。就這樣靜止不動數秒，然後才誠惶誠恐地睜開——眼睛根本沒睜開。連一條縫也沒有。

「不只是旅行包，眼睛也要打開！」

我發出比剛剛更大的聲音，猛地睜開雙眼，伸長脖子。眼前立刻出現看似內衣的物品。那個觸感柔細的淺綠色物品，想必不是上半身，而是下半身穿的——

「我不會看的！」

眼球一個轉動，朝向前方，讓旅行包勉強進入眼角餘光的下緣，藉此避免直視。不過這樣似乎有些不足，於是我改成了斜視，在完全看不清楚周圍景物的狀態下，兩手不斷在旅行包裡翻找。各種手感摸起來像是內衣的東西，全被我一件一件地拿出來放在旁邊。如果三梶惠在這個時候突然回來的話——

「我回來了——我說桐畑先生……咦？你為什麼翻我的旅行包？為什麼斜著眼睛，把我的內衣一件一件拿出來放在地上？」

要是她對我這麼說，我該怎麼辦？我暫時停下手來，保持著斜視的模樣側耳傾聽。沒有傳來任何動靜。為了以防萬一，我是不是應該把門鍊條鎖上比較好？不，與其前去鎖門，還不如趁這段時間盡快完成我的目的。對，這樣應該比較快。我依然面向前方，繼續從旅行包裡掏出可能是內衣的衣物。數量不少。遮擋下半身的衣物，遮擋上半身的衣物。光憑指尖觸感實在無法判斷，但種類似乎出乎意料地多。這件是在蕾絲上刺繡，多半繡了花朵之類的花紋。這邊這件，上面有塊布料非常細緻，到底是用來接觸哪一個身體部位呢？這麼細的話，包覆面積會很窄的。

啊——累死我了。這個聲音忽然出現，我就像隻聽見槍聲的兔子一樣，整個人彈了起來。

「坐上計程車之後突然覺得很不舒服……咦？」

在水泥地上脫掉鞋子的聲音。朝著走廊踏出一步的氣息。我宛如千手觀音般運作雙手，以超人的速度抓起內衣塞進包包，抓起內衣塞進包包，抓起內衣塞進包包。至於皺成一團的衣物，則是用肉眼無法捕捉的指尖動作迅速折好，然後抓起來塞進包包。

「什麼啊，原來你在這裡。」

正當我以媲美居合斬師父的超高速動作拉上拉鍊，順勢轉了半圈起身的時候，三梶惠的臉也正好出現在房間門口。

「你在做什麼？」

「……我嗎？」

「也沒有其他人了吧。」

「的確沒有呢。」

死定了我完全不知道現在到底該怎麼辦。

「沒有啦，我只是有點在意妳有沒有好好使用妹妹的房間，記得昨天進來的時候的確挺乾淨的，不過突然想要再確認一次。哎呀，其實這樣有點對不起惠小姐——」

「為什麼？」

「是？」

「你想進來就進來，這裡可是你家耶。」

是這樣嗎？

「我使用的時候也是很小心的，東西都有歸位，大可不必擔心。因為女人馬上就會發現自己不在的時候，出現了什麼樣的變化。」

是這樣嗎！

「所以我甚至會小心不讓床頭燈的方向改變。哎，不過，如果她說了什麼，你就隨便回答吧。例如打掃的時候不小心碰到之類的。如果這樣還是不接受，把我的事情說出來也沒關係。我會直接跟她談。」

儘管心裡想著這種事情絕對沒機會發生，但我仍然努力點了點頭。連同手中的紙袋，三梶惠整個人趴倒在床上，做了一個深呼吸。她已經恢復原本的牛仔褲加連帽外套的打扮，紙袋裡隱約可見她在「ｉｆ」穿的白色罩衫。

「雖然是和熟識的人聊天，但是站著工作果然很累人呢。也有可能是我太久沒有工作的關係。不過我真的沒想到會從媽媽桑那邊拿到賀禮。」

她就這樣趴在床上輕笑幾聲，翻著袋子，拿出那個眼熟的香水外盒，轉開瓶蓋，將鼻子湊過去聞了聞。隨後嘶地一聲朝著手腕一噴，再在另一隻手腕上摩擦了幾下。

「味道真好聞。」

「妳回來的真早。我還以為妳會待到第一班電車發車。」

我實在坐立難安，只能偷偷朝著門口橫向挪動。

「媽媽桑說今天第一天，所以讓我早點下班了。百花小姐搭計程車回去時，說可以順便載我一程，我就恭敬不如從命了。因為那個，大家都很擔心百花小姐的身體狀況，紛紛催她早點回家比較好。而且百花小姐現在也不能抽菸喝酒了，所以就乖乖回家。」

「百花小姐有說她之後的打算嗎？」

「她什麼也沒講。與其說是沒講，其實桐畑先生離開後，這個話題就再也沒出現了。總覺得是周圍的氣氛使然啊。」

三梶惠忽然扭著脖子看向我。

「工作結束了嗎？」

「工作？」

「你不是說你還有工作要處理？」

那件工作還沒結束。不過自己真的有辦法進行之後的後續嗎？我相當懷疑。翻動她的旅行包，確認那個東西。機會肯定是要多少有多少。畢竟我們住在同一個屋簷下。然而前提在於她沒有發現這次的行動。若是被發現，她一定會把自己的行李移到我無法觸及的地方，或是把一些不能讓我看到的東西藏到別處去。不對，在這之前，她絕對會大罵並威脅我一頓，然後直接用拳頭痛打我的心窩要害。這麼一來，我想我多半會再也鼓不起勇氣做出同樣的事。再者，我也無法確定我所預期的那個東西，到底有沒有放在她的旅行包。

「嗯，差不多了。」

「喔，是嗎？辛苦了。」

由於三梶惠把臉埋在雙手之下，安靜下來的關係，我也繼續橫向移動，準備離開房間。就在此時，她忽然「啊啊啊！」地大叫出聲，猛然坐了起來。我也跟著立刻擺出架式。

「怎麼了……？」

「我剛剛在這裡噴了香水。搞不好會留下味道啊。」

三梶惠把鼻子按在枕頭上，嗅著氣味。

「這下糟了……你妹妹可能會起疑。看來之後必須洗一下床單了。」

她邊說「我去洗掉手上的香水」邊跳下床，從我身旁經過，走進洗臉處。

「對了，我忘了告訴你。」

夾雜著水聲的說話聲傳來。

「明天又要召開作戰會議了，請多指教。」

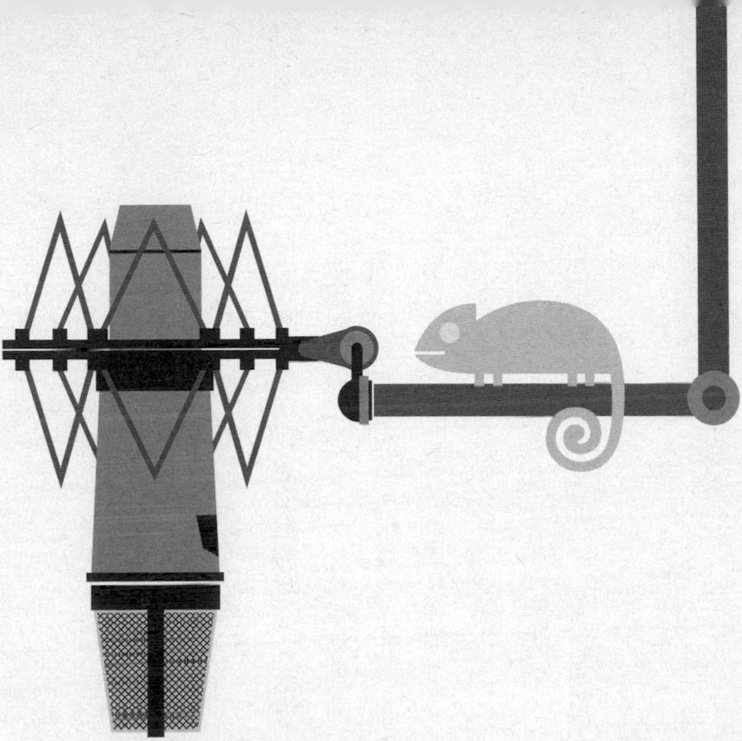

第五章

一

隔天節目結束後，我照舊前往「ｉｆ」。

今晚是三梶惠開始打工的第二天。她說過她會在店裡召開作戰會議，意思難道是她打算一邊支薪一邊這麼做嗎？我從國際通轉進昏暗的小巷，心裡思考著今後的事。昨天晚上已經想了一整晚，卻沒有做出任何結論，至今仍然想個不停。在昨晚那件事之後，我再也找不到機會翻找她的行李。也不知道她到底有沒有發現我的所作所為。

電梯升上四樓，我停下了正準備推門入內的手。然後悄悄將耳朵貼在門上。最近這一陣子，每一次入內都會發生某些狀況，所以這是防患於未然。我沒聽見任何動靜。至於說話聲……則是聽到了一點。他們可能正在討論應該如何嚇我吧。不對，肯定是這樣沒錯。證據就在於我聽見的聲音非常細小，感覺像極了正在討論不能被人聽見的話題。我看了看手錶確認時間。是我來得有點早嗎？要不要稍微等一下，讓大家討論出一個結論再進去呢？不過這樣做也實在相當可笑，所以我最後還是動手推了門。門把莫名有種黏膩感。鬆開右手一看，發現手指和掌心沾上了一些黑色的東西。試著聞了一下，感覺應該是油。為什麼門把上會有油？這可能有點危險。這次的陷阱，規模說不定會比以往更盛大。總不會在我進門的那一瞬間，從店內噴出大量的油吧？不，不對，應該是油壺。當我哼著歌走進店裡時，旁邊會拉著一條鋼琴線之類的東西，絆到腳的我，會一邊大叫一邊向前撲倒，而設置在線後的油壺就會朝著我的頭飛過來。真危險，有事先發現真是太好了。我鬆口氣似地輕拍胸口，同時小心預防著所有超乎自己想像的各種陷阱，緩緩地、緩緩地拉動店門，緩慢到連牛鈴都沒有因此發出聲響——

「嗯？」

什麼事也沒發生。

所有人都已聚集在店內。輝美媽媽桑、石之崎先生、百花小姐、鈴香、重松先生。一聽到我的「嗯？」站在櫃枱外側的他們立刻轉頭看來。

他們臉上都帶著緊張的表情，而且緊張程度非比尋常。這麼說來，三梶惠在哪裡呢？理當前來打工的她不見蹤影。

「小恭……你覺得我們該怎麼辦？」

媽媽桑這麼說，在櫃枱前一次排開的另外四人也明顯表現出等待我的回答的神情。看到我不知所以然地探出了頭，

「媽媽桑，小恭會不會還沒看郵件哪？」

石之崎先生如此說道。

「咦？啊，抱歉，節目結束後，我完全沒有看手機——」

我打算從背包裡拿出手機，不過媽媽桑表示「我現在直接講」打斷我的動作。她以動作示意我關門，隨後毫不拐彎抹角地說道。

「小惠被帶走了。」

媽媽桑臉上的表情，讓我知道她不是開玩笑的。

「咦？是被誰——」

「是那個叫做後藤的男人。」

那是不可能的。那種事情根本沒有機會發生。但我對自己的推測還沒有足夠的信心，無法出言否定。

「我從公寓出發前往電台的時候，小惠還好好地待在房間——」

「我知道。她是在這裡被人帶走的！」

配合著這裡二字，媽媽桑動手拍了吧枱兩下。

「她是和我獨處的時候被人帶走的。這大概是兩個小時之前的事了。我當時正在廚房裡清瓦斯爐，小惠則是在這邊擦亮玻璃杯。後來店門的牛鈴響了——」

反正一定是我們這些熟客之一，而且自己手上沾滿油漬，因此媽媽桑就繼續打掃著瓦斯爐。

「結果忽然傳來一連串倉促的腳步聲。是小惠的腳步聲，還有另一個非常沉重的腳步聲。」

根據媽媽桑所說，她還聽見了激烈的喘息和短促的喊叫。

「那是小惠的聲音。雖然沒聽清楚她說了什麼，不過有種非常急迫的感覺……不，說不定那根本連說話都不是……」

媽媽桑正準備往廚房外張望時，牛鈴聲再次傳了過來。那是粗魯開門的聲音。媽媽桑連忙撥開門簾，看向店內，但眼前空無一人，只看見店門緩緩關上。

「我趕緊跑到門邊開門，結果電梯門也正好關上。雖然只瞄到一眼，不過我看到了電梯裡面——」

裡面站著一個身穿作業服的高大男子。那個時候媽媽桑還不知道對方是誰。然而那張瞬間轉頭看向這裡的面孔，毫無疑問就是後藤。

「我絕不會看錯的。因為我不是在料亭裡，端了有毒的料理走進後藤的包廂嗎？那個時候有近距離看清他的長相。小惠就這樣緊緊靠在電梯裡面，看起來非常害怕。我真的是一團混亂，身體完全動不了——」

那樣是不行的。媽媽桑咬著嘴唇說道。

「回神之後，我馬上衝下樓梯。以最快速度衝到一樓，跑出大樓外，可是兩人都不見了。在那個時間點就已經不見蹤影，肯定是被塞進車裡帶走了。因為我想他們說不定躲在附近，或是被強押到什麼地方，所以在大樓周圍，還有垃圾收集處繞了好幾圈。不過都沒有看見他們。」

我說不定搞錯了。我的猜測說不定完全搞錯方向了。

「報警了嗎？」

媽媽桑搖頭。

「你看這個。」

媽媽桑拿起她放在吧枱桌上的手機，讓螢幕正對著我。螢幕上出現的是電子郵件畫面，寄件人是「小惠」。

「那孩子被帶走之後不到十分鐘，我就收到這封信。」

『對不起讓妳擔心了。

請不要聯絡警察之類的人。

拜託了。』

「妳有回信看看嗎？」

「當然有啊。我問她『沒事嗎？不報警真的沒關係嗎？』結果她只回了一個字『對』。」

「這是俺個人的想法啦，小恭。」

扠著一雙粗壯的手臂，彷彿將下巴藏進作業服衣領當中的石之崎先生開口。

「那個叫後藤的傢伙，是不是發現了那些事情都是小惠策劃進行的咧？就是小惠打算那個，呃，想要對方的命——」

「可是那些計畫不是認真的啊。」

我下意識地出言打斷，隨後得到了意料之中的回應。

「這件事，對方不可能知道的唄。」

確實沒錯。即使三梶惠不是認真的，對方卻不見得這麼認為。不對，同樣的事情接二連三地發生，照理來說大多數人應該都會覺得真的有人覬覦自己的命吧。從這棟大樓上方落下的水泥塊。於谷中靈園尾隨在後的黑道分子。差點撞死自己的卡車。離開隅田川畔的料亭後，從脖子注射至體內的毒藥。

「任何人都會覺得自己真的會被殺吧。」

重松先生緊咬著牙，而我再次望向手機螢幕。

「不過，如果她真的是被強行帶走，那這封郵件是怎麼回事？」

「一定是被迫寫下來的。真的相信這玩意而不報警，根本是腦子有問題。要是不快點在猶豫不決的時候採取行動……之後後悔也來不及了。」

「可是重松先生，石之崎先生的意見是——」

媽媽桑欲言又止，而石之崎先生一個點頭，接著說了下去。

「重松先生……俺覺得還是慎重行事比較好。再說她還有辦法像這樣發郵件過來。要是俺們一時衝動，造成無法挽回的狀況的話，將來才會真的後悔莫及。」

「那怎麼可能。」

「就是有可能，俺才說的。」

至此，兩人都不再說話，互相凝視著對方的眼睛。我們都知道，深埋在石之崎先生和重松先生心裡的事情是什麼。就是因為知道，所以一個字也說不出口。

「那個……可是話說回來，後藤為什麼知道盯上自己的人就是惠小姐呢？她一直沒有讓對方看見自己的長相吧。」

「我想他應該是看到小惠走進這棟大樓吧。」

鈴香緊盯著地板上某一點，平靜地說道。

「對方可能早就知道她的長相了。因為她以前是在後藤設計陷害的三梶房屋裡擔任行政人員啊。再說，她之所以利用我們執行那些計畫，我想也是因為自己的長相早就被對方知曉的關係。」

那的確有可能。

「你們想想，這裡不就是水泥塊的掉落地點嗎？在這種地方發現以前在三梶房屋工作的人，一定會覺得有所關連吧。因為之前在谷中靈園，她還特地讓小恭穿上了印有公司商標的員工外套，讓後藤知道三梶房屋的相關人士正在對他進行報復。以後藤的立場來看，多半會認為那個水泥塊就是三梶房屋的人為了殺害自己才丟下來的吧。更別說在大樓附近發現的相關人士還剛好是自殺老闆的女兒。至於小惠是老闆的女兒這件事，肯定是當初在三梶房屋進出的時候，從別人口中聽來的。」

「對了，昨天晚上——」

我想起來了。昨天晚上衝出大樓時，那個出現在視野角落的高大人影。

我說出這件事之後，所有人的表情立刻變得更加緊繃。

「那傢伙是在這裡埋伏了啊。打從他發現那個女娃開始。」

重松先生重重捶了吧枱一拳，彷彿想要直接插進桌子裡一般，不斷使力。

「他埋伏在樓下，就會看見恭太郎和石之崎進進出出。連輝美也會在這裡出入。」

三個人都是三梶惠的殺人計畫的主要成員。長相早就被看得清清楚楚。對方應該是把媽媽桑當成料亭的服務生，然而只要看到她在這裡出入，應該很容易就能看出那是假身分。畢竟都已經在這裡看到三梶惠的身影了——

「那傢伙八成以為這裡是根據地吧。一群要找他報復的人的根據地。」

聽見重松先生的話，所有人隨之點頭，百花小姐嘆著氣補上一句。

「哎，其實雖不中亦不遠矣啊。」

沒錯，我們實際上的確是在這裡集合，擬定著殺害目標的計畫。

「而他闖進來的時候，又湊巧只有小惠一個人在店裡……」

鈴香咬著指甲，媽媽桑抓亂了頭髮，發出歇斯底里的聲音。

「當初讓她在這裡工作時，我應該多考慮一點的！打從一開始就不應該讓她在這裡出入。我完全忘了那孩子曾在這裡丟下水泥塊啊。還有後藤也是，水泥塊掉下來的時候，他可能還沒聯想到自己被人盯上，可是後來在靈園差點被車撞，又在路邊被人注射毒藥，怎麼樣也都該發現了。至於回想起水泥塊意外，然後在這棟大樓附近刺探，也是非常理所當然啊。這應該可以輕鬆預料出來才對。而我們卻每天晚上在這裡集合，還讓那孩子自由進出，甚至在這裡打工。」

「事到如今才說這個，也沒有意義吧。」

百花小姐的聲音冷靜得嚇人。雖然很可能是刻意為之，不過確實有效，媽媽桑老老實實地不再說話，哀求似地望著她的臉。

「現在要做的不是後悔，而是思考。她被帶到哪裡去了？後藤想對她做什麼？首先呢，如果那封寄給媽媽桑的郵件真的是出自她的個人意志，那麼按兵不動才是正確的吧。如果是被後藤命令才寫的，那麼我們就必須馬上報警，對吧？」

那冷靜的口氣之下，相信百花小姐自己也知道剛剛那番話其實一點意義也沒有。這封郵件到底是不是出自三梶惠的個人意志所寫，我們根本無從確認。也無法光憑郵件內容判斷。

「有試著打電話給她嗎？」

我這麼一問，媽媽桑立刻點頭。

「打過好幾次了。」

「再打一次看看吧。」

儘管結果不值得期待，但媽媽桑還是回撥了三梶惠的手機。她屏住呼吸，皺著一對柳眉，聽了好幾聲撥號聲之後，默默地將話筒遞給了我。我把話筒壓在耳朵上，持續等待三梶惠的回應。嘟嘟嘟、嘟嘟嘟、嘟嘟嘟、嘟嘟嘟、嘟嘟嘟、嘟嘟嘟、啊。

「……」

接通了。

從我臉上發現這件事之後，所有人都擠了過來。

「那個，惠小姐？」

對方沒有回答。但是可以隱約聽見呼吸聲。

「那個，我——」

『你打錯電話了。』

嗶地一聲，通話戛然而止。那個低沉的聲音，毫無疑問就是在谷中靈園恫嚇我的聲音，也是在料亭隔著紙門傳來的聲音。我立刻對大家說明，又重新撥打好幾次，但對方再也沒有接起電話。

「非法傾倒業者……就是類似黑道的人，對吧？」

媽媽桑的低語不完全正確。別說類似黑道，其實非法傾倒業者大多是由真正的暴力組織或亞洲幫派組織而成的。根據過去讀過的週刊報導內容，好像還有負責處理人類遺體的非法傾倒業者存在。實在太可怕了。

「不知道那個人會怎麼對待小惠。畢竟對方深信那孩子想要自己的命啊。」

不光只是非法業者的人，連其他和非法傾倒相關的砂石車司機們，也都因為自己無以維生或亟需用錢而接觸了這種犯罪行為。當初在電視節目上看到的，非法傾倒現場的絕望氣息，我至今記憶猶新。

店內陷入了沉默。在這片沉默之中，我不斷思考。不，我應該是一邊站著不動，一邊凝視著內心深處，想找出付諸行動的勇氣。我的勇氣已經被埋藏了好一段時間，漫長到自己幾乎想不起來上一次發掘勇氣是在什麼時候。如同棄置在蔬果室裡的小黃瓜一般，已經在內心深處變得一片軟爛。我抓住那份軟爛的勇氣，小心翼翼地不讓它滑脫，一邊將力氣注入整個手掌，一邊謹慎地往外拉。確認內部還有尚未融化的蕊心，緩緩地、慎重地，一點一滴地朝著自己拉動。要是太過急躁，只會全盤皆輸。到時候不管再怎麼拚命，都會無法挽回。我很清楚這一點。必須擁有勇氣，必須把自己幾乎融化殆盡的勇氣牽引出來。還差一點，還差一點——

「有件事想拜託大家。」

我抬起頭來。

「請給我一點時間。」

所有人臉上都寫滿了問號，朝我看來。他們各自開口說著具體的疑問，但我光是維持自己軟爛的勇氣便焦頭爛額，一句話也聽不進去。

「要是發生了什麼事，我會馬上聯絡大家。請讓我單獨行動一下。」

背後有人發出了短促的喊聲，但我沒有回頭，轉身衝出店門。

二

一踏進公寓的玄關大門，我連鞋也沒脫，直接闖進妹妹房間。找到三梶惠放在床邊的旅行包後，我還沒感受到任何猶豫，就已經拉開整條拉鍊，在裡面東翻西找。色彩繽紛的內衣褲漫天飛舞，T恤掛在床邊，喇叭裙蓋在臉上。我把裙子抓起來丟到一旁，繼續翻找。裡面有一雙皮鞋。這應該是石之崎先生在谷中靈園穿的那一雙吧。這套純黑的西裝和太陽眼鏡，也都是當時用來變裝的穿著。那個東西到底在哪裡？到底放在哪裡？

「有了。」

我在旅行包最底下找到了那個眼熟的小袋子。拿出來往裡面一看，裡面放了一件灰色上衣。是我在谷中靈園被迫穿上的那一件。就是她說背後印著三梶房屋商標的那件上衣。然而實際上，我一次也不曾看見那個商標。穿上的時候，是她從背後協助我穿上的，脫下的時候，她也馬上捲成一團，塞進袋子裡。根據她的說明，目的是藉由我穿著這件衣服逃跑，促使後藤從後面追趕我——

我看了那件作業服的背後。

上面印的並不是三梶房屋的商標。這是什麼？三個橫向排列的綠色字母，實在沒什麼品味的商標。左邊是G，中間是C，右邊那個應該是S吧。GCS——這是什麼東西的縮寫？好像有印象又好像沒印象。不過現在沒有時間慢條斯理地回想了。我把衣服丟到一旁，再次埋首在旅行包之中。

沒有。沒有。沒有。

「找不到。」

那個東西果然找不到。

這裡沒有理當存在的那個東西。

我瞪著旁邊的上衣，迅速整理自己腦中的思緒。然而就在此時，剛才出現在眼中的光景忽然在腦中一閃而過。我衝進玄關，穿著鞋子踏過走廊的時候，似乎看見了什麼。感覺自己似乎注意到了什麼。

我立刻起身，一邊用腳下的皮鞋重重踩著地板，一邊離開房間，橫越客廳。來到我位在走廊旁邊的房間時，發現天花板的電燈雖然沒亮，但筆電螢幕卻在一片漆黑當中綻放著四方型的光芒。那正是異樣感的來源。不記得自己開過機的筆電，目前正在開機狀態。畫面上，氣泡狀的螢幕保護程式正在來回飄盪，氣泡後方則是電子郵件信箱的視窗。我屈身蹲下，移動滑鼠，使氣泡消失。一封已開啟的電子郵件就此出現。內文下方是一張彩色地圖。那是哪裡呢？地圖上的綠色範圍異常地多。確認郵件標題，手機電信公司的名稱後方多了「安心搜尋服務」這幾個字。收信時間大約是兩個半小時之前。比三梶惠被人帶走的時間稍晚一點。

「這是手機GPS定位……」

過去曾聽說過。有種服務是在手機遺失時透過GPS定位找出手機位置，並通知失主。我幾乎把整張臉貼在螢幕上，確認郵件內容。果然沒錯。委託人是「三梶惠小姐」，所以這應該就是通知她的手機所在位置的電子郵件。至於這封郵件為什麼會寄到我的信箱，而視窗為什麼會在畫面上保持開啟狀態，則是不得而知。可以確定的是，這封信是我目前擁有的唯一線索。我用焦急到有些僵硬的右手握住滑鼠，列印郵件。放在角落的古董級噴墨印表機開始動作。咻、咻、咻咻咻、咻、咻咻咻……紙張以緩慢到讓人心急的速度緩緩輸出。我實在等不下去，中途又跑回了妹妹的房間。先抓起三梶惠的旅行包，把自己扔在一旁的背包，還有背後印著「ＧＣＳ」的灰色上衣塞進去，然後再次回到自己的房間。東西還沒印好。我將衣櫥櫥門大開，搜尋任何可以拿來當成武器的東西。例如球棒，例如高爾夫球桿。但是卻連類似的物品都沒有。廚房裡的菜刀瞬間閃過腦海，但那是熱愛料理的母親的珍藏品，不可以用在這種用途上。我一邊發出無意義的聲音，一邊抓起雜物扔出去，抓起來、扔出去，這時眼前忽然出現了小學二年級時，父親買給自己，但自己一直置之不理的棒球手套。在我想出具體用途之前，手已經不由自主地把東西塞進旅行包裡。可能是想從不在人世的父親身上獲得力量也說不定。當我正打算確認身後的印表機進度時，旅行包底部撞上了白桃罐頭的空罐，放在裡面的大量紅色鉛筆頓時灑落一地。所有紅色鉛筆都纏滿了漆包線。這是我這個月以來大量製造的天線。——可能可以當成武器。我把它們全部收集起來，倒進旅行包。隨後一個轉身，從手工製收音機的放置架上隨手抓了一臺，當成護身符塞進包包，接著再衝到房間角落，把頭伸進垃圾桶裡。裡面丟了兩個紙盒。外側印著一對外國人男女的紙盒。我把紙盒塞進旅行包裡的時候，印表機的動作停了下來。抓起列印完成的Ａ４紙張後，我立刻奔出玄關。

我在杳無人跡的深夜到路上奔跑。電子郵件裡的地圖中心點，是在奧多摩附近的山中。三梶惠就在那裡。至少她的手機在那裡。然而沒有買車的我，只能靠計程車移動。當我全心全意地朝著可能攔得到計程車的大馬路方向衝刺時，忽然察覺到一件事。我身上沒有錢。雖然無法想像從這裡到奧多摩需要多少車資，但我知道一定遠遠超過自己身上的現金。至於信用卡，我身上頂多只有影音出租店的會員卡和各種集點卡。我有考慮過若無其事地上車，請司機載著自己出發，等抵達目的地再朝著駕駛座尖聲大叫，假裝自己是個危險人物，然後消失在山裡，不過這種行動實在太強人所難，於是我拿出了手機。

「喔……這次又有什麼事？」

餅岡先生接了電話，感覺似乎比昨天晚上不耐煩了一點。我沒打任何招呼，直接開口借錢，而他沉默幾秒之後，出聲回答。

「那要看你用在什麼地方啊。」

「是計程車費。我無論如何都必須用到。」

「啊？」

餅岡先生怪喊了一聲，隨後笑道。

「你連這點錢都沒有了嗎？那就借你吧，要多少？」

「我不太確定，可能需要十萬左右吧。」

驚訝的吼聲，讓手機喇叭發出了刺耳雜音。

「恭太郎，你是想去哪裡啊？」

「那個我不能說。」

電話另一頭的餅岡先生靜了下來。通話期間，我仍然拚了命地在夜路上奔跑。手機按在耳邊，眼睛緊盯著前方大馬路。

「另外還有一件事要拜託你。我明天可能會讓節目首次開天窗也說不定。」

再過幾個小時，我可能就會躺在醫院裡。可能會被黑道打得遍體麟傷，全身捆滿繃帶，兩隻眼睛腫得像麵龜，口中不斷哀嚎。不對，能被送去醫院已經不錯了。那個地點看起來像是人煙罕至的山裡，也有可能被人剝個精光，倒在路邊等死。不對不對，連那個也很難判斷。搞不好明天我就不在了。就這麼從世界上消失也說不定。

「……是為了誰？」

雖然聽見了問題，卻沒有辦法回答。我自己也不知道。然而餅岡先生接著問出的第二個問題，將我內心深處的答案帶了出來。

「是為了自己嗎？」

是的。我如此回答。

「是為了某個人，不過同時也是為了我自己。」

「那你過來拿吧。」

餅岡先生毫不猶豫地說道。

「我手上的錢不太夠，不過電台裡還有幾個工作人員。會在你抵達之前準備好。」

我一邊發自內心地表示感謝之情，一邊來到大路上。止步不前的我面前，一輛輛超過最高限速的汽車從右至左飛馳而過。加裝了誇張霓虹燈飾的大型卡車，其沉重的引擎聲，讓我緊握手機的手不斷震動。

「餅岡先生，我還有最後一項請求。這真的是最後了。」

說完最後一項請求後，我切斷了通話。遠方一輛頂著黃色提燈的車子漸漸駛近。我一邊上上下下地狂跳，一邊揮手，於是計程車打起方向燈，緩緩減速，我立刻穿過大開的車門，滑進後座，將電台的所在位置告訴司機。

餅岡先生在大樓下方等候。他從牛仔褲口袋裡胡亂掏出了十張萬圓大鈔，推到我面前。待我接過之後，又從另一邊的口袋裡拿出音樂播放器。播放器裡應該灌了那首我拜託他幫忙找的曲子。

「你拿這種曲子——」

說到一半，餅岡先生用鼻子哼了一聲，不再繼續說下去。

「哎，我個人沒什麼興趣，所以還好。雖然不知道你想用在哪裡，不過千萬別忘了版權問題啊。」

餅岡先生在我的肩膀上拍了一下，力道比普通打招呼更重一點。他一語不發地走回大樓玄關。我在原地併攏腳跟，朝著餅岡先生的背影深深鞠了一個躬，隨後回到剛才請他稍等的計程車裡。

「麻煩你開到奧多摩附近。」

司機一副目瞪口呆的模樣回頭看來。

「我很急，所以請你盡可能地開快一點。這裡有地圖。」

「奧多摩是那個奧多摩？」

「是的。」

「有奧多摩湖的那個奧多摩？」

我高速地連連點頭，眼前這位髮色斑駁的司機立刻露出為難的表情，目光先朝著方向盤轉了一圈，隨後再次望了過來。

「這個嘛，因為距離很遠，我當然也是求之不得……不過客人啊，怎麼說呢，總覺得您有些不可告人的事情……讓人有點猶豫啊。」

憤怒與焦躁直衝上腦。我從口袋裡抓出十萬圓現金，在他眼前晃動，放聲大喊似地再三懇求。

「總之拜託你快點開去奧多摩！快去奧多摩！」

這樣的做法可能相當不妥，只見司機眼中出現畏懼之色，怯怯地來回望著我手裡的十萬圓和我的臉。

「算了！」

確定這樣下去肯定沒完沒了之後，我跳下了車。但是馬上想起司機開到電台的車資還沒有付，於是我驟然回頭，將一張皺巴巴的萬圓鈔票丟到司機身上。有生以來第一次的暴力行為，讓胸口一陣疼痛。我甩開那份痛楚，遠離計程車，為了尋找下一輛計程車而不斷左顧右盼。這時，道路盡頭開來一輛白色廂型車，它閃著方向燈，緩緩減速。也不知道車主到底想要做什麼，只見車身向右一偏，車子在馬路中間停了下來。後方疾駛而來的房車長按喇叭，緊急繞了過去。車流在這一瞬間停了下來，而廂型車趁隙重踩油門，猛然一個一百八十度甩尾，車子都快因此翻車。隨後嘰嘰地在我面前緊急煞車。

「上車！恭太郎。」

從副駕駛座探出頭來的人，是重松先生。

「你知道一些事情吧！快點上車。」

「俺們可是夥伴，別做這麼見外的事啦！」

在另一邊握著方向盤的人，是石之崎先生。後座的滑門忽然開啟，讓我同時看見了鈴香、輝美媽媽桑和百花小姐。坐在最靠近車門位置的鈴香伸出細長的手臂，抓住我的領口，用力把我拖進車子裡。

「哎呀，鈴香。你的力氣不小呢。」

「不要這樣說啦，媽媽桑。只是狗急跳牆而已。」

我以橫躺在地的姿勢，滾倒在三人腳下。當我在一陣混亂之中抬頭時，百花小姐立刻將雙腿膝蓋轉向旁邊。

「不要偷看人家的內褲啦。」

「我才沒看呢。」

因為眼鏡被撞飛了，所以看不清楚。我摸索著眼鏡，找到之後立刻戴上。車子在我還沒掌握狀況之前便向前行駛。整個身體差點滾進坐椅底下，而三人的鞋底成功地加以阻止。我一邊伸手按住差點又要掉落的眼鏡，一邊運用兩個膝蓋和雙手手肘，以高舉臀部的姿勢穩住身體。

「那個，這輛車是——」

這是一輛相當眼熟的廂型車。從座椅下方可以看到一部分掀背門，還有一臺同樣眼熟的、看似業務用吸塵器的機器。車內飄盪著某種刺鼻的氣味。我對這個味道也有印象。

「這是施工車，是俺的。」

石之崎先生的聲音隱藏在引擎聲之下。

「就是開去處理大樓內部的老鼠和蟑螂的施工車。」

是嗎？這個味道，就是偶爾會從石之崎先生的工作服上飄散出來的味道。

「俺們剛剛先去了小恭的公寓，結果正好看見小恭上了計程車。雖然馬上迴轉追車，但是途中便跟丟了。多虧媽媽桑提醒那個方向多半是前往電台。」

「你打算做些危險的事情對吧，小恭。」

媽媽桑的聲音溫柔異常，一點也不符合目前的狀況。

「看你的表情就知道了。不管你怎麼拜託我們不要插手，還是沒辦法放心。」

「畢竟我們一直受到小恭的照顧。」

百花小姐的聲音從頭頂上落下，臀部附近則有鈴香如此說。

「也讓我們有機會報恩吧。」

回想這一個月的點點滴滴，我覺得他們早就已經報過恩，可是卻說不出口，也開不了口。不知為何，我忽然無法直視他們的臉，只好在狹窄的空間當中扭轉上半身，撐起身子。右手放在駕駛座座椅上，左手抓住副駕駛座的椅背，雙腳半蹲，以臀部正對媽媽桑的動作撐住自己的身體。

「人生在世，該行動的時候就不能不動啊。」

副駕駛座上的重松先生輕聲說完，

「不過最要緊的還是慎重行事。」

駕駛座上的石之崎先生接著說道。

「所以啦，小恭。目的地在哪？」

三

「非法傾倒現場？」

車子開上首都高速公路，石之崎先生將油門踏板直踩到底。

「我是這麼認為的。因為這份地圖的中心點在山裡，附近什麼也沒有啊。可以想像得到的地方，也就只有非法傾倒現場了。雖然這沒有任何理由佐證，只是因為想不到其他地方，然而她要是真的被後藤帶走——」

或者是她自願前往該處的話，

「就表示那裡確實是山裡的非法傾倒現場吧。」

我朝著副駕駛座上的重松先生微微頷首。

「我不知道對方把惠小姐被帶到那裡去，到底打算做什麼。他可能想做某些危險的事，也可能只是單純有事才前往該處，反正這段期間惠小姐身邊並沒有人看守，所以可能真的只是把人帶過去而已也說不定。」

「總而言之，要是我們不盡快趕過去的話，事情就糟了。」

百花小姐低聲說完，隨後莫名其妙地朝著我半蹲在前座與後座中間的臀部狠狠拍了一下。

「小石，快點放手加速啊。」

「沒辦法啦，現在已經超載了，而且俺又帶著炸彈。」

「這跟痔瘡一點關係也沒有吧。」

「不不，踩油門的時候哪，屁股要是不這樣用力的話——」

他一定是勉強自己說出這番話的吧。我從旁看去，只見石之崎先生的臉頰彷彿土塊一般僵硬。石之崎先生擁有非常充分的理由畏懼這種突發行動。我們所有人都相當清楚這件事。然而我們卻像是事先約好似的，沒有任何人對石之崎先生說出半句擔憂之言，石之崎先生也持續表現出不在乎的模樣。

「不過小恭，為什麼小惠的手機所在地點，會寄到你公寓的電腦裡呢？」

聽到媽媽桑的問題，我順著自己高聳的臀部回頭看去。

「我不知道。不過離開『ｉｆ』之後，她確實曾經回到我的公寓。因為筆電電源開著，收信時間也是在她被帶走之後。」

「會不會是被人帶走的途中對後藤說了些什麼，博取他的信任之後才繞到公寓去了呢？雖然我猜那一定是在對方的監視之下進行，以防報警之類的。然後小惠趁對方沒注意的時候偷偷開機，把自己的所在位置寄給小恭——」

說到這裡，媽媽桑便注意到了。我和其他人也都注意到了。

「真奇怪。那個時候，小惠的所在位置當然是在小恭的公寓，電信公司不可能寄送奧多摩附近的地圖過來啊。」

「也有可能是其他人做的吧。」

重松先生緊盯著擋風玻璃。

「可能有人為了把那個小姑娘的所在地告訴恭太郎，所以闖進房間。」

「會是俺們的同伴嗎？」

若是，那麼那個人肯定擁有公寓的鑰匙。如果不是借用了三梶惠的備份鑰匙，就是有機會多打一副鑰匙的人。

「啊，可能是同伴，也可能是——」

短暫猶豫之後，重松先生接著說道。

「也可能是為了某些不為人知的理由，想把恭太郎叫進山裡的人。」

這個從未想過的可能，讓車內瞬間靜了下來。引擎當然還在運作，但那高亢的聲響反而更凸顯了沉默的存在。

「哎，俺覺得……直接正面衝突畢竟還是太危險了。」

「都到這個時候了，你還說這什麼話？」

「可是重松先生，這張地圖的中心點到底有什麼，俺們根本半點情報也沒有。雖然小恭說是非法傾倒現場，不過那也是推測唄。那裡可能只是沒有人煙的普通場所。也可能是把小恭叫過去，打算做些恐怖的事情也說不定。重松先生你想想看，後藤那傢伙可是覺得自己有生命危險。為了報復，就算要了對方的命也是很正常的。再說，如果那邊真的是非法傾倒現場，一定會出現大群大群的黑道唄。先前在電視上看到現場畫面的時候，小恭不是也這麼說過？」

「明明胖成這樣，說出來的話卻這麼膽小，死胖子。」

「這種事情不必強調兩次——」

「聽好了，你這大福團子。我們可是有六個人。就算後藤的目的真的是把恭太郎引誘過去，他也肯定認為恭太郎會獨自現身。雖然恭太郎本來真的打算一個人過去就是了。不過你看看，現在這裡有六個人。六個人，就是一個人的六倍。用棒球來比喻的話，就是用一支五十四人的隊伍發動攻勢啊。」

「是沒錯，不過對方說不定有六十個人哪？」

「就算真的有六十人，他們原本以為只要應付九人，實際上卻遇上了五十四個人——」

百花小姐啐了一口，打斷他們的對話。

「為這種事情爭執，根本沒有意義吧。總之動作快一點。小石，你早點做好覺悟吧。」

石之崎先生一語不發，打起方向燈變換車道，朝著收費站前進。柵欄升起，擋風玻璃前方出現一條筆直的高速公路。這是中央汽車快速道路。廂型車再次加速，直接切入主線道。一輛大型卡車從旁邊車道呼嘯而過。聽著地鳴，望著那個不斷遠去的四方型剪影，我忽然靈機一動。

「對了，無線電……」

我把自己扔在座椅後方的三梶惠的旅行包拉了過來，打開拉鍊。尋找我塞在裡面的背包，拉出了晶體耳機。看到這臺電線前端連接著鍺二極體、全世界最單純的收音機，媽媽桑、百花小姐和鈴香同時把頭探了過來。

「都這個時候了，你在做什麼啊，小恭。」

聽著百花小姐充滿不耐的聲音，我將二極體的前端湊到她的眼前，開始說明。

「之前電視節目的介紹說，那些砂石車在接近現場之前，都會把車頭大燈關掉。這是為了不讓警察或行政組織的巡邏車發現。可是現場在深山裡，山路當然不可能鋪上柏油，而且路寬又小，這麼一來勢必需要做出傾倒順序之類的詳細指令吧？再說要是巡邏車出現，也必須同時知會所有人。所以非法傾倒現場裡的砂石車司機，都會利用無線電保持聯繫。手機只能一對一，但無線電就可以讓所有車輛同時進行交談。還有，雖然只是我的想像，不過我猜他們應該會使用非法頻率，以避免遭人竊聽。」

「所以呢？」

「就用這個來接收。」

我把耳機塞進耳中，讓二極體前端接觸車門內側塗裝剝落的部位。震天引擎聲當中，開始傳出細微的聲音與音樂，我全神貫注地傾聽，並接著說道。

「這個收音機沒有所謂的頻道，所以可以接收到周圍所有電波。電波越強，聽得越清楚。因為非法頻率的輸出極強，若是在山裡，會比其他任何電台電波都強——」

「我懂了，就是竊聽敵人的交談內容，然後再依此擬定計畫，對吧！」

鈴香的聲音十分興奮，但我搖搖頭。

「不，我想應該沒辦法連內容都聽見吧。即使聽得見，也只會是隻字片語。搞不好連單詞都聽不清楚，只會聽到一些噪音，妨礙訊號接收也說不定。」

「結果沒用嘛。」

「不過，這可以用來掌握附近是否存在裝載了非法無線電的砂石車。一旦確認其存在，我們就能確定那裡到底是不是非法傾倒現場，也能一定程度地掌握砂石車是否就在附近。只要能掌握，我想應該就有可能避開他們前進。」

「想得很周到啊，恭太郎。」

重松先生的聲音裡隱含笑意。

四

下了中央汽車快速道路，重松先生戴起老花眼鏡確認道路地圖，而我則是一邊看著電子郵件的附件地圖，一邊指示路名。沿路上沒有人開口，也開不了口。緊張感高昂的程度非同小可，狀態宛如已經滿至玻璃杯表面的冰水，只要稍加刺激，隨時都會滿溢出來。為了指示方向，我不時會開口發出聲音，但是每一次開口，就讓我覺得自己胃裡的內容物或內臟本身馬上就要從嘴裡吐出來了。

「在這之後的路，就沒有……嘔……記載在地圖上了。」

我一邊強忍著嘔吐感一邊這麼說，重松先生隨即點了點頭，收好道路地圖。

「現在很有可能撞見砂石車，先把……嗯……大燈關了，然後慢慢上山比較好。」

車子開進山路，輪胎接觸地面的聲音開始改變，而山路也變得越來越窄。

「要是關燈，就什麼也看不見了吧。這裡可沒有路燈啊。」

「電視上的砂石車，嘔，大多都有人拿著手電筒在前方引導，或是單手伸出駕駛座車窗外，自己用手電筒照亮前方。我們也，唔嗯，這樣做吧。」

「你別吐在車上喔。喂，石之崎，有手電筒嗎？」

「有哪。」

石之崎先生從置物箱裡拿出一個相當詭異的機器。外型是長方形，感覺有點像收音機，上面也確實設有看似還臺用的裝置，不過仔細一看，才發現其中一頭確實是手電筒的形狀。

「這是避難用的。幸好之前有在手創館買來備用。」

「旁邊那個把手是做什麼的？難道這還能用來削鉛筆？」

「這是發電裝置。要旋轉把手才會發光哪。」

「我看看……嘿咻。」

重松先生開始旋轉把手，耳邊傳來嗡嗡嗡的馬達聲，燈泡開始發光。但是亮度不太亮，而且一旦停止旋轉，燈光就會像嘆息聲一般轉弱並消失。

「要是轉得夠久，其實可以充電。不過俺一直都沒使用，已經完全沒電了。」

「意思是我們現在必須不斷地轉它嗎？這麼一來就是靠體力決勝負了啊。石之崎，你在工作現場使用的手電筒不在這裡嗎？平常都是在三更半夜的大樓裡工作的吧。」

「後車廂是有一臺大的沒錯，不過那個非常亮喔。大概就跟點亮車頭燈差不多。」

「那就沒意義了啊。」

「欸，讓後面的煞車燈也一起暗下來會不會比較好啊？」

媽媽桑注意到這一點，於是石之崎先生暫時停車，走到車外。後車廂的掀背門打開，隨後關起，樹木的氣味趁隙飄了進來。回到車內的石之崎先生身上，也同樣有樹木的味道，讓我們更清楚地意識到自己確實處在人生地不熟的深山裡。

「俺用膠帶貼起來了。不過那本來是用來黏老鼠的，黏度非常高。這樣一來，要是把大燈關了——」

下一秒鐘，周圍頓時一片漆黑，黑到我以為自己無意識地閉上了眼睛。

黑暗中傳來一陣嗡嗡嗡的聲音，手電筒在副駕駛座上亮了起來。重松先生搖下車窗，將上半身探出去，一邊旋轉手電筒把手，一邊照亮前方的路。這微弱的光芒，彷彿讓這個伸手不見五指的地方變得更加黑暗。在這渺小的光源之中，石之崎先生輕踩油門，朝著沙礫和雜草黑影的前方緩緩移動。輪胎滾過地面的聲響似乎變得比剛才更清晰。車子慢慢走上山路。持續轉動手電筒把手的重松先生應該很累了，所以我提議接手，但重松先生說了句「你還是顧好自己的嘔吐吧！」便駁回我的提議。

「欸，可是亮度越來越暗了耶。」

百花小姐也想接手，但重松先生堅持「怎麼能把事情全丟給女人做」再次駁回。即使鈴香出面表示「我來吧」，他仍然賭氣似地持續轉動的手電筒把手。

就在我們如此登上斜坡約二十分鐘左右，石之崎先生忽然踩下了煞車。

「重松先生，關掉唄。」

「啊？」

「關掉手電筒，快點。你也看到前面有東西過來了唄？」

重松先生停手，所有人都凝視著擋風玻璃前方。怎麼回事呢？確實可以看見細微的燈光。彷彿星星一般輕微閃爍著——不對，那是被枝枒擋住的關係。和我們一樣點亮了小燈的某種東西，就在這條路的另一頭。我連忙從口袋裡掏出晶體耳機，把二極體前端按在車門的金屬部位上。停止呼吸，側耳傾聽。有少許人聲，其後還有某種擁有固定節奏的東西，這應該是音樂吧。又是人聲。聽不清楚說話內容。另一個應該是音樂的聲音疊了上來，輕微的聲音和節奏、旋律混合在一起，隨後忽然來了一個突兀的高音，彷彿擋下其他所有聲音一般，嘎嘎嘎嘎嘎嘎嗡嗡嗡嗡噫噫噫噫噫噫——

「是非法電波！」

前方的燈光朝著我們前進，而且這裡是單行道。根本無處可逃。現在像這樣倒車很危險，而且話說回來，到底要退到什麼地方才行？

「小石！左邊有條小路！」

百花小姐喊了起來，我們跟著轉頭看向車子左方，但是只能看見一片荒蕪的黑暗，完全看不見道路。

「就在那裡啊！快看！」

「在哪兒呀？」

「先倒車兩公尺半左右，然後方向盤往左打，往前前進！」

「可是俺什麼也看不見！」

「快點！」

石之崎先生打入倒車檔，讓車身在山路上倒退兩公尺半左右。前方的燈光變得比剛才更大、更清晰。我們所有人都睜大眼睛，緊盯著車身左側。等眼睛漸漸習慣黑暗之後，才發現那裡的確有條看似可以容納一輛汽車的小路。石之崎先生小心翼翼地左打方向盤，讓廂型車車頭一步步地擠進那條小路裡。我開始想像車身忽然晃動起來，就這麼宛如慢動作般緩緩傾斜，在我們發出尖叫之前，車子就已經翻了過去，隨著恐怖的震盪滾下山坡的光景。不過車子順利開進小路，前進幾公尺之後停了下來。耳機接收到的妨礙電波變得比剛才更強。越來越強烈。我們蜷縮在車子裡凝視後擋風玻璃，連呼吸都忘了。

一輛砂石車緩緩開了過來。

手電筒似乎是被固定在儀表板上，模模糊糊地照亮了前方。擋風玻璃內側反射著光線，隱約可見車內的狀況。駕駛座上坐著一個男人。不過長相看不清楚。

巨大的車體化為剪影，黑得非常顯眼。車斗上方之所以出現平坦的直線，應該是因為沒有裝載任何東西吧。肯定已經在某個地方卸貨了。我看向砂石車的車頭部位，發現上方有根觸角似的東西斜斜地凸了出來。那是無線電的接收天線。從大小來看，訊號肯定非常強烈。一眼就能看出他們正在使用非法電波。

「車牌上大概貼了木板或紙箱，看不見號碼。」

憑我的眼睛看不見的事物，百花小姐卻注意到了。

「視力真不錯哪，百花。」

等砂石車駛遠，車內凍結的氣氛應聲融解，石之崎先生一邊喘著大氣一邊這麼說。

「不管是旁邊的小路還是車牌，俺什麼都沒看見。」

「昨天晚上客人陪同我去上班的時候，我們晚餐吃了豬肝，還有國王菜沙拉。兩者都含有豐富的維他命A，對眼睛有益喔。」

我們全都笑了。只用氣音笑著。

「不過咧……這麼一來就可以確定了。」

聽見石之崎先生的低語，我們在黑暗當中點頭以對。

沒錯，這麼一來就不會有錯了。

「這條路的盡頭，就是非法傾倒現場。」

而且現在是深夜，可能正好是非法傾倒進行得如火如荼的時候。就像之前在電視上看到的一樣，一輛又一輛的砂石車，依序朝著一個巨坑舉起車斗，將一堆又一堆未經處理的廢棄物倒下去。肯定沒錯。他們現在一定正遵照著管理大型坑洞的處理業者的指令，繃緊神經，同時目光如炬地張望四周。

「別走剛剛那條路，直接沿著現在這條路前進，可能會比較好吧？」

無人反對。

「小恭，你繼續聽好那些電波。重松先生，麻煩點燈，」

嗡嗡嗡——重松先生再次把上半身探出車窗，轉動手電筒把手。石之崎先生輕踩油門，廂型車隨即以人類走路的速度，開始緩緩走在比剛才更加狹小的路上。我把晶體耳機塞進耳洞深處，閉上眼睛。肉眼警戒的工作則全部交給其他人。我的所有神經全部集中在右耳傳來的細小聲音上。是說話聲和節拍。間奏曲的零星節奏和弦樂器的聲音。車體一個搖晃，重心微微偏左，引擎聲也變得稍微大了點。大概是右轉之後開始爬坡了吧。——這時，一道強烈的電波陡然插進了耳機內的眾多雜音之中。這道足以覆蓋其他微弱聲音的強烈電波不斷靠近。然而在我把這件事情說出來之前，電波又漸漸遠去。可能有其他砂石車沿著先前那條路下山了吧。現在這條狹窄的上坡路似乎剛剛那條路兩兩平行，所以應該不會有錯。當我正在左思右想時，又有另一道妨礙電波接近，隨後遠離。

「方向似乎沒有錯。」

我把自己聽到的聲音告訴大家後，鈴香毫無抑揚頓挫地這麼說。

「我們真的筆直朝著傾倒現場前進呢。」

可是，之後該怎麼做才好呢？如果真的抵達了傾倒現場，我們的下一步是什麼？要大聲呼喊三梶惠的名字嗎？還是沒頭沒腦地在附近搜索呢？非法電波再次靠近，隨即消失。不久之後又出現了一次。等後者也漸漸遠離後，我突然發現耳機傳來的聲音出現了某種異狀。

「石之崎先生，請停下來。」

我伸手將右耳以及耳機一齊蓋住，手指插進左耳耳中，停止呼吸。是雜音。只有雜音，聲音和音樂都聽不見了。我把二極體接頭從車門上移開，改放在眼前的手煞車把手，沒有塗裝的部位上。還是只有雜音。再一次移開二極體，我鑽進座位底下，尋找裸露在外的金屬並與之接觸。果然也還是雜音。雖然也可能是電波無法傳到這裡，不過並非如此。如果只聽一個頻道，那麼這種事情的確經常發生，然而車子的行進速度明明如此緩慢，所有電台的電波卻同時抵達不了，這樣未免太奇怪了。

「這附近有妨礙電波。」

我說出自己的看法。

「什麼意思？」

媽媽桑勾著我的手臂，手有點發抖。很可能一直都沒有停下來過。

「我不知道。也可能只是有輛搭載無線電的砂石車停在某個地方也說不定。」

「是停在哪裡啊。」

「石之崎先生，可以稍微前進一點看看嗎？」

車子以匍匐前進般的速度緩慢向前移動。輪胎前端彈開小石子，輾過好幾根樹枝。雖然是一般人聽不出來的程度，不過耳機的雜音確實稍微變大了一點，所以我敢肯定自己說的沒錯。

「就在前面。」

石之崎先生再次停車。

「雖然不知道是不是砂石車，總之不斷發出非法電波的無線電就在前面。」

到底是只有一輛，還是很多輛呢？我無法透過雜音來判斷。

重松先生關上手電筒，車內車外瞬間漆黑一片。連自己的呼吸聲也清晰可聞。不知是誰扭動了身子，讓座椅內部的彈簧發出細小的聲響。所有人都屏著呼吸，等待別人發表意見。

「……欸，這個。」

語帶詫異地開口的人，是百花小姐。我睜大了相當習慣黑暗的眼睛看向她，發現她做出了看似伸長脖子的動作，不知道在做什麼。而她隨即高舉下巴，閉上雙眼。

「這個？」

「哪個？」

媽媽桑和鈴香各自東張西望起來。我也模仿著百花小姐的動作，伸長脖子，高舉下巴，閉上眼睛。結果——

「……香水？」

不知何處飄來了香水味。而且這個味道是——

「是媽媽桑送給那孩子的香水啊。」

對，是同一種味道。當初在房間裡時，的確聞過這個她擦在手腕上的味道。

「這就表示，小惠人在附近嗎？」

媽媽桑搖下百花小姐身旁的車窗。鈴香也準備跟進，不過他忽然停手，回過頭來。

「可是，這樣不是很奇怪嗎？如果小惠真的在這裡，那麼她的位置應該離我們非常近吧？」

駕駛座上的石之崎先生也開了車窗，伸出頭去朝四下張望。我也打開鈴香身旁的車窗，朝著外頭看去。

「……小惠？」

媽媽桑戰戰兢兢地輕喊一聲。沒有回應。

「人不在附近，但香味卻這麼濃啊。」

鈴香喃喃自語著。

「人在遠方，卻還是可以傳來這麼濃的香味，就表示可能灑了相當大量的香水。也可能是因為某些意外導致瓶子破了。不過不管怎麼樣——」

「只要循著香味尋找，就能接近那孩子的所在地，或是找到她曾經待過的地方。」

百花小姐接著補充。

「走吧。」

重松先生一句話，讓引擎應聲停止，所有人魚貫走出車外。

「車子可以放在這裡嗎？」

「應該沒關係吧。這條路無法行駛砂石車，被發現的可能性很低。不過隨身物品還是帶著走吧，畢竟不知道會發生什麼事情啊。」

山中的空氣比我想像中更冷冽，臉和手都像浸泡在冰水裡一樣刺痛。沒有颳風實在是萬幸。不是因為寒氣會因此獲得舒緩，而是因為這樣更容易尋找氣味來源。周圍三百六十度全是深不見底的黑暗。頭頂上似乎漂浮著一些白色的東西，應該是花。明明在不遠處，卻看不清真面目。

在暗夜的包圍下，我們不約而同地開始嗅了起來。

「到底在哪兒呀？」

「是這裡吧？」

石之崎先生和重松先生宛如動物一般彎下腰，媽媽桑和鈴香則是把臀部互靠在一起，各自尋找氣味來源。

「味道是從上面傳下來的吧？」

「不是下面嗎？」

「不對，在這裡。」

百花小姐說完，便鑽進了路旁的樹叢裡。

「不會錯。懷孕初期對氣味很敏感。」

我們跟在她身後，一邊踩踏著看不見的野草，一邊緊緊簇擁在一起，登上斜坡。

「百花，妳不會冷嗎？」

媽媽桑擔心著她的身體，石之崎先生也準備脫下自己身上的外套，這讓我想起一件事，於是開始翻找包包。擅自借用了三梶惠的旅行包，果然是正確的。

「不介意的話，就穿這個吧。」

我拉出那件印有GCS字樣的外套，遞了過去，百花小姐似乎不太情願，但還是穿了起來。隨後她再次領著大家登上斜坡。我們一個接一個地跟在她後面。同時在突出的枝葉之下護著臉，伸手扶住樹幹或粗樹枝以防跌倒。不斷前進的途中，香水的氣味也隨之變得越來越濃——的確有這樣的感覺。

「等等。」

媽媽桑不容分說地輕聲警告，拉住百花小姐的上衣。

「那裡有輛車。」

我朝著她所指的方向看去，在樹葉的遮掩下，的確可以看到一個有著汽車外型的物體。形狀跟我們開來的車子相似，而不是砂石車。應該是廂型車吧。整體小了一圈，所以應該是輕型車。

「跟現場狀況不太相配的車子哪。」

「你有資格說別人嗎？」

所有人一起凝視著那輛車。其周圍沒有任何會動的物體。

「那邊……完全沒人唄。」

石之崎先生一邊說話，一邊朝著斜坡跨出一步。我想阻止他，然而若是沒人採取行動，狀況只會僵持不下。石之崎先生緩緩接近車子。途中，他踩中一根樹枝，啪嚓一聲，迴盪在周圍的聲音大得有些驚人。石之崎先生彷彿像般靜止不動，維持同樣的動作數秒，隨後再次邁開步伐。最後終於走到汽車附近，只見他低下了頭，整個人幾乎趴在地上，繼續靠近。他在車子前方停下，左右張望確認周遭狀況。然後緩緩抬頭，隔著車窗觀察車內。

石之崎先生轉回我們的方向，舉起單手左右揮了幾下。看來應該是完全沒人的意思。我們放輕了腳步，朝著石之崎先生的所在地走去。

那果然是一輛輕型廂型車。顏色和石之崎先生的工程車一樣，都是白色。我看進駕駛座，毫無裝飾的車鑰匙仍然插在車上。百花小姐試著開門，車門立刻毫無阻力地開啟。車裡什麼也沒有。菸灰缸被滿出來的菸蒂卡住，蓋不起來，就這麼保持敞開。重松先生繞到副駕駛座旁，打開車門。他舉起手電筒，轉動把手，試圖照亮車內。不過嗡嗡嗡的聲音巨大得嚇人，連他自己也嚇了一跳，立刻停手。隨後他直接鑽進車內，打開置物箱摸索內部。不過裡面似乎沒什麼東西，只見他馬上關了回去。我繞到車尾進行觀察，心想車身外側說不定會有線索。後車廂位置沒有堆放任何東西——

「嗯？」

車廂門上，有撕去了某種東西的痕跡。我朝著車身兩側，還有滑門上看去，果然也有同樣的痕跡。就像是把公司商標或某種貼紙撕下來一般。蹲下身去確認車牌，看見了「千葉」二字。

「味道，大概是從，上面，傳過來的。」

百花小姐一邊在說話空檔當中嗅著空氣，一邊望著斜坡上方。

「走唄。」

石之崎先生低聲說著，離開車子。

「從現在開始禁止私語。」

我們再次開始爬坡。由於我們比剛才更加小心翼翼，移動速度慢得令人髮指。其他人的呼吸聲近在耳畔。就連我的鼻子，也能聞出香水味確實越來越濃郁。三梶惠就在這附近。或者是她曾經在這附近。

越往上爬，我們的行進步伐就變得越慎重。偶爾有人踩斷樹枝，發出聲音，所有人就會同時停下腳步，開始觀察周遭的動靜。不可以發出聲音。必須連呼吸聲都壓到最低——

「臭死了！」

我們嚇得跳了起來。

這當然只是一種修辭方式，實際上我們只是全身一震，同時仰起了上半身，總之就是驚嚇到這個程度。

「臭死了！」

巨大的吼聲再次響起。這聲音實在非常不懷好意、非常粗魯凶狠，彷彿不必對他所說出的任何話語負責。是我從小到大最害怕的那種聲音。隨後傳進耳中的聲音，是以非常迅速的速度說著什麼什麼不是嗎！朝著對方抱怨般的內容。

「是小惠哪——」

沒錯，那很明顯是三梶惠的聲音。

聽得到聲音，就能確定她現在平安無事。然而現在安心還太早了點。原因不是因為我們尚未掌握狀況，而是因為她的聲音當中透出一股逞強。儘管向對方抗議，但她很明顯地相當害怕。相當恐懼。那到底是為了什麼？是為了誰？我們趕緊朝著聲音方向前進。交談的聲音隱約傳了過來。有剛剛那個男人的聲音，三梶惠的聲音，最後還有一個。

「後藤那個混蛋也在啊。」

重松先生輕輕啐了一口。

談話內容聽不清楚，不過三人確實正在交談。位置應該就在我們正在攀爬的這道斜坡前方不遠之處。

我抬頭望著前方。可以模模糊糊地看見樹木的輪廓和地面的凹凸。為什麼看得見呢？直到剛才為止，明明所有東西都還掩沒在黑暗之中啊。本以為會不會是太陽開始升起，但是距離黎明還有一段相當長的時間。另外，這股詭異的味道到底是什麼？有一股混濁的空氣，彷彿壓過了三梶惠的香水氣息，隨著微風從山坡上漂流下來。像是有東西腐爛——不對，應該是塑膠著火——不對不對，是燃燒木頭——我不知道。總之那是我從來沒有聞過、令人非常不快、感覺對身體非常有害的一種味道。

我們攀爬的陡峭山坡逐漸趨緩，最後抵達平坦的地方。正對面是一處窪地，隨後是一片向下的斜坡。有兩輛砂石車正對著我們，車頭靠在一起，並排成V字形。其中一輛的車斗上放著大型照明器具，可聽見發電機的低沉運轉聲。周圍之所以這麼明亮，應該就是因為那個。照明器具照亮的位置，是一個巨大的坑洞，有兩輛砂石車正以車尾對準了它。那個坑洞的尺寸真的可以用巨大二字形容，裡面堆積著數量龐大的垃圾，彷彿炒菜似地攪和在一起，互相堆疊。每一樣材料都十分細小，看不出真實面貌。

「看來我們抵達傾倒現場了。」

百花小姐皺起了臉，用外套袖子摀住鼻子。

「後藤緊跟在小惠身邊哪。看來是為了不讓她逃走。」

三人的身影，就站在並排成V字型的砂石車中間。相信那才是為了不讓她逃走所做的準備。退路已經完全被坑洞阻斷，而砂石車車頭靠在一起，導致她就算想往前逃跑，也只剩下側著身體才能勉強通過的隙縫。然而為了警戒不讓對方從細縫逃走，一個身穿作業服的男人就擋在那裡。剛剛那兩聲「臭死了！」應該就是那個男人的聲音。男人不只身高不高，還有相當嚴重的駝背，同時也因為周圍景物的關係，背影讓人不由自主地聯想到猴子。

坑洞對面，也就是三梶惠一行人所在的位置正對面，有條道路沿著坑洞邊緣直達內部。道路頂端停著一臺小型怪手，那應該是為了讓坑洞裡的廢棄物平均分布才準備的吧。如果那條道路為十二點鐘，三梶惠一行人的所在位置為六點鐘方向的話，現在正好可以在三點鐘方向看見一輛砂石車朝著坑洞緩緩倒車。旁邊站著一個男人，正對著司機比手畫腳地做出指示。當砂石車車身靠近至巨大坑洞的邊緣時，刺耳的擠壓聲響起，車斗開始傾斜。大量物品彷彿嘔吐似地傾瀉而下，和其他廢棄物混合在一起。雖然不知道他們到底丟了什麼東西下去，不過氣流因此遭到打亂，衝入鼻孔的氣味猛然濃烈起來。

「……才對吧！」

被燈光打亮了側臉的三梶惠說了些什麼。對象是那個站在她前方的駝背男人。男人以低啞的聲音回應，但是聽不見內容。三梶惠大概還穿著剛才離開「ｉｆ」時的衣服，黑色緊身裙和白色罩衫，在周圍的景物當中顯得格外刺眼。

「小恭，我們該怎麼辦？」

鈴香的聲音，彷彿凍僵似地不斷發抖。

「再不快點過去救她，那孩子不知道會被如何對待啊。」

「沒事的。」

我的眼睛凝視著眼前的三梶惠，如此回答。

「怎麼會沒事呢！因為那個——啊！」

就在三梶惠朝著對方邁出一步的時候。對方有所警覺地擺出架式，然而那一瞬間，她忽然衝了出去，閃過男人身旁，試圖從砂石車車頭的中間穿過去。不過男人立刻回身，用雙手抓住了她的身體。兩人就這麼雙雙倒地。不只如此，近藤更朝著那裡衝刺過去，抓起了三梶惠的手腕——

「不妙！」

隨著這一聲呼喊，石之崎先生挺起身子，準備朝著三人衝過去，於是我使出所有的力氣，撲向他的雙腳。咚地一聲悶響，石之崎先生龐大的身體趴倒在地，就算說是墜落也不為過。沾滿泥土的臉猛然轉了過來。

「幹嘛阻止俺！」

「不是的。」

我用盡全力抓住他試圖再次奔跑的雙腿，同時進行說明。

「那個人不是後藤。不是的。」

「俺聽不懂你在講啥——」

視線轉回斜坡下方。至今我們一直稱之為後藤的男人，拉起了三梶惠的身體，隨後將她用力扯到自己的身後，彷彿保護她一般挺身而出。倒在地上的駝背男人也站了起來，口中唸唸有詞，朝著兩人緩緩逼近。

「如果那人不是後藤，那他是誰？」

面對石之崎先生的質問，我用最簡短的句子回答。

「是惠小姐的爸爸。」

他可能一直在等待駝背男子進入自己的攻擊範圍。當自己和對方的距離縮短成一公尺左右時，站得直挺挺的三梶惠的父親立刻伸出左手，抓住對方領口，然後揮出右拳。拳頭不偏不倚地擊中對方的臉，駝背男人連叫都叫不出來，直接被打飛，而三梶惠的父親抓住女兒的手，飛也似地鑽過對方身邊，穿過兩輛砂石車中間，朝著我們所在的斜坡直奔而上。

「喂，他們往這裡來了！」

重松先生大驚失色，在我和不斷接近的兩人之間來回互望。

「你說父親是什麼意思？恭太郎。她的父親不是已經死了嗎！」

現在沒有時間說明。三梶惠的父親毫無窒礙地衝上斜坡，最後來到我們一行人面前時，腳步立刻停了下來，瞪著我們看。在他身後的三梶惠也跟著止步，一看到我們，眼睛立刻睜得斗大。隨著一聲如同動物般的呻吟聲，父親作勢朝著我們這裡撲過來，不過三梶惠抓住了他的後背。

「不是的，爸爸！」

她聲音沙啞，兩眼含淚。白色罩衫上到處沾滿泥巴。

「他們都是我的朋友！」

父親轉過上半身，望著女兒的臉。再把身體轉回原樣，望著我們。接著再次回頭看向女兒。

「總之現在先逃吧！」

由於現場大多數人都不懂這是什麼狀況，所以現在只好由我作出指示。

「上車開下山吧！前因後果到時候再說！」

我朝山坡下瞥了一眼，發現駝背男人仍然倒在地上，雙手按著臉，正呼天搶地地哀嚎。其他身穿連身工作服的男人察覺有異，紛紛衝了過去。趴倒在地的駝背男人勉為其難地舉起一隻手，朝著我們這裡一指，發出喊聲。其他男人也不約而同地朝著這裡看來。

「大家快點上車！」

我抓起丟在一旁的旅行包，一馬當先地朝著林木之間的空隙直衝而下。一邊聽著其他人混亂的腳步聲緊跟在後，一邊伸手將前方擋路的樹葉撥開，突破層層枝椏的阻撓，筆直地朝著剛剛那輛白色的輕型廂型車前進。在我衝到車輛旁邊之前，父親追過了我，只見他先把三梶惠推進副駕駛座，隨後自己跳上了駕駛座。我打開滑門，其他所有人都衝進了車門口，父親見狀立刻瞪大了眼睛，回過頭來。

「喂，所有人都上車嗎？」

「這樣比較快。總之請快點發動引擎！」

「呃，你——」

父親近距離盯著我的臉看，似乎想說些什麼，不過他也發現現在沒有時間聊天，隨即轉動點火開關鑰匙，發動引擎。我讓後座椅背徹底倒下，跳進與收納區連成一體的後方空間，隨後剩下五人也跟著蜂擁而入。

「都坐上來了嗎？都上來了吧？」

我們已經擠到聲音都發不出來。父親假裝已經聽到了回答，便將排檔打入倒車檔，重踩油門。原本以為在這種宛如壓壽司的狀態下，不管車子晃動得多麼厲害，身體應該都不會移動，但我們也像是真正的壽司一般，同時朝著車內前方移動，全撞在一起。我用力推開石之崎先生緊緊貼在我臉上的臀部，用力喘了一口氣，但臀部馬上又塞住了我的鼻子和嘴巴。車子一邊劈哩啪啦地撞斷沿路上的樹叢，一邊在倒車狀態下急速迴轉。父親立刻換檔，再次採下油門，而我們仍然緊貼在一起，滾向後車廂位置。

「百花，護住妳的肚子！」

媽媽桑拚命喊出聲音。

「我知道！」

車子開始在凹凸不平的小路上急速向下奔馳。我做出了非常適合「啵」這個擬聲字的動作，硬是把頭探近某人和某人的身體之間，望著後擋風玻璃的後方。沒有出現手電筒或車頭燈緊追在後的狀況。我心想現在必須呼救，於是扭著身體拿出手機，但畫面上顯示著「無訊號」。

「請直接這麼下山，去找警察吧！」

「找警察做什麼！」

三梶惠的父親如此回應，讓我張口結舌起來。對，我們去找警察又能說什麼呢？頂多只能說出我們發現非法傾倒現場這件事。然而我們並不是正義使者，現在也不是為社會提供貢獻的時候。原本以為他們綁架三梶惠，但這只是誤會一場，她是追在父親之後，才自行前來這個地方的。現在的我們根本不算受害者。

「可是……反正不管怎麼樣，先下山就對了！」

「欸，這是怎麼回事啊，小惠？為什麼妳爸爸還活著呢？」

媽媽彷彿趴在副駕駛座的椅背上，如此發問。結果駕駛座上的父親立刻轉頭看向身旁的女兒。即使在黑夜之中，也能看出他的眉頭渾然不解似地皺在一起。我敢肯定他困惑的理由有二。首先是對方稱呼自己的女兒MEGUMI為KEI。其次就是別人似乎認為自己已經死了。三梶惠沒有回答。是無法回答。

「惠小姐，可以由我來解釋嗎？」

我一邊忍受著車體不斷反彈跳動，一邊發問。由於沒有得到回覆，所以我接著又說。

「如果我說的話有任何問題，妳可以幫我訂正嗎？」

這個問題也沒有回覆。我假設她已經答應，於是一邊在不斷晃動的黑暗當中穩住自己的身體，一邊對著大家開口。

「我們的那個……就是那個計畫的目標對象，其實是惠小姐的父親。至於真正的後藤，我想應該是父親剛剛動手毆打的男人吧。」

我努力調整音量與角度，盡可能地不讓坐在駕駛座上的父親聽到這番話，不過這件事情實在太困難了。

「至於為什麼惠小姐要讓我們做出這種事，應該是因為她擔心自己的爸爸吧。」

「我完全無法聽懂啊。」

重松先生以充滿壓迫感的聲音如此回答。我暗自想著我想也是，於是換了一種方式說明。

「惠小姐真正想做的事，並不是為了幫父親報復，而是阻止父親。三梶房屋因為非法傾倒業者的關係而被迫倒閉，我想這應該是真的。至於父親因此自殺這件事，則是她的謊言——啊，爸爸請你等一下，先聽我講完。」

我拚命運轉腦袋，顛三倒四地迅速說了下去。

「呃，惠小姐的爸爸，因為非法傾倒業者的關係失去了公司，於是決定報復對方。決定一個人挺身面對無良業者。我想應該是因為太過擔心，所以惠小姐才會作出那些事情吧。想讓爸爸相信對方盯上了自己的命，藉此阻止爸爸的計畫。她——」

我說出了自己的推論。儘管事先要求了若是有錯請訂正，但是這段期間，三梶惠連一句話也沒說。即使我提到自己翻動了她的旅行包，她也依然保持沉默。

我之所以會發現三梶惠口中的「後藤」其實是她的父親，是基於三個理由。首先是三梶惠這個名字，其次是她的旅行包裡並沒有父親的照片，最後則是她當初讓我在谷中靈園裡穿上的那件外套的商標。

三梶惠（KEI）的本名是三梶惠（MEGUMI），全用英文字母寫出來的話，就是MIKAJI MEGUMI——我總覺得自己似乎知道這個名字，不對，與其說是知道，更像是曾經聽過，又彷彿沒聽過的奇妙感覺。仔細不斷地回想之後，我便想起來了。電台節目上，有個不時寄送郵件過來的女性聽眾，筆名有點奇怪，叫作「IMUGE MIJAKIM」。三月中旬，我和三梶惠初次見面的那個晚上，我也正好在節目上念了她寄來的投稿。我還記得那個雨夜，自己在「if」和媽媽桑聊過那封郵件的內容。

——那個故事很有趣呢。叫做什麼來著？動物殺蟲劑？

——為了驅趕溫室裡的蟎蟲，所以拋撒那種蟎蟲的天敵蟎蟲。

——對對對，就是那個。那個在車子裡面丟蟎蟲的故事。還真的有人做得出這麼誇張的事呢。

因為裁員丟了工作，對公司懷恨在心的父親，每天都在計劃如何報復老闆，而她想盡辦法要阻止父親。但因為不管說什麼父親都聽不進去，最後只好在他的車子裡丟進一整瓶的蟎蟲，讓他全身紅腫臥病在床。那個故事，相信有一半是真，而另一半是假吧。實際上並不是「裁員」而是「倒閉」，報復的對象不是「老闆」而是「非法傾倒業者」。我記得之後在谷中靈園見到父親的時候，他不時會搔癢似地伸手抓脖子，表示在車上撒蟎蟲的部分並不是編造出來的。如果是她，的確有可能這麼做。

拜託餅岡先生調查投稿者的信箱地址時，確實和我記在手機裡的mi_ka_ji_da_yoyoyo_0403，也就是三梶惠的電子信箱相同。大概是透過智慧型手機投稿的吧。不管事實如何，如果父親真的已經自殺，正常來說都不可能寫出這種內容。

聽到IMUGE MIJAKIM這個名字，還讓我想起另一封投稿。那正好是我在節目當中提到輝美媽媽桑的過去，進而採用的聽眾投稿。因為父親在家裡貼了大量的星際大戰海報，還到處亂放鋼彈的公仔和塑膠模型，造成相當大的困擾，所以她才來信詢問。

——不過我原本就有聽所有的節目啊。

在「ｉｆ」提起媽媽桑的女兒時，三梶惠是這麼說的。

——令嬡的故事我也記得很清楚。因為那時候——

她那個時候忽然中斷了說到一半的話，不過我相信她多半正準備說出「因為那時候的聽眾投稿是自己寄去的」。然而當時的討論內容和父親相關，若是不小心引出父親的話題，事情就麻煩了，所以她才會含糊帶過。

話說回來，我對自己的推論是否正確，真的一點自信也沒有。所以才會偷偷翻找她的旅行包，進行確認。然而結果如何呢？不管怎麼找，都沒找到她父親的照片。才剛失去摯愛的親人不久，卻沒有把照片放在身邊，這樣實在不自然。而且就她來說，她應該是為了父親才立志報仇的。至少要有一張照片。不過，她同樣可以把照片放在手提包裡隨身攜帶。

然而當我在旅行包裡找到那件曾在谷中靈園穿過的外套時，我變得更加篤定自己的推論。當時，她說那件外套是三梶房屋的員工制服，不過後背印的卻是ＧＣＳ這個商標。我剛開始還猜不出到底是什麼名稱的縮寫，但最後總算想起來了。造成三梶房屋倒閉的非法傾倒業者，公司名稱叫做

「後藤清潔服務公司（Gotou Clean Service）」。此外，還有那個一看到身穿外套的我，便立刻面目猙獰地追過來的人。我還記得當初看到那雙眼睛時，心裡還想著三梶惠瞪著自己看的時候也是這副模樣。

如果父親還活著呢？如果三梶惠口中的「後藤」才是她的父親呢？試著這麼一想，我隨即發現所有事情都能用另一套說法加以說明。

例如三梶惠的殺人計畫當中的漏洞和不確實性。

——更重要的應該是她打算自己實踐計畫的這項事實唄。

我們是這麼解釋的。

——說什麼報仇、打倒敵人，就好像那個……像是某種故事，創造一個虛構的地方，然後試圖躲在裡面唄。

然而這個解釋是錯誤的。因為對方是自己的父親，所以不能真的殺害對方或是使之受傷。只是單純想讓他覺得自己被後藤身邊的人盯上而已。只要能讓他打消向後藤報復的念頭就好。

至於三梶惠第一次來到「ｉｆ」的那個晚上，石之崎先生在樓下遇見的神祕男子。

——一個超級高大的男人把傘扔掉，然後走過來瞪俺。

——是同一個人哪，那個男人和谷中靈園裡的人。

那個時候，應該是三梶惠把父親叫到大樓樓下的吧。我想她應該巧妙借用了後藤的名字。可能用了信件或電話，也有可能是正志提供協助。被叫到該處的父親，之所以會逼近湊巧出現的石之崎先生，則是因為對方穿著作業服，因此誤會石之崎先生是和後藤有關的人吧。

我們就是在這個時候，在「ｉｆ」聽見某個東西掉落地面的聲響。那是三梶惠在外圍逃生梯丟下水泥塊的聲音。然而雨勢造成她一時手滑，計畫從此完全被打亂。原本的計畫是把水泥塊丟在稍微有點距離的地方，不過失手滑落的水泥塊卻不偏不倚地擊中父親的雨傘。三梶惠說她那一瞬間怕得不敢看，相信應該是實情。只不過對象不是後藤而是父親，兩者之間有著巨大的差異。因為她以為自己失手殺了父親，所以那天才會如此恍惚地走進「ｉｆ」。只不過，當時真正直接擊中的東西，大概只有雨傘而已。當父親看見身穿作業服的石之崎先生，不顧一切地丟下雨傘衝過去的時候，三梶惠正巧拿著水泥塊，從外圍逃生梯往下看。而水泥塊就這麼不小心掉了下去。一到晚上，那條小巷就會變得異常昏暗。從上往下看時，初夏時期就只有杜鵑花的色彩隱約可見。所以三梶惠向下張望時，大概也在一片漆黑當中看見了雨傘的花色吧。

到了隔天，我和鈴香一起進行了那個愚不可及的雙口相聲作戰。都因為如此，我們所有人都被迫協助她的計畫。那時，她說出了自己的名字，但發音不是三梶MEGUMI，而是三梶KEI，此外也不讓我以姓氏稱呼她，而是直接叫名字。相信這都是為了避免在計畫進行途中不小心讓父親聽見三梶或MEGUMI等名字，才事先設計好的。

後來，我們就被捲進了三梶惠的計畫裡。

她和我們一起研擬著作戰計畫。不過一開始的「水泥塊掉落計畫」實在太讓人膽顫心驚，所以她想了一個比之前更安全的方法。那就是谷中靈園內的「黑道分子跟蹤計畫」。先用某種方法讓父親前往該處，並安排假扮成凶神惡煞的石之崎先生進行跟蹤，最後再讓他親眼目擊身穿ＧＣＳ外套的我，藉此讓他對後藤的存在存疑。

但這個計畫同樣也發生了意料之外的狀況。本來只是稍作威脅，都是因為我衝出了靈園之外，導致父親差點被卡車輾過。

所以她才會那麼地驚慌失措。想當初她抓著我的袖子，把我拉進公共廁所裡的時候，她的雙眼圓睜，全身都在劇烈發抖。

那輛差點輾過父親的卡車，肯定只是偶然經過而已。但她後來卻說那是三梶房屋的卡車，藉此補強自己的謊言。

「那個時候突然衝過來的卡車，我不知道那是什麼卡車，不過惠小姐認識那輛卡車嗎？呀哈哈，好像一直在講卡車卡車的，真是奇怪呢。」

一定是因為我送了這種內容的郵件給她。因為這封郵件，讓她知道我沒有看見車身上的商標。

然而第二次作戰結束後，父親仍然沒有放棄復仇的意思。所以她只好無奈地進行第三次計畫。也就是那個「有毒貝肉料理與小鋼珠作戰」。危險程度之所以比前兩次降低許多，多半是因為受夠了意外事故的關係。那種貝類身上的貝油，的確含有四級胺這種毒素，不過從來沒有任何人因為吃了這種毒素而死。

在料亭執行計畫的途中，我曾經感受到一次異樣感。就是鈴香負責拖延時間的那位服務生，比想像中更早返回包廂的時候。

——要我出去再問一次洗手間的地點嗎？

——不行。

——那麼就由惠小姐……

——我更不能那樣做。

奇怪的地方在於為什麼她「更不能那樣做」。直到現在，才覺得她的回答理所當然。要是她離開包廂，在走廊撞見她父親的話，馬上會東窗事發。

至於三梶惠用我家的直尺寫了「恐嚇信」這件事，我想應該是真的。

「這次的毒藥非常少，你大可放心。不過下次就會注射更猛烈的毒藥進去，好好覺悟吧。我想你應該知道，要是去了醫院，很有可能會引來警察。那樣反而會造成你自己的麻煩。」

只不過這封信的收件人不是後藤，而是她的父親。

接二連三地察覺真相後，各種不合理馬上就說得通了。她第一次對我提起父親的事時，我理當放在枕頭旁邊的眼鏡被她拿走了。那多半是為了預防被我看出臉上神情的破綻吧。在「ｉｆ」敘述父親自殺以及「後藤」的事時，她也同樣一直低頭緊盯啤酒杯，不讓我們看見她的表情。那可能是相當厲害的手法也說不定。畢竟我比所有人都了解，如果只能聽見聲音，就有辦法撒出漫天大謊。而她對於這一點也相當了解。特別是在親眼見到長期收聽的電台節目主持人桐畑恭太郎的真實容貌之後。

「可是……即使如此，當我知道惠小姐行蹤成謎的時候，信心還是有點動搖了。」

黑暗中，我任由身體隨著持續不斷的顛簸搖盪，同時說出真心話。

「如果自己的推論是錯的，那該怎麼辦？如果惠小姐說的全是事實，那該怎麼辦？如果真的是被後藤帶走的話，那該怎麼辦？之類的。」

所以我才會追在她身後。

「留在電腦畫面上的地圖中心點，不管怎麼看都是非法傾倒現場的所在地，所以我心想必須趕緊行動才行。因為真的被後藤帶走的可能性變高了，而惠小姐的爸爸不顧一切地採取行動，導致惠小姐不得不出面阻止的可能性也很高。後來在山裡看到這輛車的車牌時，後者的可能性立刻提高不少。因為是千葉縣的車牌。而惠小姐曾經告訴過我，三梶房屋的公司地址在千葉縣。」

後車廂門和車身兩邊，有剝除某種東西的痕跡。我猜這幾個地方過去一定貼著三梶房屋的商標。可能是公司倒閉時，或是開車前來這裡的時候，由父親動手撕下來的。

「我的推論只到這裡。之後就不清楚了。」

實際上又是如何呢？果然是父親單槍匹馬地闖入這座山，而三梶惠追著父親過來嗎？

「欸，把窗戶打開啦。味道實在太刺鼻，快忍不住了。」

聽到百花小姐這句話，我才赫然發現車內充斥著香水味。才剛發現，便立刻感受到那味道已經足以讓人嘔吐，所以駕駛座、副駕駛座，以及後座兩側的車窗接連被我們打開。冰涼的夜風，隨著風聲一同流入車內，將香水味一口氣吹散。雖然沒有完全消失，不過氣味來源就在車內，所以這也是無可奈何。我一邊大口呼吸，一邊看向窗外。窗外太暗，讓我無法確定，不過這條路似乎跟我們上山時的路不一樣。

「不過小惠，真虧得你想到香水這個方法。」

媽媽桑一邊任由頭髮在風中飄揚，一邊探頭看向副駕駛座。對一個長期說謊卻被揭穿的人來說，她用了十分顧及對方心情的聲音開口說話。

「如果沒有那股味道，我們可能沒辦法這麼快找到小惠啊。」

隔了數秒鐘後，三梶惠點頭。

「如果你們願意過來救我，我想應該就會注意到這個味道，所以我把瓶裡的香水全部灑在頭上了。明明是媽媽桑難得送給我的香水……真的很抱歉。」

自從上車以來，這是第一次聽見她的聲音。

「這點小事不必在意。聽小恭剛剛說的那番話，小惠，妳是追著父親到這裡來的嗎？」

「是的。其實爸爸似乎已經注意到，最近在他身邊發生的種種怪事，大概都是出自我的手。而且也隱約知道我的目的是什麼。」

哼。駕駛座方向傳來一聲短促的氣音。

「我可不是白當某人的父親二十幾年啊。」

「不過，就算爸爸打電話逼問，我也一直堅持『我不知道』，再加上我沒有回家，所以也無從確認。另外我也和正志先生——他是我的交往對象，之前曾在三梶房屋工作。我也和他說好，要他堅持沒有跟我聯絡。」

哎？重松先生立刻回頭看向我。他可能以為我不知道三梶惠有男朋友。不過太天真了。我不只是知道，而且連他們的接吻畫面都看過了。

「所以爸爸開始在他遇上怪事的地方徘徊，想把我找出來。找出來，然後仔細問清楚。例如谷中靈園，還有『ｉｆ』的大樓樓下——」

「所以才發現妳在那棟大樓出入，對吧。」

原來如此。我恍然大悟似地做出反應，隨後回答的人是坐在駕駛座上的父親。

「我看見的人是你。」

「咦？」

「那次是在半夜吧，我看到你從那棟大樓走出來。我馬上想到那是在谷中靈園裡穿著後藤公司外套的人。本想把你抓起來逼問，不過你一邊跟人講電話一邊跑著跳上計程車，所以才作罷。」

那是我打電話拜託餅岡先生調查IMUGE MIJAKIM這位聽眾的電子信箱地址的時候。當時在昏暗小路裡看見的高大人影，原來就是三梶惠的父親嗎？

「所以第二天晚上，我繼續待在那棟大樓樓下進行監視。打算從你口中打聽一些消息。因為我無法判斷你是跟女兒聯手對我惡作劇，還是真的跟後藤有什麼關係。不過就在我站在樓下等你的時候──」

「我先到了。為了過來打工。」

三梶惠嘆了一口氣。媽媽桑輕輕摸著她的肩膀，為她打氣。

「看到電梯停在四樓，爸爸就追上來了。」

父親走進「if」的時候，媽媽桑還在廚房清理瓦斯爐，所以沒發現。三梶惠雖然大吃一驚，但還是必須盡快讓父親離開這家店，不然事情就麻煩了。所以她摀住父親的嘴，拉著他的手臂走出店外，隨後進了電梯。

「所以我才會聽到那麼慌亂的腳步聲啊。」

媽媽桑幾乎是不勝懷念似地瞇起眼睛，三梶惠縮起肩膀，整個人小了一圈。

「離開大樓後，我直接坐上爸爸的車──也就是這輛車，總之不管三七二十一先拜託爸爸駛離這裡。然後我們在遠方的自助停車場停車，說了很多事。因為幾乎全部都被揭穿了，所以我也老實坦承。我希望爸爸別在找後藤報復，所以從大樓樓上丟下水泥塊，還在谷中靈園和料亭做出那些事。」

「可是卻沒告訴我，我已經被當成死人了啊。」

我以為三梶惠會反駁些什麼，但她只是默默地低下了頭。這時，百花小姐彷彿落井下石一般，口中說著「我說妳啊——」同時用高跟鞋鞋跟踢了副駕駛座的椅背。

「到底是為了什麼才離家出走的啊？應該有地方住吧？畢竟妳爸明明活得好好的呀。」

百花小姐故意揚起下巴，百般挖苦似地說出活得好好的那個「活」字。

「有。雖然那棟房子已經預定出售……但還沒有找到買主。不過爸爸叫我滾出那個家。當他為了報復後藤，到處明察暗訪的時候，車上忽然出現大量蟎蟲，郵筒裡也開始出現恐嚇信，信上寫著『如果繼續搞這些多餘的小動作，連你的女兒也會有事』之類的內容——」

短暫沉默之後，她接著說道。

「哎，雖然蟎蟲和恐嚇信其實也都是我做的就是了。」

駕駛座上的父親哼了一聲。

原來如此，原來父親一開始也上了她的當嗎？或者是明知道這些都是女兒幹的好事，但還是無法忽略可能是真的的可能性？就像我發現她失去蹤影的時候一樣坐立難安。

「最後我終究無法承認那些事情是我做的，就這麼離家出走。那其實是個好機會。如果沒有發生這件事，我想我大概永遠沒辦法獨立。因為我知道自己一直都是公司老闆的女兒，即使公司倒閉，心裡還是覺得總有辦法繼續生活下去。我騙爸爸說，我找到了附設員工宿舍的工作，然後住在便宜商務旅館裡，一點一滴地花掉我的存款。」

三梶惠的聲音越變越小，媽媽桑輕輕撫摸著她的後背，表示鼓勵之意。

「然後呢？在自助停車場和父親聊過之後，發生什麼事？」

三梶惠微微抬頭望了媽媽桑一眼，隨後再次垂下頸子，繼續說道。

「爸爸說他等一下要去解決後藤。因為他掌握到後藤委託穴屋開挖新的非法傾倒現場的所在地，所以要偷偷潛進去。」

「抱著擊潰對方的決心啊！」

父親像是在表現自己有多麼認真，用力朝著方向盤搥了一拳。

「我打算痛扁後藤那個渾蛋一頓，直到他站不起來，讓他好好明白他惹錯了人。都因為女兒突然闖進來，最後還是沒能完成這件事。哎，至少有打到一拳就是了。你們剛才有看到嗎？那傢伙被我打飛了吧。像這樣一邊慘叫一邊飛出去。」

父親鬆開方向盤，兩手高舉，嘴巴一開一合地叫著。

「潛入犯罪現場，毆打後藤之後，你打算怎麼做？」

三梶惠瞪著父親。她的眼裡滿是淚水。

「爸爸根本什麼也沒想吧。要是真的來了傾倒現場，照理說應該都會預想到對方人多勢眾才對啊。」

「哈，誰會去想之後的事情啊。總之我就是想把那個混帳打趴在地。徹底痛扁他，讓他為了招惹到我這個男人而後悔莫及。」

「實在太蠢了。」

「蠢也沒關係。這就是我的生存方式。」

「喂，先讓我們把話聽完好嗎！」

至今一直保持沉默的重松先生魄力十足地吼了一聲。父親悄悄回頭望了重松先生一眼，隨後滿臉疑惑地看向女兒，像是在詢問「這也是妳的朋友？」三梶惠假裝沒看見他臉上的表情，繼續說了下去。

「爸爸硬是讓我在附近的車站下了車。嘴裡說著我現在就要潛入後藤的地盤。雖然想問出地點，但爸爸一直不願告訴我……所以我靈機一動，趁著下車時，把自己的手機調成靜音模式，扔到副駕駛座底下。因為我有申請手機遺失時的協尋服務。」

「好厲害啊，小惠。」

媽媽桑就像是自己的女兒表現亮眼一般開心。聽見她的聲音，三梶惠有點自豪地露出微笑。

「接著，我回到桐畑先生的公寓，去信詢問手機的所在位置。至於回信位址，則是重新設定成桐畑先生名片上的電子郵件信箱。」

所以才會寄到我的筆電嗎？

「第一次詢問時，我知道了手機正朝著西邊方向移動。第二次再問，就送來了這附近的山區地圖。而第三次和第四次都無法搜索。我想應該是因為手機收不到訊號了。不過第二次送來的地圖，行進方向就只有一條道路，所以我猜爸爸一定打算前往這座山的深處。」

三梶惠印出地圖，離開公寓。在便利商店領錢之後，隨即跳上計程車。

「計程車只願意開到這座山的山腳下。所以我是徒步走上來的。不對，與其說是走上來，其實應該是用跑的。」

「妳明明可以在這之前先聯絡我們，老實說出發生什麼事情啊。」

我忍不住脫口說出這句話。

「只要開口說妳需要幫忙，我們隨時都願意提供協助啊。」

她縮起下巴，重重垂下頭去，就這樣面朝下地回答。

「我覺得八成沒辦法。」

「什麼事情沒辦法？」

「因為我從第一次見面時開始，就一直對桐畑先生和大家撒謊。要是真的拜託你們幫忙，就表示我必須老實公開所有事情吧？要解釋所有的謊言。可是，總覺得謊言實在太多……全都是假的。如果說出來的話，我怕大家會不會再也不願意相信我……害怕會不會再也沒有人願意認真看待我所說的話。」

車內再次寂靜無聲，但百花小姐說了一句多餘的話。

「總覺得好像聽過類似的故事。」

三梶惠原本低垂的頭頓時變得更低，甚至隱約傳來了啜泣的聲音，我坐立難安起來，於是用力拍了一下雙手。

「對對對，電話。」

三梶惠的臉反問似地微微朝我看來。

「我們有在『ｉｆ』裡打電話到惠小姐的手機去喔。欸，有打過對吧？是嗎，就是因為這樣，當時才會是令尊接的電話。因為惠小姐的電話在這輛車上啊。」

「喔喔，我當時差點和砂石車正面對上，於是回頭尋找回去的道路，浪費我不少時間。這時副駕駛座底下開始發光，彎下腰去一看，發現是支手機。正想把那些亮晶晶的東西關掉時，不小心接了電話。不過我以為那是打錯電話的。」

那個時候，我在手機裡說了：

——那個，惠（KEI）小姐？

應該都是因為我這樣發音的關係吧。

「然後妳一爬上山，就發現妳爸在場對吧。」

石之崎先生平靜地將話題拉了回來。

「啊，想起來了。是《放羊的孩子》。」

「夠了啦，百花。小惠，然後咧？」

「是的。我發現這輛車的停放位置，而山坡上隱隱出現光線照明，所以我去了剛剛大家還在的那個地方——」

她說她看見了父親的背影和後藤的背影。

「後藤站在兩輛砂石車中間，朝著洞裡看。這時，爸爸正好從他身後漸漸逼近。」

「我正打算狠狠給他一拳。」

「不要再插嘴了。那附近雖然有不少人，但爸爸身上穿著作業服，似乎沒有人起疑心。不過，要是繼續讓爸爸接近後藤的話——」

「就可以揍他了。」

「別再說了。爸爸站在後藤身後，彷彿隨時都會撲上去似的。一旦做出那種事，其他人肯定會聚集過來。說起來理所當然，不過現場所有人都是後藤的同夥。接受後藤的僱用，賺取高於一般行情的薪水而為他工作的人。那些懷抱著各種隱情的人。一旦激怒後藤，說不定馬上就會無法生活下去了。有些人是因為某些原因無法在普通公司工作，也有人是因為某種理由導致生活陷入困境。而且最重要的是，沒有人看得見這裡。」

的確沒錯。這裡完全沒有目擊者，也沒有巡邏員警。即使大聲呼救，也不會有人聞聲而來。再加上旁邊就是一個最適合用於掩埋物品的坑洞。一旦被對方包圍，情況就只能用絕望二字來形容。

「等到他真的動手，事情就全完了。我必須在爸爸撲過去，或是動手毆打後藤之前，想辦法阻止他。所以我一時失去控制，等我回過神來，才發現自己正一邊大吼大叫，一邊朝著山坡下衝刺。」

我想像著穿著酒保服飾的她忽然在荒山野嶺裡出現，一邊發出怪聲，一邊朝著垃圾廢棄場的大洞直衝而下的模樣。相信所有人都很驚訝吧。不過最驚訝的，想必還是現在握著方向盤的父親吧。

「所以兩個人就一起被抓了是唄。」

「是的。至於之後……就跟大家看到的一樣。」

總之三梶惠和父親都沒事，這樣就夠了。雖然所有事情都是千鈞一髮，但終究還是趕上了。兩人都活得好好的，看起來也沒有受傷。當我再次鬆了一口氣的時候，所有疲勞忽然一湧而上。我全身都沒了力氣，於是把頭靠在石之崎先生的大腿上，閉起眼睛。結果腦袋立刻被人拍了一記，於是我睜開眼睛一看，這才發現我依靠的地方是百花小姐的臀部。我連聲道歉後撐起上半身，望著黑漆漆的車內。

「下山後，要往哪個方向去比較好？果然還是先找警察——」

咚地一聲，父親重重踩下煞車踏板。因為這是我們從未預料過的行動，所以我們所有人再次擠成一團，雪崩似地朝著前方移動。三梶惠用雙手重重捶了儀表板。

抬頭一看，車子已經停了下來。父親完全沒有回頭看向哀嚎不斷的我，而是目不轉睛地盯著前方。

「……路被擋住了。」

他用細不可聞的聲音如此低語。

「混帳，逃不掉了。」

車頭燈照亮的狹窄山路前方，可看見一輛有著巨大車身的砂石車。它橫向停在出口處，將道路完全封死，車斗前方還站著兩個男人。那兩個工程帽戴得異常地低，相信應該是刻意擋住眼睛的男人，正全身散發著警戒之情，緩緩靠近。被我們的車頭燈照亮，他們每跨出一步，肩膀便隨之搖動，而投影在砂石車車斗上的巨大影子也會左右晃動扭曲——兩人手中都握著某種細長的物體。其中一人手裡的東西，末端折彎成L型，另一人的則是直通到底——就在我看出那個東西是起釘器和角材的時候，父親猛然將排檔打入倒車檔，用力將油門踩到底。輪胎先是瞬間空轉，然後才抓住了地面，轟地一聲，隨著一陣巨大的反作用力，兩個男人的身影就在車前的的照耀下越變越小。速度快到根本不像是開在這種狹窄又凹凸不平，障礙物又多的路上，一邊放任引擎嘶吼，一邊迅速倒車，男人們的頭消失在車頭燈中，隨後是胸口、腹肚，最後連狂奔而來的四條腿也都消失了。高速倒車之下，路旁的砂礫與雜草接二連三地從擋風玻璃前方飛逝而去，駕駛座上的父親大吼起來。

「抓好了！」

我們像是整個人撲上去一般各自穩住身子，隨後方向盤一個狠打，車子立刻甩尾九十度角。接著又是咚咚兩聲，煞車、油門接連踩下，動作粗魯到根本來不及感覺車子曾經停下來，馬上又向前暴衝，等我反應過來時，我們已經在剛剛才開下來的山路上高速往上衝。

「看來是俺們想的太天真了……還以為事情告一段落了哪。」

看似青蛙交尾似的，石之崎先生趴倒在同樣趴倒在地的重松先生身上。墊在底下的重松先生哀號似地說道。

「看來沒這麼容易逃走啊。那些傢伙很熟悉這裡的路況。而且手上又有無線電，想怎麼聯絡都可以。所以剛剛才沒有手忙腳亂地追上來吧。」

「欸，等等！就算回去山上，上面也有敵人啊！」

鈴香半瘋狂地抓著駕駛座椅背。

「你到底打算怎麼做！在往哪裡開啊！」

「鈴香，沒事的，你冷靜一點。」

「才不是沒事呢，小石！我們這樣一定會被抓的！已經完蛋了！我們全部都會被抓住，然後被搗爛！就像糯米一樣！」

鈴香已經完全恢復成原本的聲音，駕駛座上的父親下意識地看了後照鏡一眼。

「不要這樣慌慌張張的！」

重松先生一聲大喝。

「我們當然有辦法逃走。只要思考就能找到方法。不思考就永遠沒有機會。」

「總不能就這樣直接回去剛剛的傾倒現場吧。」

媽媽桑毅然決然地撐起上半身，她護住百花小姐肚子的模樣，宛如一隻野生雌豹。雖然有部分原因是因為她亂糟糟的頭髮在頭頂位置中分成左右兩邊，正好像是直立起來的耳朵。

「找出其他小路，然後沿著另一條路線下山，如何？」

面對媽媽桑的詢問，駕駛座上的父親從緊緊咬合的牙縫之間出聲回應。

「啊，也只能那樣了。不過我當初上山，還有剛剛下山的時候，心裡都沒想過小路的存在，所以根本不知道哪裡有路。我會幫忙注意，你們也把眼珠挖出來好好看著啊。」

「眼睛挖出來就看不見了吧。」

靠在媽媽桑身上，身體縮成一團的百花小姐嗤之以鼻。

「再說，從剛剛下山的時候開始，我就一直在注意了。根本沒有其他小路。一條也沒有。」

眼睛因為維他命A而變得雪亮的百花小姐都這麼說了，表示這很有可能就是事實。然而我們沒有因此死心，每個人都把眼睛睜得跟盤子一樣大，緊盯著道路兩側，尋找逃跑路線。不過車子持續往上，我們心中也漸漸充斥著絕望。

我們不知道敵人到底埋伏在哪裡。至少現在這條路夠窄，砂石車太過巨大，無法駛入。不過可以肯定的是，越往上開，我們就越接近敵人的大本營。

「可惡……真的一條也沒有。」

三梶惠的父親在不知不覺當中減慢了速度。匡噹、匡噹，前方景物不定時地晃動著。總覺得眼前這副光景非常不真實。相信一定是因為神經所能承受的緊張程度已經超出限度了吧。不論是景色或聲音，彷彿都隔在一層薄膜之外似的。

「敵人肯定埋伏在某個地方。之所以沒有攻過來，是因為他們不知道我們到底是什麼來頭，所以正在警戒吧。」

這個想法是有根據的。對方還不曾真的仔細看過我們的模樣。我們當時在傾倒現場的上方，只有在三梶惠和父親一起逃跑時，短暫出現在後藤以及其他人的面前。關於我們到底是誰這一點，肯定完全摸不著頭緒。我們現在是開著大燈在山路上移動，引擎聲也相當吵鬧，而且對方還能利用無線電輕鬆取得聯繫，若是真心想掌握我們的位置並加以捕捉，應該隨時都能辦到才對。在這種狀況下，他們應該不會刻意進行追趕，或是把人逼入某個地點吧。

「如果動靜太大，附近要是正好有取締非法傾倒的警察巡邏車，事情就麻煩了。他們也有可能是為了避免這種情況發生。」

三梶惠父親的說話口吻，第一次出現了不安的感覺。

「後藤這混蛋……該不會是想這樣僵持到天亮吧？」

這麼一來，就能把我們的模樣看得一清二楚，而敵人的戒心也會消失得無影無蹤。畢竟除了三梶惠的父親，外表看起來魄力十足的人，就只有石之崎先生一個，另外有三人是女性，一人的口吻、舉止和內心是女性，此外雖然失禮，不過重松先生再怎麼看都是個矮小的老人。至於我，根據三梶惠當初在谷中靈園拿出來的地圖標示，就只是個手腳細得像火柴棒，帶著漩渦狀的眼鏡，像隻蚊子似的人。一旦知道這些事，敵人肯定會發出歡欣鼓舞的聲音，露出殘忍至極的微笑，將我們團團包圍吧。

「對了，我們改開石之崎先生的工程車如何？那輛車子開上來的路，跟這輛車開上來的路，應該沒有連接在一起吧？所以那邊的路可能還沒有人看守。只要能躲過敵人的監視偷偷換車，我們就能沿著剛剛上山的山路下山，成功逃跑吧？」

「就是那個啦，小恭！」

石之崎先生興奮地吼了出來。

「這輛車子最好不要開太近對吧。因為那樣會被人發現工程車的存在。爸，請在這附近停車。」

父親將車子停在山路正中央，拉起手煞車。

「關上車燈，關掉引擎。鑰匙最好拿走比較好。各位，我們離開車子吧。走到石之崎先生的車子那裡。」

儘管不時有人對我投來不安的視線，但所有人都照著做了。一走出幾乎被塞滿的車內，冰涼的山間空氣立刻讓我全身發冷。

「往這裡走。」

我們走進樹林之中。耳中只能聽見每個人的腳步聲和呼吸聲，還有衣物摩擦的聲音。因為實在太安靜了，映照在眼中的景物忽然失去了真實感，即使舉手撥開眼前的樹葉，也只像是把手伸進枝葉黑影中，完全沒有分開門簾的感覺。

「等等。」

百花小姐低聲一喊，我們全部停下腳步。一直注視著前方的百花小姐，先回頭望了我們一眼之後，再次面向前方，豎起右手的食指。

「被找到了嗎？」

重松先生悶聲呻吟著。

對，在我們前方那片黑影與樹林之後，隱約浮現的白色影子——石之崎先生的工程車附近，出現了好幾個扭動的黑影。看不出來他們在做什麼，也無法確定人數有多少，但他們就是在工程車附近走來走去。真糟糕。既然敵人已經發現了那輛車，那麼我們還是只能回去剛剛那輛車才行。步行下山雖然也是選項之一，但是中途只要一被發現便萬事休矣。真的被人追趕時，我們根本逃不掉。

「果然還是回去剛剛那輛車——」

就在我準備回頭看向大家的那一刻。

玻璃碎裂的聲音驚動了四周的黑幕，所有人都僵硬的像尊石像。當我們連呼吸都隨之停止的這段時間，又傳來了兩次同樣的聲音。男人們低沉的交談聲，以及下流的笑聲。隨後又接連響起了某種堅硬物體猛力撞擊另一種堅硬物體的聲音，令人感到無比絕望。由於聲音不是從前方傳來，而是從後方，也就是我們剛剛停車的地方傳來，所以我們很快就能理解目前的狀況。

「他們一直都躲在某個地方監視是吧……看著我們把車子留在那裡，下車移動。」

重松先生狠狠瞪著遠方的黑暗。

原來如此，我們可能真的一直受到監視也說不定。然後他們心想，就算不知道我們的來頭也無妨，總之先把車子搶走再說。如今已經不能回去那輛車了。但也上不了石之崎先生的車。

「喂，你那輛車的車鑰匙呢？」

三梶惠的父親在石之崎先生的耳邊詢問。

「還插在車上。」

「要是被拔走，那就真的糟糕了。」

兩人的低語聲才剛消失，層層疊疊的樹木前方忽然傳來震天作響的引擎聲。可能是為了確認車輛狀態吧。男人們的聲音此起彼落，車頭燈亮起，圓錐狀的白色光線照亮了斜坡。一看到那個出現在白光當中的人影，三梶惠立刻倒吸一口氣。不對，不只是她，我們所有人都倒吸了一口氣。

一個鼻子以下滿是鮮血，作業服胸口也沾滿血跡的男人，就站在那裡。從他嚴重駝背的站姿來看，可確認他就是後藤。車頭燈直接照亮的位置只到腰際，至於腰部以上，只剩下黏在身上似的虛弱光線，臉部陰影變得更加分明，下巴上的血也詭譎地反射著光芒。

「是鼻血……他媽的活該。」

因為身體過度用力，三梶惠父親的臉頰開始不斷抽搐。能讓自己怨恨的對象流出那麼多血，心情可能會多多少少爽快起來，不過一般來說，區區鼻血不會讓人就此一蹶不振。重擊之下所產生的鼻血，絕大部分只會為人帶來懊惱與報復心而已。

「找到人之後立刻聯絡。我先回去現場。」

音質聽不出高低起伏，彷彿有些失真，令人不快，但奇妙的是，那個聲音卻傳得相當遠。對同夥發出指示後，後藤轉身背對工程車，緩步離去。他走在一條被肋骨似的樹木黑影包圍的坡道上，彷彿被吸進去一般消失無蹤。

「已經沒救了……果然打從一開始就沒救了啊……」

鈴香以雙手掩口，喃喃自語似地說個不停。他似乎又接著說了些什麼，不過幾乎完全聽不見。我呼地一聲嘆了口氣，垂下視線，凝視著漆黑一片的樹幹，以及長到自己膝蓋高度的雜草尖端。對，肯定沒救了。打從一開始就沒救了。接受這件事之後，我感覺到自己的嘴角不受控制地上揚。隨後我又發現了一件事。從剛才一直持續到現在的，那種宛如身處夢中的奇妙感覺，其實只是絕對的達觀。

「怎麼辦？恭太郎。」

耳朵確實聽見了重松先生的聲音，但我的嘴角仍然保持上揚，嘴唇也依舊抿成一線。

「在天亮之前必須想個辦法才行……吶，小恭。」

那個埋沒在雜草之間的圓形物體，到底是什麼？我愣愣地注視著它。

我跪了下去，彎下身體進行觀察。雖然暗得看不清楚，不過那個東西是淺咖啡色的，大小大概跟拳頭相當——啊，什麼啊，原來是香菇。如果能找到掉落地面的炸彈，說不定就能打破眼前這個絕望的狀況。而香菇一點用處也沒有。

……

就在這個時候。

我想起一件遺忘許久的事。

自己原本到底想要做什麼？

彷彿有兩條任意垂落的街頭忽然連接起來似的，周圍的景木豁然鮮明起來。宛如竊竊私語的枝葉摩擦聲，以及自己的呼吸聲，全都聽得一清二楚。你到底是為了什麼才來的？原本打算做什麼？翻遍房裡的櫥櫃，摸索每個垃圾桶，把各種東西塞進旅行包的同時，心裡到底想要做什麼？

我抬頭看著三梶惠。她的表情已經沉入絕望的深淵，兩眼之中盈滿哀傷的淚水。三梶惠——我的碧姬公主。我是為了拯救她，才來到這片山林的。原本打算一個人來的。為什麼？當我試著捫心自問時，雖然遲了點，但我總算是注意到了。

因為我非常喜歡這個人。

這種感情絕非憧憬。而且她討人厭的地方，以及令人生氣的地方，我也知道不少。和吸引人的要素相比，反而是前者壓倒性地多。不過我就是喜歡她。連自己也不懂為什麼。可能是因為她擁有我所沒有的東西。我不知道這到底是不是戀愛，也從沒想過跟她擦出什麼火花，即使一輩子都碰不到她一根手指，我也覺得無所謂。

我只是打從心底希望，再也不要看到她露出如此悲傷的表情。

我跪了下去，拔下香菇，使勁捏扁了它。滴哩滴哩滴哩，充滿希望的清朗音效，在我思念著她的胸口當中響起。身體逐漸成長的聲音。在我躲在房裡閉門不出，整天打電動的那段日子裡，每天都會聽見數十次的那個音效。

第五章

「小恭，你要去哪裡啊？」

我把鈴香不安的低語甩到背後，走進一座樹叢。繞到一棵大樹後方，輕輕放下背上的旅行袋。打開拉鍊，拿出我所需要的物品。先脫掉外套和上衣，脫下鞋襪，然後再脫下長褲。背後傳來大家的移動聲和低語聲，但我不打算向他們解釋。因為他們應該會阻止我這麼做。因為他們都是心地善良的人。我打開了原本放在旅行包裡的兩個紙盒。因為光線太暗，印刷在外盒上的外國人男女只能隱約辨認出輪廓。紙盒裡各自放了一瓶小得可憐的塑膠瓶。原來內容物竟然這麼小。買兩盒果然是正確選擇。我把其中一瓶的瓶蓋轉開，將瓶內的液體咕嘟咕嘟地倒在手上，塗滿全身。第一瓶用完後，接著再用第二瓶。冷冽的液體緩緩滲入，漸漸發麻，皮膚表面的感覺逐漸變成無感覺。重新穿上剛剛脫掉的衣服之後，我拿起帶在身邊的棒球手套，直接壓在眼鏡上，蓋住了臉。皮革的氣味和發霉的味道撲鼻而來。我從棋盤格狀部位的空隙當中，看見了外面的景色。相信在我小學時，父親買下這個東西給我的時候，肯定沒想到這種用途吧。我將捲在紅色鉛筆上的漆包線拉直、鬆開，在自己的頭和手套上一圈又一圈地捆著。用掉五根紅色鉛筆上的漆包線，將手套牢牢固定。起身後，我把餅岡先生借給我的隨身音樂播放器的耳機塞進耳裡。

「你……到底在幹什麼？」

三梶惠的父親呻吟似地低聲說話，其他說不出話來的人也都凝視著我的臉。

我把自己的旅行袋交給了站在一旁的石之崎先生。

「我要去偷襲那些人。」

塗滿全身的早洩預防藥，讓我的皮膚表面漸漸麻痺。就像是高高跳起，取得星星的超級瑪利歐一樣，我的身體緩緩進入無敵狀態。

「你們就趁這個機會，快點坐進車裡。丟下我也沒關係。我會想辦法讓那些傢伙動彈不得，你們就快點開車逃走，然後報警。我現在是無敵的，所以不必擔心。」

「桐畑先生，你到底在說什麼？什麼無敵——」

「碧姬公主。」

我轉身面對三梶惠，在手套底下對她微笑。

「請妳務必保重。」

「咦？」

我按下播放器的播放鈕。事先委託餅岡先生準備的，超級瑪利歐的無敵狀態音樂立刻流入耳中，逐漸填滿我的全身。提高音量後，身體、毛髮，甚至汗毛末端，彷彿全都跟隨著快節奏的音樂，發出金光閃閃的光芒。那段時間每天都在玩的超級瑪利歐。將無數敵人踹飛的這個身體。閃閃發光的無敵身軀。皮膚下方的血液開始騷動。沸騰似地騷動不已。

「咿呀啊啊啊啊啊啊啊！」

我使出全力尖銳大吼，朝著黑夜衝去。目標是那些面向工程車，身材相當壯碩的男人身邊——

♪登登登——登登、登登登——、登登登——登登、登登登——朝著顏面襲來的樹枝被棒球手套接二連三地反彈回去——♪登登登——登登、登登登——好熱，身體好熱——

「你們這群雜碎啊啊啊！」

「搞什麼？那傢伙！」

「喂！」

正前方的兩個男人，同時被我的擒抱給撲倒。儘管他們是手腳身體都非常粗壯的男人，但是身體和內心都處在完全沒有做好準備的狀態之下，所以就這麼毫無防備地滾倒在地。我正準備壓制那兩個人的時候，另一個人從背後抓住我的身體。我立刻站穩腳步，把體重全部壓在那個男人身上，然後將所有力氣灌注在腳上，用力朝地面一踢。我的後腦杓撞上了對方的下顎，我壓在對方身上，一起重重摔落地面。最早倒下的兩人短促地喊了一聲，起身朝著我衝過來。很好，這樣就對了。來抓我吧。快到這裡來。男人們表現出一副衝過來圍毆我的氣勢，各自抓住了我的肩膀與胸口，打算硬生生地把我拉起來。我沒有錯過這個機會，先用自己的手臂牢牢纏住對方的手臂，使出吃奶的力氣用力抓緊對方身上的連身工作服，同時將雙腳向後彎曲，固定住下方墊底的男人的雙腿。耳邊傳來大家朝著這裡跑來的腳步聲。「小恭！」「恭太郎！」「桐畑先生！」——我像是為了蓋過這些聲音似地放聲大喊。

「快點上車！」

這樣撐不了多久。

「快點！」

大家卻為了救我而跑過來。

「不必過來！快點坐上工程車離開這座山！」

兩個男人的身體中間——也就是斜坡上方，出現了光源。一支、兩支、三支手電筒——看來是對方的後援趕來了。

「大家快上車！」

第一個理解狀況的人是重松先生。「可是！」「我辦不到！」「小恭！」──他打斷了這些聲音，再次說道。

「夠了，上車！」

當我好不容易扭過頭去看向他們的時候，正好看見石之崎先生巨大的身軀出現動作。他先打開駕駛座車門，兩手抓著身旁三梶惠的身體，直接橫越駕駛座，把人壓在副駕駛座上，隨後自己也跳上座位，發動引擎。車頭燈的白光猛然照亮了我們，眼前景色瞬間轉白，什麼也看不見。身體上方與下方的男人們仍然不斷掙扎。我不會放手的。絕對不會。我一邊發出意義不明的怪聲，一邊將對方的手腳固定在自己的身體上，甚至在偏移的手套下方，用牙齒緊緊咬住連身工作服。踩踏泥土的聲音，關上滑門的聲音，引擎發出轟然巨響。來自斜坡上方的腳步聲逐漸逼近。車頭燈的光線改變了角度。其中一個在我上方的男人喊了起來。輾過灌木叢的聲音劈哩啪啦地響著，最後引擎再次嘶吼了一聲，車子遠遠駛離。

五

「你到底是什麼人啊……？」

後藤在我正前方蹲下，毫不保留地瞪著兩腳伸直，坐倒在地的我。我的臉上戴著兒童用棒球手套，而後藤的鼻子以下仍然滿是血跡。從手套內側往外看，發現後藤一邊左右歪頭，一邊逼近過來。那個模樣實在像極了過去曾在電影中看過的，準備吃掉主角的肉食性恐龍。

「我只是路過的。」

後藤的動作瞬間靜止。

他就這樣隔著棒球手套，凝視我的眼睛。

我的所在位置，是在那個巨大洞穴的前方，也就是三梶惠的父親痛毆後藤的那個地點。原本並排成V字形的兩輛砂石車，其中一輛已經移動至他處，現在只有一輛砂石車背對著洞穴停放。放在後方車斗上的照明器具，角度和剛剛不同，照亮了全身上下仍然因為無敵狀態而微微發麻的我。耳邊所能聽見的聲音，就只剩下提供電力給照明器具的發電機引擎聲。廢棄物的傾倒作業可能已經完全結束，或者是因為我們的干擾而中斷，總之附近沒有半輛保持引擎發動的砂石車。幾個身材壯碩的男人站在我的周圍，有人非常煩躁，也有人滿臉疑惑，每個人各自表現出不同的形貌，注視著我跟後藤的一來一往。有個人不知道是遭遇過什麼狀況，光是看得見的部分就少了三顆牙，還有全身長滿肌肉，只有作業服胸口特別突出的人。

「是嗎……你只是路過的啊。」

那一瞬間——真的是一瞬之間，我以為對方相信了自己的話。連後藤站起身來，對著身邊一個年輕男子交頭接耳的時候，我也暗自期待他告訴對方的是「把這個人放了」「之後要向他好好道歉」之類的話。然而那份期待瞬間粉碎，聽見後藤的話之後連連點頭的年輕男子，從腰間拔出一個東西。那是在山裡工作的人經常使用的巨大開山刀。我彷彿聽見自己的身體咻地一聲縮小了。後藤從男子手中接過開山刀，再次蹲了下來，毫不猶豫地揮動刀子。啪！右耳旁傳來了聲響。啪！隨後換成左耳。啪啪啪啪——後藤以意外靈活的動作操控著開山刀，不堪一擊的漆包線輕而易舉地被刀子砍斷。最後，蓋在臉上的手套掉落地面。當我伸手調整歪斜的眼鏡時，後藤露出意猶未盡似的眼神緊盯著我看。

「所以……你跟三梶是什麼關係？」

與其說是詢問，這種問話方式更像是強迫回答。

「咦咦咦？你說三梶先生嗎？」

儘管知道對方不可能相信我，但我仍然開始裝傻。因為我想爭取時間。爭取到其他人全力衝下山報警，而警察鳴著警笛狂奔過來的時間。

「就算想爭取時間，也不會有人來救你的。」

我的如意算盤完全被他看穿，只見後藤沾滿血跡的嘴角出現了笑容。

「因為那輛車的所在道路，出口也同樣用砂石車堵起來了。所以那些丟下你逃走的同伴們，也一樣離不開這座山。另外更遺憾的是，手機也是打不通的。畢竟這裡不只是電波幾乎無法到達，還有更強烈的無線電電波飛來飛去啊。」

我原本就縮成一團的身體，彷彿在衣服之下縮得更小，失去所有力氣。就像《小超人帕門》裡的複製機器人一樣，腦袋重重下墜，再也沒有任何動作。我可以明確地感受到體力和精神力都見底了。包圍在四周的男人們當中，有個人小心翼翼地將重心從一隻腳移到另一隻腳，在乾枯的地面上揚起一陣沙塵。如粉末般細小的沙塵，在燈光之下閃著白光。而我癡癡凝視著這一幕。

「等到天亮，我們就會把其他人也抓起來，到時候再來繼續問話。不過啊——」

後藤露出打從心底不解的表情看著我。

「你們……到底是什麼人啊？」

他先用手指指著我，隨後又指向我身後的樹林。

「你，跟剛剛那群人。為什麼要妨礙我的工作？至少我還知道三梶房屋的前老闆跟我有仇。」

「我沒有必要回答你。」

「當然有，四眼田雞。」

後藤把雙手放在膝蓋上，一邊讓握著開山刀的右手晃來晃去，一邊逼近我的臉。

「你們是警察嗎？應該不是吧？還是說我的工作，對你們造成了什麼困擾嗎？」

「不是那樣的。」

至少對我來說是如此。

「那到底是為了什麼？」

後藤的上半張臉忽然像是變魔術般脹得通紅，看似不耐煩的情緒陡然昇高。左眼旁的血管凸出，像蚯蚓一樣抖動著。好可怕。但我也感受到同樣程度的憤怒。看到他表現出完全無法理解自己為什麼必須遭受他人妨礙的模樣，我徹底忘了自己的處境，怒火立刻湧出。這人明明就是為社會帶來不良影響的惡質商人。明明就讓他人費盡心力建立起來的公司被迫倒閉。明明害得三梶惠和她的父親走投無路。我的眼頭熱了起來，只好用力咬牙忍住自己因為憤怒過度而差點流出的淚水。可是，可是，可是！自己的聲音在胸口之中迴盪，我用力繃緊腹部，將話語推出咽喉。

「可是你們不是做了一堆壞事嗎？」

音量比我想像中小得多。後藤噘起了嘴，彷彿豎耳傾聽著收訊不良的廣播節目一般，將一邊耳朵湊了過來。我決定把我想說的話狠狠打入那隻耳朵裡，於是用力吸了一口氣。吸到肺部發疼。隨後抱著痛打對方一耳光的氣勢，一口氣大喊出來。

「你們不就是這樣在山裡挖洞，然後把一大堆沒有分類的垃圾通通倒進去嗎！我以前在電視上看過！一旦變成這個樣子，就算在上面填滿土，也不會再長出任何樹木了！」

音量再度提昇。我的力氣和體力應該都已經見底了才對，可是等我回過神來，才發現自己以前所未聞的巨大音量斷聲吼叫。

「說說說什麼工作！你、你、你們就只顧著自己賺賺賺大錢，眼裡只看得到這件事，讓、讓、讓其他很多事情都糟蹋掉了不是嗎！把把把把其他正當經營的公司逼到破產，害害害害得努力工作的人走投無路，你們真的覺得這種事情可以獲得原諒嗎！」

然而後藤連眉毛都沒動一下。

「所以你是受到正義感唆使，是吧？」

我猛然挺起上半身，讓對方看自己看得更仔細一點。

我有點猶豫該不該點頭。到頭來，其實我也不知道自己到底為什麼會出現在這裡。由於我一邊猶豫一邊轉動脖子，使動作變得非常曖昧不清，見狀，後藤悶笑了一聲。

「那我問你……如果沒有我們，這些廢棄物該怎麼辦？」

「什麼？」

「如果把廢棄物埋進山裡的業者都消失了，這些廢棄物會怎麼樣？」

「那當然是——」

然而後藤打斷了我的話，接著說道。

「因為你看起來就是一副什麼都不知道的樣子，所以讓我告訴你吧。全國各地數不清的業者所製造出來的廢棄物啊，日本這個國家根本沒有能力全部依照正規路徑處理。所以才會由我們負責解決啊。」

包圍在四周的男人們，也露出了「怎麼樣啊？」的眼神。

我不知道事實如何，但我無法接受他們的態度。這種模糊焦點的方式，是世界上最讓我厭惡的一件事。完全無法容忍。如果是為了保護他人的謊言，如果是為了拯救他人的謊言，那就沒關係。可是這種為了圖利自己，只為了這個目的而模糊焦點的做法，我——

「喔？」

後藤挑著眉毛，看向猛然起身的我。表情就像一個小孩找到有趣的蟲子一樣。眼白的下半部完全露了出來，小小的黑色瞳仁一直緊盯著我的臉。那道視線彷彿刺在我身上，讓我完全說不出話。後藤按住膝蓋似地站起身來，與我面對面之後，像是說著「接下來呢？」一般歪過了頭。因為發不出聲音，所以我決定用身體表現，往前邁出一步。這一步，讓我們之間的距離縮短成短短三十公分。我用盡所有力氣緊咬牙關。如果不這麼做，牙齒可能會開始打顫。

「你剛剛——」

因為我始終沒有開口說話，所以後藤先開口了。

「說了『正當經營的公司』對吧？」

「說了。那又怎樣？」

「順便教教你吧。其實沒有任何一間公司是正當經營的啦。」

「什麼意思？」

要我提高語尾反問，實在太讓人不甘心了，所以我像個機器人似的，語調毫無起伏地說著。

「我們這種業者，總是會一邊改變公司名稱一邊進行工作。因為要躲避警察的耳目啊。也就是說，對於那些接受了業務申請的企業來說，我們通常都是從來不曾聽說過的公司。不管我們提供了多麼便宜的價格，也很難真的到達簽約的地步。」

那又怎麼樣？

「這種時候啊。」

後藤揚起一邊眉毛，用拇指和食指做出一個圓圈。

「就要用這個。收買對方的負責人，讓他放水通融我們進入。你啊，聽好了。就連你提供協助的那間三棍房屋啊，大概也早就被攻陷啦。」

我一時之間意會不過來。

「你是說……用錢來讓三棍房屋放寬條件嗎？」

我試著詢問，而後藤一派輕鬆地點頭。

「用錢收買負責人，然後簽約。在這個時候，應該就知道我們不是什麼正當公司了吧。可是一旦有錢入了自己的口袋，對方自然會高高興興地配合我們啦。」

望著後藤的臉，我連眨眼都費盡了全力。

「那個負責人……叫什麼名字？」

難不成？我內心深處出現了少許懷疑。

「一個姓山野的傢伙。」

雖然對這個姓氏沒印象，

「那個叫做山野的人，是不是——」

我還是戰戰兢兢地問了出來。

「是不是頂著一個花椰菜似的髮型？」

「啊啊啊？」

後藤被太陽曬得黑亮的眉頭之間出現深深的皺紋，朝天空望了好一陣子，不過臉頰立刻推高了起來，眼神迅速對上我的目光。

「噗哈哈哈哈哈哈哈哈哈！」

後藤吼叫似地爆出大笑，一邊狂拍自己的大腿，一邊上氣不接下氣地努力呼吸，連續不間斷地狂笑將近二十秒。為了不讓自己蹲下去，他用雙手勉強撐住膝蓋，用力閉緊嘴巴，但是彎下的後背馬上開始抖動，再次爆笑出聲。

至於我，當然是完全笑不出來。

「你、你這傢伙，還真是會形容啊，四眼田雞！我是有想過他的頭又細又長，像棵樹似的，不過那的確是蔬菜沒錯，是花椰菜啊！」

說完，後藤三度大笑起來，猛喊一聲「花椰菜！」之後繼續發出沒完沒了的笑聲。

「那個花椰菜啊……哈哈……在新東家那邊也幫了我們很多忙。只要曾經被錢收買，哈哈，之後就會無條件接受我們的指示啦……」

「咦……」

周圍的聲音一齊消失，只剩下耳鳴般的聲音不斷迴盪。

「你說的那個新東家，」

那個叫做正志的男人——

「是不是叫做宜家房屋？」

「哈哈……哈哈……啊？」

還沉浸在爆笑餘韻當中的後藤挺直身體，訝異地看著我。

「你這小子很清楚嘛。」

——那個人在公司倒閉之後，又在一間叫做宜家房屋的地方工作，而那邊也同樣是住宅建商。規模剛好跟三梶房屋差不多大，所以不知該說是倒楣，還是運氣好——

三梶惠說後藤是偶然找上那間宜家房屋，進行業務交涉的。就在我們一起待在妹妹房間裡，我向她追問正志是誰的時候。

——正志先生以前和現在都是負責總務工作，所以也負責擔任這一方面的業務窗口。

——他是為了協助我的復仇計畫，才特地保持著一定的距離，繼續和對方維持良好關係。偶爾會像那樣一起出來吃個飯，探聽各種消息。

那是她的謊言。是她為了向我們解釋正志和後藤——也就是和她的父親為什麼會一起在料亭吃飯，才編造出來的。然而巧合的是，她的謊言竟然說中了事實。真正的後藤也找上了正志負責擔任廢棄物處理窗口的宜家房屋，提出業務交涉，實際上兩人確實維持著聯繫。

要是被她知道這件事？

如果可以再次平安無事地見到她，我該怎麼說明這項事實才好？正志這個人，我原本就不抱任何好感。說得更明白一點，我甚至非常厭惡他。然而對三梶惠來說，他是她的戀人。我雖然從來不曾有過戀人，不過我知道那一定是個非常重要，而且非常值得信賴的人。一旦自己身上發生了任何辛酸或悲傷之事，那個人一定會成為自己最大的支柱。要是她知道自己的戀人一直在隱瞞某件重大的事——而且那不是為了保護他人，也不是為了拯救他人，只是為了讓自己獲益而不斷隱瞞的話？

「……你幹嘛突然哭起來啊？」

後藤一臉厭惡地盯著我看，眼神就像是見到了某種未知生物。

如果是平常，我不會為了這種事而哭。可是我的心已經像水球一樣膨脹到極限，然後再縮到最小，隨後繼續膨脹縮小，遭受拍打、扭轉、摔落，虛弱到只要再出現一點刺激，就會破掉。我讓上下排牙齒緊緊咬合，盡可能地忍住淚水，可是鼻涕仍然不受控制地流下來，肺部也擅自抽動哽咽著。後藤厭煩似地啐了一口，準備對著我開口說話，但他的視線忽然朝著另一個方向看去。

視線移動的方向之筆直，彷彿是用尺畫出來的。他像鴿子一樣的小眼睛轉向我身後，隨即靜止。嘴巴就像綁住袋口的繩子鬆開似地合不起來。

「……那是在搞什麼鬼？」

站在周圍的男人，眼睛跟著後藤望了過去。

我也一邊擦去鼻涕，一邊轉身看向身後。

斜坡上，有個人影正在靠近。就是我們居高臨下地望著三梶惠和她父親的那道斜坡。照明器具並沒有對準那個人，不過四周的光線已經足以隱約辨認對方的身形。

「唷……你們。」

純黑色的西裝配上純黑色的領帶。還有純黑色的太陽眼鏡和黑色漆皮鞋。

「麻煩你們放開那小子。」

那是壓低到極限的，石之崎先生的聲音。

「那傢伙是俺們組織裡最重要的敢死隊啊。要是出了什麼意外，俺不好向咱們老大交代。」

石之崎先生一邊說著聽似危險的話，一邊一步一步地緩緩靠近。彷彿這是人生當中經歷過無數次的場面之一。

不過我知道，他的內心肯定已經嚇到站不穩了。

他的虛張聲勢有可能瞞過去嗎？若是瞞得過去，那我就有機會了。對方可能真的會放我離開。我回頭望了那些男人一眼，發現他們也都因為石之崎先生步步逼近而全身僵硬，還有好幾個人正在緩緩後退。

說不定真的能成功。

「別緊張。」

只有後藤向前跨出一步，和石之崎先生針鋒相對。

「做做樣子而已。」

石之崎先生在後藤的正前方停下腳步，隔著太陽眼鏡盯著對方。不對，他只是做出了這樣的動作，實際上眼睛可能是緊閉著的。

「來個人，抓好那個四眼田雞。」

後藤的眼睛仍然緊盯著石之崎先生，並向身後的人發出指示。有幾秒鐘時間，男人們之間出現了互踢皮球的狀況，但最後還是走出一個看似最年輕的菜鳥，頂多只有二十出頭，宛如漫畫當中才會出現的不良少年，抓住了我的褲頭腰帶。

「你以為俺只是做做樣子的？」

後藤沒有回答，而是將染血的下巴撇向一旁。石之崎先生緩緩舉起右手，粗壯的手指搭上了太陽眼鏡。就在他把眼鏡拿下來的那一瞬間，

「你……還真是個聰明的傢伙啊。」

我渾身顫慄起來。

石之崎先生露出來的眼睛，彷彿惡魔一般尖銳犀利。就連後藤也表現出一絲狼狽，只見他的後背猛然使勁繃緊。

「那個小夥子……放開俺們的同伴。」

「不行，給我好好抓緊。」

後藤再次縮短他和石之崎先生的距離，距離近到即使熟識石之崎先生如我，也不敢站到那麼近的程度，甚至還不斷把臉貼過去。

「你以為我不認識黑道嗎？你這關西肥豬。」

石之崎先生的粗眉毛動了一下。

「從事這種工作啊，如果沒有那些真貨套好交情，根本不可能幹下去。因為有很多事情必須拜託他們，他們也有很多事情必須交給我們啊。」

石之崎先生沒有回應。

不過他的嘴唇微微一動，說出一個簡短的詞彙。

「……璃杯。」

聲音非常細小，所以後藤做出嘲弄似的動作，把耳朵湊了過去。

「……玻璃杯。」

西裝胸口鼓了起來，石之崎先生大口吸氣，隨後身體微微前傾，以震撼四周黑暗的巨大音量猛力咆哮。

「哈啊啊啊啊啊啊啊啊啊啊啊啊啊啊啊啊！」

左右耳的鼓膜開始陣陣刺痛，抓著我褲頭腰帶的男人抖了一下，隨即鬆手。石之崎先生立刻朝著身後某處大喝一聲。

「趁現在！」

「南無！」

咻地一聲，陰影處傳來乾淨俐落的響聲，後藤應聲「嗚！」地發出慘叫，雙手按住額頭。

「快逃啊，小恭！」

石之崎先生轉身狂奔，我也追了上去。後藤立刻「喂！」了一聲，想朝我們衝過來，但是——

「心神合一！」

咻——

「嗚！」

後藤再次按著額頭蹲下，縮成一團。

「這邊！」

石之崎先生朝著斜坡左手邊奔去。後藤在後方大吼大叫，其他男人也做出反應，開始採取行動。石之騎先生的腳程非常慢，我立刻追上了他。但是我不知道該往哪個方向跑，不能這樣超越他。我和石之崎先生並肩奔跑，同時忘我地回頭張望，男人們的身影已經近在眼前。一馬當先的人，是剛剛抓住我的腰帶的年輕男子，表情十分猙獰，一副絕對要挽回先前失敗的模樣。

「快躲開！」

是輝美媽媽桑的聲音。我轉頭看去，發現媽媽桑正站在灌木叢裡，前方突然多出了鈴香的上半身。鈴香彷彿舉槍瞄準這裡似的，雙手向前舉起，掌心握著某種細長的物體。當我發現那是附著把手的噴嘴時，忍不住一邊慘叫一邊讓身體向右轉去，石之崎先生則是向左轉。鈴香發出莫名其妙的聲音，拉下把手，一道白色液體立刻噴出，從我和石之崎先生中間穿了過去，不偏不倚地擊中後方那群人。男人們或是低吼，或是尖叫，紛紛低下了頭，所有人的身體都撞在一起，滾倒在地。接這又是唰地一聲，三梶惠從左邊樹叢跳了出來。她把手裡的巨大長方形物體當成飛盤，一片又一片地甩在那些男人的前方。兩片、三片、四片、五片——男人們起身，才剛準備再次衝刺時，腳下正好踩中那個長方形物體，只見他們發出了充滿疑問的聲音，隨後又手忙腳亂地摔倒。

「那是黏鼠板。」

石之崎先生揚揚得意地說完，隨後回頭大聲喊道。

「之後要是拿不下來，再用汽油或燈油潑上去試試！還有剛剛那個是殺蟲劑，決對不可以舔哪！最後，你！」

他朝著男人們後方的後藤吼著。

「俺是肥豬沒錯，但出身地是廣島！廣島不是在關西，而是中國地區啦，智障！」

石之崎先生、我、重松先生、媽媽桑、鈴香、三梶惠——我們全員聚集在一起，急速穿越林木之間。三梶惠的腳程最快，不知不覺中，她已經跑在我們的前面，她也是第一個抵達那輛暫時停放在漆黑山路上待機的工程車的人。

「爸，引擎！」

於駕駛座上等候的父親立刻發動引擎，我們也跌跌撞撞地衝進車內。將後座的折疊椅打平，百花小姐就坐在與後車廂相連的後座上，一看到我的身影，她的臉立刻皺成一團，不過她立刻把臉轉向一旁。

「因為我現在有這個了。」

她伸出一隻手，在自己的肚子上方上下移動。

「所以媽媽桑不讓我參與行動。她說不能容許我做出任何危險的事。」

駕駛座上的父親切換了排檔，工程車向前開動。由於今天已經是第二次開車逃跑，我們為了預防搖晃而撐住身體的動作，已經比上次熟練了不少。

「三梶先生！」

我朝著駕駛座方向探了過去。

「後藤說他已經派了一輛砂石車堵住這條路的出口！」

「別擔心。對手頂多只有一人或兩人。事到如今，只能痛扁對方一頓，威脅他把砂石車移開就好……嗯？」

父親回頭朝著石之崎先生怒吼。

「喂！這輛車的車頭燈打不開啊！」

「嘿？啊啊，一定是因為剛剛撞到東西了。剛才偷偷回到那個地方的時候，車頭不是撞到樹了嗎？」

「混蛋，竟然在這個時候壞掉嗎！沒有大燈，就沒辦法加速，要是被追上該怎麼辦！」

這時重松先生想起一件事。

「石之崎，記得你曾經說過，你在後面堆了照明工具吧？」

「喔喔！有有有！後面有施工時用的照明工具！有，的確有！」

石之崎先生扭過身子，在後車廂不斷摸索。

「沒了！」

鈴香「啊！」了一聲。

「剛剛把殺蟲噴霧器搬出去的時候，好像有個東西掉在地上了。是一臺像是具有照明功能的大型機器。」

「就是那個啊，鈴香！」

重松先生啐了一口，將手伸進座椅下方。

「沒辦法，只好再做一次了。」

他一撿起座椅下方的避難用手電筒，立刻把身體伸出車窗外，開始嗡嗡嗡地轉動著把手。前方亮起了微光，雖然非常地虛弱渺小，不過總比沒有好。三梶惠的父親稍微加快車子的速度，而我回頭望著後擋風玻璃，確認是否有人追上來。現在，我們的車後——

「來了來了來了來了！」

在山路上逐漸逼近的兩道光線，很明顯是汽車的車頭燈。車內一時之間陷入恐慌，鈴香抓住我的領口，開始鬼哭神號。

「為什麼他們有辦法追上來啊！砂石車根本不可能開進這種狹窄山路！到底是為什麼！」

「那個，嘔呃，可能是那輛車也說不定，就是惠小姐的、爸爸的——」

「剛剛他們不是自己動手打壞了嗎！」

「可能是、嘔嘔、硬是開過來之類的——」

「再說那輛車到底是怎麼開來這條路的！這條路跟那條路，明明沒有接在一起啊！」

三梶惠的父親一邊口出惡言，一邊捶打方向盤。

「只要開到那個傾倒現場的大洞旁邊，就可以從那邊那條路開到這條路來。後藤那渾蛋，肯定是開著我的車上山頂，然後再衝下那道陡坡吧。」

要開上山頂，就必須撞倒無數的矮樹叢，至於下山的時候，那角度可不是普通地陡峭，感覺不是一輛幾乎全毀的輕型汽車所能完成的壯舉。正因為如此，決定採取這種行動的人，其執念之強，實在令人畏懼。從後方逼進的車頭燈越來越大，將我們的車內照得一片雪亮，每個人充滿恐懼的面孔也隨之浮上枱面。

「危險！要撞到了，危險——」

我還沒喊完，就已經轟地一聲，傳來一陣劇烈的撞擊，後面那輛車的車頭直接撞上了工程車的後車廂門。由於那輛車的引擎蓋較短，緊握方向盤的後藤就在眼前。擋風玻璃完全消失，只剩下邊框上的小碎片。這應該是剛剛那群男人在山裡破壞的。由於眼睛瞪得實在太大，後藤的黑色瞳仁顯得異常地小，幾乎可說是徹底翻白眼的狀態。嘴唇彷彿正在歡欣大叫一般，朝著左右兩邊彎起。那樣不正常。不論是那張臉，還是現在這個狀態，全部不正常。我以為自己已經看過很多次人類氣到失去理智的狀況，不過我現在知道，以前那些全部都不是貨真價實的。後藤將車頭撞上來之後，不但沒有減速分開，反而更加用力踩下油門，兩輛車就這麼連在一起，速度不斷提高。

「爸，停下來！太危險了，停下來！」

三梶惠大叫，而父親做出了抱住方向盤的動作，踩下煞車，同時再拉起手煞車。輪胎立刻鎖死，但目前的狀況是後方車輛不斷向前推擠，所以沒辦法馬上停車。即使沒動方向盤，車體仍然不斷左搖又晃地擺盪車頭，持續順著山路往下。一聲「呼啊啊啊啊」，才剛聽到某人宛如用力打呵欠似的慘叫聲漸次加強，擋風玻璃前方已經出現一根粗樹幹。

隨後是截至目前為止最慘烈的衝擊。

等我恢復清醒，才發現我們就像一顆顆肉丸似地重疊在一起，連結在一起，錯落在一起，變成了一整個團塊。

「百花，妳的肚子怎麼樣……？」

「嗯，沒事……因為小石剛好變成我的墊背。」

我就像是破土而出一般撐起身子。完全搞不清楚哪邊是前面、哪邊是後面。原本打算轉向光線來源，不過就在同一時間，車內響起了鈴香「呀啊啊啊！」的淒厲慘叫。

「那是什麼那是什麼那是什麼！」

朝著鈴香指出的方向看去，我們立刻倒抽一口氣。

眼前的景象完全是恐怖電影的最高潮。後藤正從擋風玻璃破碎的汽車裡面爬出來。由於兩盞車頭燈和我們這輛車的車尾緊貼在一起，光線朝著他的方向反射回去，彷彿緊貼著皮膚一般照亮了後藤的臉。臉上的凹凸陰影就像粗糙的木雕一樣明顯，剛剛撞上來的時候，可能傷到了腰腿，他的身體搖搖晃晃，站立不穩。後藤的眼睛瞪得斗大，下顎自然下垂，脖子也歪到一邊，整個人像是透過超自然力量復活的屍體一樣漸漸起身。而他的背後，也有幾個同樣看似屍體復活的人影，跟著站了起來。

「百花，妳快逃。」

媽媽桑輕聲說著，動手打開左側滑門。我們這輛車正停在山路最邊緣，所以門外就是一大片蓊蓊鬱鬱的樹林。

「快點走！」

媽媽桑拉著百花小姐的衣服，就像把人趕出去一般，讓百花小姐走出車外。從後藤他們的位置，應該看不見百花小姐的模樣吧。

「找個地方躲著，離這裡越遠越好。直到那些人全部離開為止。」

「喂，拿著。」

重松先生把手電筒推了過去，百花小姐接過之後，緊咬著嘴唇消失在樹林之中。確認她的身影消失後，三梶惠的父親打開了駕駛座車門。重松先生和石之崎先生也從右側滑門走出車外。由於三名女性——不，應該是一名被視為女性的人以及兩名女性也打算下車，所以我攔下了她們。

「待在這裡。由我們出面就好。」

四個男人站在山路上。

「我說啊……我也不知道該怎麼辦才好了。」

後藤不斷逼近的聲音，聽起來莫名地平靜。

「只不過是接受了你們的挑釁，事情卻鬧得這麼大。到底是怎樣？」

後藤身後站著四個男人，其中赫然發現剛剛抓住我的腰帶的年輕人。儘管所有人都散發出濃濃的殺氣，但他們臉上的表情全都寫滿了疑惑，別說是正確掌握狀況，他們連自己到底應該攻擊誰都不知道。

「你到底想怎樣啊……你這小平頭不倒翁。」

後藤的視線朝著三梶惠的父親射去。

「這到底是什麼狀況啊？」

父親向前踏出一步，態度狂妄地回答。

「我為了揍你才來的。剛剛雖然揍了一拳，但完全不夠啊。我要從現在開始多揍幾拳。」

三梶惠的父親一邊說著只有讓學校傷透腦筋的中學生才會說的話，一邊揚起下巴，右手緊緊握拳。原本站在後藤身後的男人們也彼此互看了一眼，隨後向前邁出一步，站在後藤身旁。

對手是五個高大健壯的男人。

我方則是四個體力參差不齊的男人。

「還是不要這麼做比較好。」

聽見我的話，後藤的眼睛在眼窩裡轉了半圈，看了過來。

這裡是錄音室。

現在是現場直播。

我在心裡告訴自己。只要像平常一樣進行即可。冷靜地說話即可。

「別再做其他多餘的事情，那樣比較好吧。」

「你給我閉嘴。」

父親咬牙切齒地回應。從口中飛濺出來的細小唾沫，在逐漸淡化的車頭燈光之中閃閃發光。

「我似乎帶給你很多麻煩，對此我很抱歉，不過——」

「我說的不是三梶先生。」

我看向後藤。

「我在和那邊那些人說話。」

哈哈哈！後藤張著口搖頭。

「你的意思是說，叫我們不要再做其他多餘的事情比較好嗎？」

「就是這樣。」

「明明被我們一面倒地追打？」

「對手最重視的公司三梶房屋已經被迫倒閉了，你們也應該可以滿足了吧？命令同夥打破車窗，而且又從後方高速追撞過來，都做了這麼多事情，應該夠了吧？後藤先生。」

我盡可能地加入許多專有名詞，繼續說道。

「我們要回去了。必須把車子送去修理，另外雖然不嚴重，但身上也受了一點傷。我們不會向警察通報後藤先生的事。因為太麻煩了。至於你以前經營的後藤清潔服務公司，現在正在進行的非法傾倒，還有在丹澤這裡的深山裡開挖了一個巨大的傾倒現場等等，這些事情也都不會說。」

「這裡不是丹澤，是奧多摩。」

後藤一邊訕笑一邊進行訂正。

「啊，是奧多摩。奧多摩的——湖面南方嗎？」

「北方啦，你這路癡。去吃個磁鐵算了。」

我一語不發地點頭，隨後轉身面對這群男人。

「話說回來，各位。」

這是電台節目放送。

「對我的聲音有印象嗎？」

連同後藤，對方五人同時皺起眉頭。我沒有放過站在最旁邊的那個年輕男子微微張開嘴唇的畫面。我藉此獲得了勇氣，緩緩把手放進外套內口袋。如果是在黑道電影裡，對方現在應該會立刻保持警戒，但他們只是狐疑地觀察著我的行動。從內口袋拿出來的手機，畫面上的訊號提示是「無訊號」，但我現在並不需要通電話。我操作按鈕，打開來電鈴聲的設定畫面。

「這麼說來好像知道啊。是在哪裡聽過──」

我無視於後藤的聲音，按下播放紐。

♪答、答啦──答、答拉──答答啦答答啦答答啦、鏘、咚！♪答、答啦──答、答拉──答答啦答答啦答答啦、鏘、咚！♪答、答啦──答、答拉──答答啦答答啦答答啦、鏘、咚！

間奏曲結束的同時，我依序看著眼前一字排開的對手的臉。最後和那個年輕男子四目相交時，我近似祈禱地等待他的反應。他原本像兩根觸角一般高高豎起的眉毛，忽然軟化下來。臉部肌肉也突然放鬆，變成了最真實的表情。他本來就年輕，這時更像是年輕了三歲左右。他的嘴唇抖動起來，猶豫幾秒鐘之後，說出了我的名字。

「桐畑恭太郎……」

然後補上一句。

「……先生。」

這時，現場所有男人竟然同時露出了「啊！」的訝異表情，連後藤都微微變色，重新審視我的臉。不知是誰呢喃著「1UP……」另一個男人接著低聲說道「1UP人生……」。看來大家都知道。我的身體差點就因為安心過頭而坐倒，只能默默地繼續鞭笞它。

「首先向各位道個歉。我在節目上提過的身高體重，以及學生時期社團活動和每天的生活，全部都是假的。我實際上是個這麼矮小的人，至於那些令人感興趣的各種事件，其實幾乎不曾遭遇過。我真的完全不想被背叛我的聽眾，每天晚上都在撒謊。真的非常地抱歉。」

我誠心誠意地低下頭。

明明情況如此緊急，但心中某處卻有種忽然變輕鬆的感覺。

「另外還有一件事情必須道歉。雖然我覺得這種暗算似的做法不太好，不過在我來到這裡之前，我準備了這個東西。」

我把手伸進外套前口袋，拿出了我藏起來的東西。

「因為我實在……很害怕啊。」

那臺四方形的機器，放進口袋裡稍嫌大了點，我的外套腰圍附近已經撐到極限，所以一拿出來，就有種相當爽快的感覺。

「那是……什麼？」

長方形底座，外圍捆著漆包線，凹凸不平的圓筒型容器。還有三號電池和二極體。後藤的眉頭位置開始浮現警戒之色，仔細觀察著我手中那臺機器。

「這是ＡＭ調頻的電波發射器。」

我一邊用指尖敲著二極體，一邊回答。

「如各位所見，這並不是市場上流通的商品。是我自己做的。打從進入這座山，我就一直利用這臺電波發射器送出聲音。不過話說回來，因為這臺機器實在太小臺，周波數也有點特殊，所以普通收音機根本不可能收得到。因為不能隨便讓聲音搭上公共電波。而且電波非常微弱，即使巡邏車就在旁邊，也不可能收得到訊號。——不過。」

後藤的視線從機械移動到我身上。

「我平常進行現場直播節目的電台裡，有個收訊器可以接收這種電波。」

他的眼睛忽然睜大。

「剛剛之所以說我覺得這種暗算似的做法不好，是因為我今天聽到的所有聲音，全部都被完整地送到電台的收訊器去了。因為電源完全沒有關閉，所以訊號應該也是毫無間斷地發送出去了。但是話說回來，電台裡其實沒有人在收聽。這是只有我知道的事。只是我在電台剪接室裡的白板上留了一句話，內容大概是天亮之後，我仍然沒有任何消息的話，就把這份錄音播放出來。所以明天早上如果不是我第一個進入電台洗掉那段錄音，可能就會被其他人聽見了。」

後藤只把視線移到我的臉上，但其他人卻已經明顯表現出不安的神情。

「所以我覺得你們最好不要再做多餘的事，直接讓我們離開比較好。我可以跟你們保證，離開這座山之後，我會馬上前往電台，搶在其他人播放錄音之前，把它洗掉。」

後藤的眼珠，在機器與我之間一上一下地觀望。

「意思是你準備了保險是吧。」

「當然。要不然的話——」

一聲輕笑忽然從我口中蹦了出來。

「才不敢闖到這種地方來呢。」

後藤的眼睛動也不動地筆直對著我，眼中就像在教科書的人物圖像上塗鴉一般，浮出了好幾道鮮紅血絲。雖然不知道那到底是因為憤怒與懊悔造成血流增加，還是因為睡眠不足，不過我領悟到自己大概永遠不會忘記這雙眼睛吧。後藤的視線往我身後移動。當他瞪著三梶惠的父親時，我似乎看見後藤的瞳孔猛然收縮了一下。最後他會不會覺得至少給對方一拳也好呢？我突然出現這個念頭，而這個念頭是正確的。後藤忽然動了。他迅速竄過我身邊，我隨即伸手想抓住他的手臂——

這時，發生了一件出乎所有人意料之外的事。

遠方傳來了警笛聲。距離不太清楚，不過很明顯是從山裡傳來的。後藤的身體立刻停了下來，我也慌慌張張地四下張望。

「是你報警的嗎！怎麼辦到的！」

後藤瞪著我看，但我老老實實地搖頭否認。問我怎麼辦到的？我就是想要報警也辦不到。就算是單獨逃走的百花小姐報的警好了，因為必須離開這座山才有可能使用手機，警察也不可能這麼快趕到。

「該不會是有人聽了你的錄音吧！」

「咦？不，我有在白板上寫了天亮之後還是聯絡不上我的話，再聽這份錄音……」

「你寫得夠不夠顯眼啊！」

後藤大呼小叫的同時，警笛聲仍然持續響著，而且變得越來越大聲。彷彿狗追著自己的尾巴一般，後藤高速轉身，看向那群男人。

「喂，有無線電嗎？有誰帶了對講機過來？」

慌了手腳的四人同時搖頭，後藤一把將他們推開，直接衝上山坡。因為實在太趕，所以他們非但沒有出現戲劇性的退場動作，甚至忘了吐出最後一句叫囂。四個男人接連跟在後藤身後。那個年輕男子最後回頭望了我一眼，嘴唇微微一動，但終究沒有開口，追著他的同夥而去。

六

山路上只有我們留了下來。

「你……準備得很周到嘛。」

三梶惠的父親望著山路上方，輕聲這麼說著。

「小恭該做的時候還是做得很好的！」

石之崎先生得意地這麼說，重松先生則是用力拍著我的背。

媽媽桑、鈴香和三梶惠從車門探出頭來四下張望，緩緩走了出來。

我想後藤現在應該是十萬火急地回到傾倒現場，用無線電告知山上所有的砂石車，下令撤退，同時自己也迅速逃離這座山吧。除了我們第一次開上山的那條路，山上一定還有另一條比較寬的道路可供砂石車行駛。當初上山時，我們只有發現一輛正在下山的砂石車，所以通往現場的其他路線一定是在其他地方。當有巡邏車來到傾倒現場附近時，若是逃得太慢，就會被視為現行犯加以逮捕，所以他們一定會確保後路。雖然有點不甘心，不過只要現在從該處下山，不論是近藤或現場的砂石車司機，應該都能全身而退。不過，這道斜坡下方的砂石車會怎麼樣呢？果然還是會被逮捕吧？我轉頭看過去時，警笛聲忽然急速逼近而來。速度實在是快得不可思議。我正為了這股不自然的感覺感到疑惑時，百花小姐忽然從暗處現身了。

「啊──右手好痠。」

她的左手拿著避難用手電筒，右手正在旋轉把手。

「這個也有警報器功能耶。功能真多。」

百花小姐一停手，警笛的聲音立刻停止，四周恢復成一片寂靜。

「……俺就覺得警察出現的時機實在太巧了。」

第一個笑出來的人是石之崎先生。

「我就躲在那邊的樹叢裡，聽小恭跟那些傢伙講話。因為實在看不太出來他們到底會不會老實離開，所以我就試著製造一些警笛聲。因為音量不太大，我想聽起來應該會有點像是來自遠方。雖然有一半是玩玩看而已，不過事情卻意外地順利，真是太好了。」

「有一半是玩玩看嗎……」

她的想法讓我啞口無言，不過轉念一想，自己的所作所為其實也跟她差不多。

「桐畑先生，你連這種東西都有辦法自己做啊。」

三梶惠走了過來，低頭望著我手裡的機器。

「我還以為你只會做收音機而已。」

「的確只有收音機而已啊。」

我老實承認。

利用養樂多空瓶製作而成的天線。是我在多年前完成的第一臺收音機。因為我想起自己從架上拿起它，失去控制似地塞進旅行包裡一起帶來，所以剛剛下車時，我抱著孤注一擲的念頭，把東西偷偷放進了外套口袋。

「這種東西才不可能發射AM調頻電波。不過要是真的辦得到，就會方便很多了。」

由於所有人都目瞪口呆地望著我，讓人有點難為情起來，於是趕緊將手工製收音機放回外套口袋。不過話說回來，有順利成功真是太好了。因為我想到我的節目聽眾主要都是大卡車司機，所以賭了一把。如果他們不認識我或我的節目，我想那種生硬的演技多半不可能過關吧。

「百花，妳為什麼沒有逃跑？」

媽媽桑回過神之後問道。

「剛開始我的確想要逃跑啊。也考慮過乾脆一個人走路下山算了。不過後藤的同夥一直在下面晃來晃去還找我搭話，感覺有點煩人，所以我就回來了。」

「咦？找妳搭話？」

「嗯。不過他們什麼也沒做喔。我起初也嚇了一跳，嗚哇，慘了，被發現了——然後驚慌失措起來。不過對方似乎把我當成和後藤有關的人，對我打著招呼，例如辛苦了之類的。所以我也適當地做出回應，回答嗯嗯、啊，你也辛苦了等等。」

「啊，是那件外套的關係。」

看見她身上的外套，我才反應過來。印在背上的GCS公司商標，竟然在意想不到的地方派上了用場。

「咦？什麼？」

百花小姐扭著頭，想看自己的背後，然而一直看不清楚，所以馬上就作罷。看著她不耐地撥起漫成大波浪的髮絲整理的模樣，我心想原來如此，的確可能被人當成和惡質商人交往的女人。

「啊……已經不行了……俺不行了。」

石之崎先生似乎身心都負荷不了，當場蹲了下去。

「小石，這樣應該減了不少體重吧。」

百花小姐轉動著手電筒把手，照亮石之崎先生的肚子，隨後再將光線移至臀部。

「多多運動，痔瘡說不定也會改善喔。」

「是那樣的嗎？」

我感覺自己恍如夢中，凝視著像隻巨大螢火蟲般屁股發光的石之崎先生坐下。其他人也都沒有開口，各自露出昏昏欲睡的眼神站在原地。天空漸漸泛白，周圍的樹木輪廓也逐漸清晰，不知何處傳來了第一聲鳥鳴聲。漫長又煎熬的夜晚終於結束了。

「惠小姐……妳有時間嗎？」

我抬起頭，決定對她開口。

「可以陪我一起去拿我的失物嗎？」

七

「所以連一次也不曾用過嗎？」

兩人並肩走在漸漸轉亮的山道上。

「對。所以剛剛那是第一次使用。」

「把收到的禮物手套蓋在臉上，相信你父親也是始料未及吧。」

「應該吧。」

歡笑的聲音，踩在泥土上的聲音，因為微風吹拂而輕輕晃動的枝葉沙沙聲。我一邊感覺著這些聲音漸漸融化在透明的微光之中，一邊下定決心，說了起來。

「我有幾件事想告訴妳。」

「是關於正志先生嗎？」

由於她的反應非常平靜，反而讓我嚇了一跳，再次看向她的側臉。她臉上帶著一絲笑意。

「拿著黏鼠板躲在樹叢裡的時候，我全都聽見了。畢竟後藤的說話音量莫名地大聲，桐畑先生的聲音也很清晰。」

因為我沒想到她已經知道了，我一句話也說不出來。三梶惠也跟著保持沉默，凝視著地面向前邁進。但她最後噗嗤一聲笑了起來。

「那個花椰菜啊。」

她抬起頭來，雙手互握，邊走邊往後伸了一個懶腰。

「我以前一直覺得他不像是會做壞事的人啊。」

人真的是不可貌相。即使外表看起來善良，實際上卻不一定是個善良的人。即使看起來像花椰菜，也不見得一定可以吃。

「不過也好，能在這個時候知道這件事實在太好了。我以後不會再跟他見面了。」

「這樣好嗎？」

「當然好啊。不過真的好險。要是繼續這樣交往，甚至結婚，然後才知道收買這件事的話，事情就嚴重了啊。另外我現在才注意到，要是跟那個人結婚，我就會變得跟香菇一樣了。」

「香菇？」

「山野之惠。」

這麼說來，後藤的確說了正志的姓氏是山野。

隨著天色逐漸轉白，她的臉色也變得越來越明亮。

「我對爸爸做出那些事情，他裝出一副非常擔心的樣子，但實際上應該是舉雙手贊成吧。」

實情可能真的如她所說。如果三梶惠的父親繼續調查後藤，正志收賄這項事總有一天會東窗事發。相信正志也很希望能不顧一切地阻止父親。這時，三梶惠因為擔心自己的父親，決定逼他放棄報仇，於是開始進行那一連串的計畫。對正志來說，若是計畫能成功，當然是再好不過。

「哎，不過我也沒有什麼立場說別人。」

「為什麼？」

「你應該知道吧？因為我也一直對大家撒謊，然後為了不被揭穿，又撒了更多的謊。而且還把這麼多人一起捲入事端，我才是最惡劣的人。」

上坡路段結束，山路變得平坦起來，我們繼續朝著樹林之間走去。我在傾倒現場出面牽制對方，讓大家狂奔上車的地點，應該正好在這附近。

繼續走了一段路，眼前的景色豁然開朗。

已經人去樓空的傾倒現場，還是一樣充斥著噁心的氣味。如今終於得以一窺全貌的坑洞邊緣，我的手套就這麼孤零零地掉落在地上。我撿了起來，拍去上面的灰塵。往周圍看去，儘管天色尚未真正大放光明，卻已經讓周遭景物變得完全不同，甚至讓人出現「自己真的曾經來過這裡嗎？」的神祕感覺。

「──還有呢？」

她突然這麼問我。

「嗯？」

「你不是說有幾件事情想告訴我嗎？」

對，接下來，我必須把一些事情全部告訴她。因為不可能一直這樣維持現況。眼中不可以永遠看著虛偽的景致。因為我想讓她知道真正的我們。

「……來收集一些小東西吧。」

我沒有辦法正面對著她說話，於是迂迴地走進了巨大坑洞。剛剛那臺小型怪手，停在通往坑洞內部的道路上，我順著道路走了下去，一直走到各種建材、碎裂的塑膠片、以及用途不明的金屬零件旁。這段期間，我完全沒有回頭，不過後方傳來的腳步聲，讓我知道三梶惠一直跟在後面。我眺望著朝陽之下的廢棄物之海，發現右手邊方向突出一根白色塑膠傘的傘柄。

「關於大家。」

我一邊注意腳下，一邊在廢棄物上行走，朝著雨傘前進。

「咦？」

「我在節目裡提過的故事。」

我抓住白色雨傘的傘柄，把東西拉了出來。儘管塑膠布已經破爛不堪，傘骨也有好幾根是彎的，不過我試著打開一看，發現還是多少保留著雨傘的形狀。我一邊將彎曲的傘骨一根根扳直，一邊說著。

「我曾經在節目裡提過『ｉｆ』所有人的故事吧。例如以前發生過什麼事，而現在變成了什麼樣子。之前為了讓惠小姐更快了解大家，也有請妳再聽一次當時的廣播吧。」

「就是那個吧，百花小姐的花枝墨汁事件，石之崎先生的裝死事件，還有多虧了重松先生，朋友才沒有被捲入火災的故事。我全部都記得喔。另外媽媽桑的故事是女兒為了工作苦惱，鈴香小姐則是母親僱用徵信社的故事。」

「那些故事啊。」

我從口袋裡拿出鍺礦收音機，坦白承認。

「其實是騙人的。」

「啊，是嗎？」

她似乎不是非常驚訝。不過她早已知道，我在節目裡提過的事大部分都是編造的，所以可能真的不太值得驚訝吧。

「對，是騙人的。不過不是全部，大概有一半是假的。每個人的故事都和事實有些出入。」

他們當時做了些什麼。這一部分是真的，全部都跟我說的一樣。

「那到底是哪裡不一樣？」

我把殘留在心中最後一絲猶豫抹去，開口回答。

「結果不一樣。」

對，所有人的結果都不一樣。

百花小姐的確在國中二年級時，在母親經營的小餐廳裡，和闖空門的小偷遇個正著。對方撲過來的時候，她也的確驚慌失措地抓起砧板上的東西，用力往前送去。但她抓住的東西不是花枝，而是菜刀。銳利的刀尖，就這麼刺進了小偷的喉嚨。那個年約五十歲後半的小偷，在她面前失神坐倒，隨即沒了呼吸。雖然沒有被問罪，但是從此之後，百花小姐在清醒時，不對，甚至連在睡夢中都為了自己殺了人這件事害怕不已，受盡折磨地活著。

石之崎先生回老家的時候，被一個年輕駕駛的粗魯開車技術搞得相當火大，於是決定裝死嚇唬對方。這是真的。看見倒在地上的石之崎先生，年輕人嚇得驚慌失措，立刻跳上車逃走。這也是真的。等對方看到隔天的新聞或報紙，得知根本沒有發生死亡車禍，這才發現自己被人擺了一道。然而他實在忘不了當初發現自己撞死人的感覺，因此回頭反省自己的高速駕駛。石之崎先生是這麼認為的。只不過實際上，年輕人高速駕車逃離現場之後，撞飛了一個走在路上的老太太，傷者當場死亡。

重松先生還在念小學的時候，的確和朋友吵了一架。隔天在學校見面，看到對方的右腳相當嚴重地纏著繃帶時，重松先生因為太過懊惱，無法對朋友開口道歉。這是真的。因為如此，朋友朝著重松先生和其他人丟擲石塊，受老師責罵，被罰單獨打掃教室。我在節目上說，當天傍晚，朋友家發生火災，因為他被留在學校所以逃過了一劫。然而實際上，發生火災的地點不是朋友家，而是學校。被鎖在教室裡的朋友逃不出去，就這麼被燒死了。重松先生曾讓我看過一張有拍到對方的黑白照片。就是這傢伙。重松先生用他充滿皺紋的指尖，緩緩地指出對方是誰。他當時的表情，看起來和他平常雕刻的佛像十分神似。

輝美媽媽桑的女兒忍受不住職場壓力，打了電話給母親。當時媽媽桑在生意興隆的「ｉｆ」店內接到電話，因為太忙而草草掛斷。將人猛然推開的態度奏效，女兒得以重新檢視自己，決定重新出發。轉換跑道之後，每天都過著充實的生活。我是這麼說的。然而實際上，原本當成最後依靠的母親掛斷自己的電話後，女兒立刻從員工宿舍屋頂跳樓自殺。雖然撿回一命，但至今一直處在毫無意識的狀態下，身上接著許多管線，待在醫院裡。

鈴香就讀高中時，父親的確爆發了外遇風暴。看到徵信社人員所拍的照片時，他懷疑那個和父親在一起的女性，是不是知道有人在拍攝。他趁父母互相討論時提出這個問題，結果母親和其友人一起策劃的贍養費騙取計畫因此曝光，最後未能成功離婚。出乎意料的是，這件事變成父親反省自己長年以來的態度的契機，雖然還不到和樂融融，不過家人們也從此過著普通的生活。我是這麼說的。實際上，母親在拿不到贍養費的情況下被趕出家門，被迫和鈴香一起過著拮据的生活。母親拚命工作，偶爾還會出賣自己疲憊不堪的瘦弱身軀賺錢。一起生活的期間，她一而再、再而三地反覆對著鈴香說；都是你害的，都是因為你注意到不該注意的事。他開始怨恨自己過度準確的直覺，努力不思考多餘的事。但偶爾還是會因為無意之間運作的直覺感到痛苦、哀傷。就像當初從上野車站的路橋下奪門而出時一樣。

「其實都是一些不起眼的選擇。一些非常簡短的話。」

然而世界卻出現了翻天覆地的變化。

我對三梶惠坦白了所有事情。

同時不斷修理著塑膠傘彎曲的傘骨。

只為了不要直視她的臉。

「四年前，我第一次走進那家店。其實一個人獨自走進酒吧，對我來說是很困難的。不過我必須尋找能用在節目上的點子。那個地方，雖然沒有把招牌擺出來，不過我看到大樓入口處的樓層介紹寫著『if』，心想那應該是酒吧。」

當初打開那扇黑而細長的店門，往裡面張望的那一瞬間，我至今仍然無法忘懷。

那裡是個如同哀傷集合體的地方，充滿著無法忍受的痛苦的地方。被後悔之念壓垮，找不到可以逃離自己的地方，完全無法對明天抱持著希望的人們，沉默地握著酒杯。媽媽桑穿著衣領染上污漬的罩衫，隔著看似許久未梳理的亂髮，用她混濁不堪的眼睛望著我。其他人也轉頭看來。那是絲毫不打算接受任何新事物，彷彿蓋著一層薄灰，了無生氣的五對眼睛。空洞的神情，彷彿永遠雋刻在他們每個人的臉上。媽媽桑對我說：「這間店已經沒有在營業了。」我說不出話來，只能直接關上店門。

可是等到隔天節目結束後，我回過神來才發現自己的腳正朝著同一間店前進。

「因為我實在非常在意……想和他們聊聊。」

說不定有部分原因是因為我想找到可用在節目上的新點子。或者是我在大家眼中，看見了當年父親去世時的自己。後來我想了很多次，卻總是想不起當時的心情。

「一打開門，立刻看見和前一天晚上相同的面孔。看向我的眼神仍然混濁，但我對著媽媽桑說請讓我喝一杯就好，而她也讓我坐在空位上。

沒有人說話。他們就像是堅持不願承認我走進店內這項事實，始終沒有朝我這裡看來。最後他們一個接著一個起身，默默走出店外。

媽媽桑坐在吧枱後一個十八公升裝的鐵桶上，即使和我單獨相處，媽媽桑也一直盯著空無一物的地方，一動也不動。真的像個人偶似的。然而當我戰戰兢兢地開口問話時，她有好好開口回答。」

我試著間接詢問大家到底是什麼關係。因為他們看起來實在不像普通的酒吧常客。結果媽媽桑回答是同伴。

——你說同伴嗎？

可能是因為醉得相當厲害，媽媽桑開始說了起來。當然，那個時候不可能告訴我大家的過去。媽媽桑只說了自己身上發生了痛苦到極點的事，所以把店收了起來。不過經常跑來的熟客們當中，有幾個人老是像剛剛那樣聚在一起，每天晚上喝酒買醉。媽媽桑沒有特地點名叫人，他們也不是約好了每天過來。等到反應過來，就已經是那種狀態了。她還說，這樣感覺很自在。

——大家也一定都是這樣的。

媽媽桑望著空無一人的吧枱，輕聲說出這句話。不過當時的我並不懂她的意思是什麼。

「在那之後，我開始每天晚上前往那間店。

我至今仍然不懂自己為什麼要這麼做。想為他們做些什麼之類自以為是的想法，我相信應該不存在。然而近似預感的微小念頭卻是存在的。我說不定可以成為他們的力量。

剛開始，我一直被當成不存在，不過久而久之，大家總算願意和我進行交談了。

可是，沒有任何人露出笑容。

巧的是石之崎先生曾在電台做過驅逐害蟲的工作，當初施工時，有聽見節目的音樂聲，所以記得我的聲音。他對我說『難道你是……』我也對他說了自己是誰。知道我的工作是什麼之後，大家可能覺得有點稀奇，這才願意和我進行像樣的對話。可是，仍然沒有人露出笑容。

就這樣聊著聊著，我知道了大家的過去。」

我不想放任不管。

我想幫忙做些什麼。

「所以，我對大家說了非常空泛無奇的話。例如只要把那些事情當成沒發生過就行了。做一些不同的事——做一些讓人愉快的、讓人開心的、讓人發笑的事情不就行了，諸如此類。」

大家都沒有反應。

「可是我覺得應該能辦到。我真心這麼想。因為我自己每天晚上都在做同樣的事情。即使是平淡無奇的每日，也能改編成聽眾絕對不會厭倦的經驗談，抬頭挺胸地說出來。

所有人都受不了我了。還對我說，你根本什麼都不知道。的確，那個時候，我可能真的不知道真正含意為何。不過某一天晚上，爛醉的百花小姐對我這麼說。」

──那你試著說說看啊。

「她當時的表情非常可怕。像是對我恨之入骨的表情。」

──你就在你自己的節目裡，試著對這個世界說話啊。就說那種事情根本沒發生過啊！如果你做得出我們的歸所，那就去做做看啊！

「百花小姐瞪著我，掉下眼淚。眼淚完全沒有止歇的跡象，但她始終沒有閉上眼睛，一直瞪著我。」

我做給妳看。我如此回答。

如果那個時候選擇這樣做，或是那樣做該有多好。思考這種事情是沒有意義的。沒有任何人能知道行動結果。選擇本身也沒有謬誤。既然如此，就只能重新打造現在。只要創造出新的現在即可。即使是肉眼不可視的透明世界，只要真心祈願，人類就能接觸到該處。就能用自己的雙腳站立。我如此深信不疑。

我只拜託了百花小姐一件事。

「我對她說，請妳渴望改變。請打從心底如此祈願。」

百花小姐思索了很長一段時間，最後終於點頭。她凝視著我的眼睛點頭。如今想想，對她來說，渴望改變這件事是具有重大意義的行為。然而百花小姐還是祈願了。

「所以，我才做出了那樣的節目。」

百花小姐，石之崎先生，重松先生，媽媽桑，鈴香。我對著麥克風，說出了所有人的過去，以及現在。用我的聲音，朝著所有轉到這個頻道的人們訴說。即使是謊言或藉口，只要能夠侃侃而談，就能成為真實。比事實更像事實。就算是失去翅膀的蜻蜓，也能賦予它全新的翅膀。

「當然，大家不可能立刻出現改變。」

可是漸漸地，大家願意抬頭了。臉頰肌肉也漸漸開始上揚了。店內甚至開始出現笑聲。如此我才知道，聚集許多人時，儘管負面力量會增強，但正面力量也會同樣滋長。

「不過，其實這還只是類似試營運而已。」

「試營運？」

自從我開始講述大家的過去，三梶惠第一次出聲回應。我一邊鬆開手工製收音機的漆包線，一邊回頭，但她低下了臉，看不見臉上的表情。我讓注意力再次集中在收音機上，繼續鬆開漆包線。

「對，試營運。妳不覺得很奇怪嗎？為什麼那間店裡總是只有我們在？為什麼從來沒有其他客人走進來呢？」

三梶惠點頭。

「我也覺得很奇怪。就連我說了要是來了很多客人該怎麼辦的時候，媽媽桑也非常篤定地回答，不會來的。」

——沒事的，這裡只有熟客才會來，不會那麼忙的。

——可是，如果有一天來了很多客人的話——

——不會的。先說這個吧。

收起店鋪時，收在外圍逃生梯轉角處的招牌，始終放在那裡沒動過。我們決定等到將來某一天試營運結束時，就把招牌再次放在這棟大樓樓下。媽媽桑現在還沒有勇氣接納新客人，大家也很擔心唯一能讓自己心安的「ｉｆ」會出現改變。大家心中的傷口，都還沒有完全痊癒。偶爾還是會露出宛如陌生人一般的表情。回憶永遠糾纏在當事人身邊。

「對，不會來的。」

——要是不快點在猶豫不決的時候採取行動……之後後悔也來不及了。

三梶惠失蹤的時候，重松先生和石之崎先生也各自因為往事而糾結。

——重松先生……俺覺得還是慎重行事比較好。再說她還有辦法像這樣發郵件過來。要是俺們一時衝動，造成無法挽回的狀況的話，將來才會真的後悔莫及唄。

——那怎麼可能。

——就是有可能，俺才說的。

那個時候，我們很清楚互相凝視對方的兩人心中到底在想什麼。所以什麼也說不出口。相信重松先生心中浮現的，是被自己的猶豫不決所害死的朋友，而石之崎先生心裡想到的，則是自己草率決定的行動，讓一個年輕人背上過失致死的罪名，還奪走另一個老婦人的生命。

「不過，其實大家也有討論過是不是應該重新開張了。妳想想看，季節正好是春天，是最適合重新出發的季節。結果這次換成我的——」

聲音忽然卡在胸口，什麼也說不出來。

明明已經下定決心說出一切的。

「桐畑先生的？」

身後傳來的聲音裡，出現了一抹不安。

我必須說出來。必須好好說出來才行。我想讓這個人知道所有的一切。這和我想與她發展什麼關係，或是希望她如何看待我無關。就算想了也沒用，也沒有意義。

我只是希望她能知道。

「大概三月中，就是惠小姐第一次走進『if』的那一天。大概在那之前一週，發生了一點小意外，導致沒辦法重新開張營業了。大家決定繼續維持現況一陣子。」

那件事到底是什麼事，我想三梶惠肯定摸不著頭腦吧。用這種說法，根本不可能傳達給對方知道。但我非常害怕。那個我一直不願意說出口，連在心中都不願意說出口的事實，如今要將它轉化成聲音，這讓我感到非常恐懼。

「我懷疑惠小姐的父親其實還活著的時候，不是說了一些話嗎？」

我翻找了她的旅行包。發現旅行包裡沒有半張父親的照片。以及就在此時，我確定了她的父親其實還活著。

「至於我為什麼光憑沒有照片這一點，就做出了這種結論呢？」

還差一口氣。就差一點了。

「是因為我自己會把所有照片放在身邊的關係。」

過了一段短暫的思考時間。

「你是說你已經去世的父親的照片？」

我依然背對著她，曖昧不清地搖頭。每一個字都像堅硬的石塊，很難從喉嚨裡吐出來，而且每一次吐出來，都伴隨著劇痛。

「那也是其中之一。妳回想一下，我房間裡不是有嗎？就在放了收音機的架子上。有我母親、妹妹，還有朋生的照片。」

「嗯。」

「我說的就是那些。」

從錯落的枝椏之間筆直落下的朝陽，完完整整地照耀在我的臉上。我瞇起眼睛，從眼皮隙縫中看著自己的手，在打開的塑膠傘傘骨之間纏上漆包線。從內側到外側，纏成螺旋狀。

一切都很順利。就在「ｉｆ」的人們抬起頭來，重拾微笑的時候。母親帶著即將臨盆的妹妹回娘家，妹妹值得紀念的初次生產。我所前往的婦產科醫院，可從窗外看見二月時節美麗動人的高尾山。抱起只有一串巨峰葡萄重的朋生，輕撫他如同羽毛一般柔軟的頭髮，說出跟自己長得很像這句多餘的話，惹妹妹生起氣來。回到公寓的時候，我覺得非常寂寞。當時正好是情人節，離去之時，母親拿了一盒綁著緞帶的巧克力給我。我坐在特急車的四人座座位上，邊吃邊回家。我等不及母親和妹妹帶著朋生一起回來的那一天。我反覆想像著自己打開旅遊指南，大家一邊吵吵鬧鬧地聊天，一邊前去欣賞紫陽花的場景。每一次想像，都讓我雀躍不已。我還沒思考過家人這個詞的意義，也沒發現不必思考這件事情，其實是一種幸福。

——這些紅色鉛筆呢？

——是天線。我想讓自己冷靜下來的時候就會做這個。

——數量好多呢。

——因為最近這半個月發生很多事情啊。

開車的人是妹妹。事故原因不明。就算知道，也不能改變什麼。好像是為了購買嬰兒用品，和母親一起帶著朋生出門時，發生意外。地點在山腳下的隧道入口，車子擦撞路旁水泥牆，反彈到對向車道，被疾駛而來的大型卡車攔腰撞上。我從祖父非常難以辨識的口音中接獲了這個消息時，公寓外面正吹著陣陣冷風，我窮極無聊地望著自己晾在窗外的運動服外套和晾衣夾一起轉個不停。天色微陰。等我趕到醫院時，三人已經冰涼地躺在醫院的簡易靈堂裡，朋生的眼睛微微張開，如冰一般透明的眼睛直視著我。我想我在死去之前，都不可能忘記那雙眼睛。

「桐畑先生……不是說他們都在母親娘家裡嗎……」

「他們現在放在小罐子裡並排著。朋生的骨灰罈真的非常小……我一直都不知道，骨灰罈其實有嬰兒尺寸的。上面畫了一些可愛的小圖。」

當年足不出戶時一直沒有交集的妹妹，如今好不容易才恢復成可以互開玩笑的程度。不管到哪裡都讓人覺得丟臉的我，成為人氣廣播節目的主持人，好不容易才能讓母親和妹妹稍微感到自豪。感覺自己總算可以再次成為他人的兒子和兄長。母親為了足不出戶的我，買了電晶體收音機。我無論如何都想要道謝，抱著必死的決心踏出家門，在百貨公司買下的薔薇胸針，母親在前往娘家時，以及遭遇意外時，都把它別在胸口上。妹妹出嫁的前一天，我在她房間，和不斷捏著軟式網球的她說話。在教堂裡第一次目睹親人的接吻畫面。為了和大家一起出門而買的鎌倉旅遊指南。保存在語音信箱裡，始終不願刪除的母親的聲音，還有妹妹的聲音。

——是媽媽。其實沒什麼事，只是小直的母奶一直擠出不來，正在煩惱的時候，你外婆開玩笑地露出胸部，然後對著朋生說來吸來吸，那看起來都有點像是豆腐皮了，可是朋生竟然真的認真吸起來——

——啊，如果冰箱裡的食物沒了，要記得馬上打電話回來。

一些瑣事與笑聲。

——啊——哥哥，辛苦啦。我在想你是不是還活著，所以打電話過來確認一下。

——因為每隔兩小時就要餵一次母奶，所以我其實可以從中間開始聽，只是怎麼說呢，就是沒那個力氣打開收音機啊。

——總覺得對親哥哥說出「母奶」這個字，真是不好意思呢。啊，朋生在哭了，先掛了喔。話說朋生這個名字，我還是有點叫不習慣。明明是自己的孩子，卻總是覺得難為情。

那個平安健康地出生的孩子，妹妹本想借用「明天」的英文「tomorrow」的諧音，取名為朋郎（TOMORO），但這樣似乎有些刻意，於是重新取名為朋生。加上這個命名由來，我覺得這個名字真的非常完美。我深深相信，我的外甥一定可以天天迎向我從未見過的燦爛明日。可是明天已經不再降臨到朋生身上了。不管等多久，都不再來了。

當初把胸針交給母親的手，敲了妹妹的房門無數次的手，戰戰兢兢地抱起朋生的手。我用這雙手，拾起了三人的骨灰。

「你不是說他們會回公寓嗎……大概再一個月就會回去，不是嗎？」

「七七四十九日那天，三人都會被放進祖墳，所以我打算在那個時候稍微分一點骨灰回來。母親的、妹妹的，還有朋生的。」

我果然還是想待在她們身邊。

「因為墓地有點遠。」

即使變成枯骨，一定還是可以感受到三人的氣息。我對此深信不疑。應該可以永遠不必和他們說再見。不是忘記他們已死的事實，而是接受它、接納它，如此一來我們一定可以永遠同在於心中。將來，我可能還是會一直播放語音留言，聽著母親和妹妹的聲音，持續地在大量紅色鉛筆上纏繞漆包線。不過那不會是永遠。我相信一定是如此。

自從三人死後，我每天晚上都會夢見自己變成一個外表像人，內心空洞的冰冷陶器。雖然在夢中哭泣，但是變成陶器的我無法流淚。雖然想要雙手掩面，放聲大叫，但是兩隻手始終僵硬冰冷，完全不聽使喚。然而那個夢境正在緩緩改變。雖然還是同樣的夢，但我的眼睛已經可以滲出淚水，雙手也變得溫暖起來，至少可以活動指尖。

多虧「ｉｆ」的大家送了一個全新的世界給我。多虧有他們做出比過去更加開朗愉快的舉動，努力為我創造出我的現在。

相信那一定不是抱著隨隨便便的心情做的。如果不是打從心底相信那樣可以幫助我，否則肯定是做不出來的。自從母親、妹妹和朋生的頭七結束後，我每天只要一到店裡，就一定會發生某些事情。例如突然有擬餌撞上自己的臉，噴霧器對準自己發射空氣，聽見他們為了嘗試用聲音震破玻璃杯而發出的大吼，或者是突然從裡面開門，嚇我一跳等等。那全部都是大家的真心。知道我何時會抵達店內而刻意做好的準備。昨天晚上，大家在店內小聲討論著三梶惠失蹤的事情時，我也以為大家正在商量要如何捉弄我，感覺妨礙到大家實在過意不去，甚至還猶豫著到底要不要進門。大家的惡作劇，總是讓我非常開心。感覺非常溫馨。希望大家可以一直這樣捉弄我。

——不管你怎麼拜託我們不要插手，還是沒辦法放心。

——畢竟我們一直受到小恭的照顧。

——也讓我們有機會報恩吧。

在山裡開車奔馳的時候，媽媽桑、百花小姐和鈴香對我這麼說。但我其實早就從大家身上獲得了遠遠超過需求的善意。

不光只是「ｉｆ」的人。餅岡先生也一樣，雖然笨拙，卻溫柔無比。他像平常一樣，以嚴格的態度面對我，同時撒著彆扭的謊，推薦我養貓。

——我有個朋友正在找可以養貓的人。是隻幼貓。

——我不要緊的，餅岡先生。

——是嗎？

此外，當我在現場直播時說不出話來的時候……

——恭太郎。

他也沒有多說什麼，只是從桌子另一頭直視著我的臉。

——沒事的，不好意思。

每當發生類似的事情，我就會在心中合十。

我想回報大家的心意。所以我決定祈願。找出一直以來的自己，配合收音機的頻道，將心中所有的聲音都變換成高興而愉悅的聲響。大家為了我而努力製造的新世界，我決定用我這雙腳試著走走看。腳下是一片透明，非常恐怖，不過我擁有長年飼養透明變色龍的經驗。再說，和我朝夕相處多年的收音機電波，也同樣無法用肉眼辨識。

「這一個月，可能有點像是一直在進行電台節目的現場直播吧。在自己心中開朗又愉快地不斷說話。這場轉播的開頭，惠小姐不是也登場了嗎？以此為契機，大家一起鬧哄哄地東奔西走，久而久之，我發出的聲音與說話內容都漸漸變成真的了。我終於可以用手接觸，用腳踩上大家為了我所創造的新世界。」

以漩渦狀方式，密密麻麻地從傘骨纏到下一根傘骨的漆包線全部纏好之後，我把前端和手工製收音機接在一起。手伸進外套內口袋，裡面放了一張卡片。是我從伊藤洋華堂買來，打算在三梶惠生日那天交給她的卡片。打開對折的卡片，裡面用群青色簽字筆寫著「生日快樂！謝謝妳長年收聽我的節目，將來也請多多指教！桐畑恭太郎」一串引人同情的訊息，電子音效的「Happy birthday to you」響了起來。我把卡片尾端撕開，用手指扯開細小的電線，音樂立刻噗地一聲消失。

「桐畑先生，我……」

來自背後的三梶惠的聲音，變得非常細小。

「我完全不知道……還說出爸爸自殺這種謊話……」

沒錯，對我們來說，她的謊言實在難以原諒。大家心裡都隱藏著某人的死亡、不幸或惡運，但還是努力仰起頭，認真活下去。然而她卻把仍然活著的人當成已經死亡，藉此利用我們。

「來聽首歌吧。」

我用牙齒咬斷生日卡的配線，從裡面拿出具備擴音器功能的陶瓷震盪器。接好配線後，我把雨傘舉到肩頭。

「進來吧。」

像是為了隱藏自己的臉，三梶惠深深低著頭，雙手緊握，因為太過用力，連嘴巴都變成了ㄟ字形。我決定不去看她，緩緩走了過去。我就站在她的身邊，明明沒有下雨，兩人卻一起站在傘下。

「不知道會不會成功。」

我把剛剛從生日卡片裡面拿出來的速成擴音器，拿到我的右耳和她的左耳之間，悄悄改變身體的方向。纏繞在雨傘上的漆包線開始尋找電波。一陣微弱的雜音，傳進了我的右耳，以及她的左耳之中。

「我想惠小姐也一定跟我們一樣吧。」

我緩緩調整雨傘的方向。

「惠小姐並不是單純為了欺騙、利用我們，才說出那樣的謊言。妳其實是想創造一個虛假的世界，躲進其中，藉此遠離痛苦的現實。我了解。而且我相信大家應該也都了解。父親的公司沒了，自己的家也快要消失，但父親卻只想著要找惡質商人報復，這樣當然會讓人試圖逃走啊。像我們這樣，藉著什麼事情都沒發生過的謊言來保護自己，以及像惠小姐這樣，透過比事實更加殘酷的謊言來穩固身心，我想本質一定都是一樣的。」

碰觸在一起的肩膀微微抖動，耳邊傳來她刻意壓下哽咽聲的氣息。我把手指放在嘴唇前，輕輕

「噓——」了一聲，調整雨傘的方向。速成擴音器哩，再次傳出了單調的雜音。

「世界上也有很多人完全不需要這種謊言，能以更加自然的方式遠離哀傷與痛苦。可是我們太軟弱了，沒辦法辦到。」

擴音器裡出現了聲音。不是雜音，而是非常微弱的——聽不出是音樂還是歌聲，類似人類所發出來的「氣息」。

「可是我啊，覺得軟弱也沒什麼不好。有人認為軟弱就是不夠強大，但我相信不是那樣的。」

是音樂。不對，是人的聲音。我停下雨傘，只憑指尖動作微調著末端的方向。聲音開始混合。某種音樂和人說話的聲音，同時響了起來。

「我並不討厭軟弱喔。別說是討厭，有時候甚至最喜歡它了。像這個收音機，還有放在房間裡的那些收音機，聽到的聲音雖然微弱，可是能像現在這樣專注地側耳傾聽，其實很不錯吧。雖然性能低到無法和電器商店販賣的東西相比，也很不完整，不過就是這一點好，對吧？」

她沒有回答。一隻不知名的鳥兒橫過天空。

「我啊，在製作收音機的時候，還有努力捕捉到的電波終於變成聲音的時候，總是會這麼想。不完美真是件好事。所以呢，我覺得自己的軟弱和不完美是相當值得自豪的。我想讓自己成為活生生的證人，證明軟弱或是不完整其實是件好事。」

就算要求我像鳥一般翱翔空中，那種事情是辦不到的。不過相對的，我們人類可以夢想著翱翔天際。可以祈願。這會成為最有用的助力。

「妳做豬肉泡菜炒飯給我的時候，感覺像是有了家人，我真的覺得很高興。」

我在一片慌亂當中說出所有事情的時候，忽然有歌聲響起。

可以聽出歌詞是英文，歌手是個女人，但在耳朵掌握到旋律之前，音樂再次飄然遠離。

「有聽到嗎？」

我一邊感受著碰觸在一起的肩膀抖動，一邊詢問，而她微微點頭。我試著再次尋找電波，一邊改變雨傘方向，一邊往上看的時候，忍不住發出了驚嘆聲。

她也跟著抬頭，經過幾秒之後才喃喃開口。

「……櫻花？」

對。坑洞邊緣的另一頭，粉紅色的山櫻花在炫目朝陽的照耀下瘋狂怒放。數量相當多。好幾棵櫻花樹並排在一起，於花團錦簇之中投射出光之箭。自從天色轉亮，我們明明已經朝著那個方向看過許多次，但直到目前為止都完全沒有注意到。這麼說來，昨天晚上的山路兩旁，似乎到處都能看到白色的東西漂浮在頭頂上。

我們就是在如此絢爛的花朵之下來來回回，發出慘叫與怒吼，又是奔跑又是跌倒的嗎？

這時，天線又捕捉到電波了。

剛剛錯過的女性歌手的音樂，再次回到我們身邊。聲音雖然微弱，但這次持續了很久。我暗自心想，如果這是我們當初一起坐在房間裡聽到的木匠兄妹就好，但曲調和聲音都相當陌生。然而確實非常悠閒、溫暖，是首非常棒的曲子。一想到這個聲音和母親莫名地相似，我的眼淚忽然湧了出來，還來不及閉上眼睛，眼淚便滿溢而出。一旦流出眼淚，就再也停不下來了。這個聲音與旋律，將我漫長的現場直播溫和地切斷，音量雖小，卻溫暖包覆著我的全身。我的喉嚨開始顫抖，雙腳失去力氣，山櫻花消失在我的視野上方，塑膠傘傘柄從我手中脫離。等我回過神來，才發現自己已經丟開雨傘，跪倒在地，兩手用力抓著自己的長褲。我渴望著某個東西。雖然不知道那是什麼東西，可是卻打從心底渴望著它。最重要的人為什麼消失了呢？為什麼突然前往遠方了呢？明明應該降臨在所有人身上的明日，為什麼唯獨不會來到那個人身邊呢？我不想說謊。我想永遠看著眼前這片真正的景色。可是我最重要的人不在這裡。不管怎麼找，她們都不存在。

「你不要哭啦！」

明明自己也在哽咽，她仍然在我身旁蹲了下來，抓住我的外套肩膀，開始粗魯地搖晃。我的眼淚完全停不下來，喉嚨深處發出越來越響亮的哭聲。

「明明是我做了過分的事情，桐畑先生你不要哭啊！」

但我還是無法停止哭泣，她開始用拳頭捶打我的後背。一拳，兩拳，之後幾乎像是狂毆一般，不斷地、不斷地、不斷地朝著我的後背揮拳。她一邊這麼做，一邊跟著哭出聲音。我們兩人就這樣蹲坐在地放聲痛哭，她不斷毆打我，我不斷忍受她，心中反反覆覆地說著同一句話。總有一天一定會、總有一天一定會。宛如決心，宛如希望，體內充滿著如同強烈欲求的情感。內心全力運轉，無法順利化為言語的大量思念不斷溢出，然而那些思念，如今全部變成了大聲嚎哭的力氣。這段期間，她仍然持續毆打我，我一邊啜泣，一邊忍耐，而掉落地面的速成擴音器，也同樣持續響著細小的雜音。

國家圖書館出版品預行編目資料

透明變色龍 / 道尾秀介作 ; 江宓蓁譯 .
-- 一版 . -- 臺北市 : 臺灣角川 , 2016.04
面 ; 公分 . --（文學放映所 ; 82）

譯自 : 透明カメレオン
ISBN 978-986-473-071-1（平裝）

861.57 105003278

文學放映所082

透明變色龍

原書名＊透明カメレオン

作　　者＊道尾秀介
譯　　者＊江宓蓁

2016年4月27日　一版第1刷發行

發 行 人＊加藤寛之
總 編 輯＊呂慧君
主　　編＊李維莉
資深設計指導＊黃珮君
美術設計＊邱靖婷
印　　務＊李明修（主任）、張加恩、黎宇凡、潘尚琪

發 行 所＊台灣角川股份有限公司
地　　址＊105 台北市光復北路11巷44號5樓
電　　話＊(02)2747-2433
傳　　真＊(02)2747-2558
網　　址＊http://www.kadokawa.com.tw
劃撥帳戶＊台灣角川股份有限公司
劃撥帳號＊19487412
製　　版＊尚騰印刷事業有限公司
I S B N ＊978-986-473-071-1

香港代理
香港角川有限公司
地　　址＊香港新界葵涌興芳路223號新都會廣場第2座17樓1701-02A室
電　　話＊(852)3653-2888

法律顧問＊寰瀛法律事務所

Edited by KADOKAWA SHOTEN
First published in Japan in 2015 by KADOKAWA CORPORATION, Tokyo.
Chinese translation rights arranged with KADOKAWA CORPORATION, Tokyo.